Alois Hotschnig

Der Silberfuchs meiner Mutter

Roman

Kiepenheuer & Witsch

Für Mercedes

Bis ich mit sechzig Jahren, erst mit sechzig meinen *richtigen* Vater kennengelernt habe, diesen Anton Halbsleben in Hohenems, durch einen Theaterportier, der auch aus Hohenems war.

Mein Vater hat ja behauptet, ich wäre nicht von *ihm,* sondern *von einem Russen, der ertrunken ist.* Mit der Mutter konnte ich nicht über ihn reden, wann immer ich nach ihm fragte, kam wieder ein Anfall, und so habe ich nicht mehr gefragt. Manchmal hat sie von sich aus etwas gesagt, aber selten, ganz selten. Er hat dann irgendwann eine andere geheiratet, und da sind drei Halbgeschwister, die jünger sind als ich. Viel jünger.

Durch diesen Theaterportier jedenfalls habe ich ihn kennengelernt, Rudolf Radtke heißt er, Radtke, der sagte, ich kenne deine Halbgeschwister, die rufe ich an. Das hat er gemacht, und ich bekam einen Anruf von der Ältesten, von Ingrid, ich soll doch einmal vorbeikommen in Hohenems, ihr Vater würde mich noch gerne kennenlernen.

Ich bin hingefahren. *Du darfst Vater zu mir sagen,* hat er gesagt. Das mit dem Russen hatte er also vergessen, und ich habe nicht danach gefragt. Dann habe ich ihn noch ab und zu angerufen, habe ihm hin und wieder ein Paket geschickt, weil ich wusste, er isst gern Schokolade, wie ich ja auch, und er sollte *auch* nicht. *Diabetes.* Die Krankheiten habe ich von ihm übernommen, auch die Nervenschwäche.

Die *Epilepsie* habe ich *nicht* geerbt. Die hat meine Mutter bekommen durch einen *Schock*. In Berlin, da ist etwas passiert, dadurch hat sie diese Anfälle dann sehr schnell bekommen. Über Berlin ging es nach Hohenems. Sie *musste* weg von Norwegen, sonst hätte man sie erschossen, das hat mein Vater gesagt, er wollte, *dass man meine Mutter nicht erschießt.* Weil sie sich mit einem Nazi, eben mit *ihm* eingelassen hat. Er hat sie ein Stück weit begleitet, bis Oslo, glaube ich, dann musste sie allein weiterziehen.

Sie hat versucht, ihm wieder zu begegnen, da war ich aber schon etwa fünfzehn. In Dornbirn sollte die Verabredung sein, im *Roten Haus,* das gibt es noch immer, das *Rote Haus.* Sie kam, aber *er* ist nicht gekommen.

Diese Krankheit galt in früheren Zeiten als die *heilige Krankheit.* Im Mittelalter war es dann *Hexerei,* es hieß, die Kranken hätten ein Verhältnis mit dem Teufel, weil sie so vieles überlebten. Und meine Mutter hat einiges überlebt. In Norwegen war sie die *Nazi-Hure.* Ich war noch einmal oben mit ihr. *Verschwinde mit dieser Nazi-Hure,* hieß es dann. Eine große Familie hatte sie, zwölf Geschwister. Der Großvater, *mein* Großvater, *ihr* Vater war der Bürgermeister von dem Ort gewesen. Einige von der Familie waren nach Russland geflüchtet. Meine Mutter jedenfalls wollten sie dort nicht mehr sehen. Und in Lustenau war sie die

Norweger-Hure. Weil die Frauen meinten, sie würde ihnen die Männer ausspannen.

In Kirkenes hat es begonnen, Anfang '42, und Ende '42 bin ich auf die Welt gekommen in Hohenems. Sie war Krankenschwester, und er war verwundet. So hat sich das mit den beiden ergeben.

Dann ist sie schwanger geworden und musste schnell weg. Unter den Norwegern gab es dort viele *Partisanen,* und wenn die das gemerkt hätten – es gefährlich für meine Mutter.

Die Halbschwester hat mir gesagt, dass er sie *aus Mitleid* von dort oben heruntergeholt hat, er hat sie ein Stück weit begleitet, von Kirkenes bis nach Oslo. Kirkenes ist die nördlichste Stadt. Er hat sie wohl bis nach Oslo begleitet, das habe ich von ihr, *in Oslo, da habe ich ihn noch gesehen.* Und dann ist sie weiter, alleine.

Der *Lebensborn* hat sie heruntergeholt. Dieses *Papier,* das ich gefunden habe durch einen Zufall, darin ist die ganze Fahrt aufgezeichnet. Es war festgelegt, dass man sich um *Fräulein Hörvold,* sie hieß *Hörvold, Gerd Hörvold,* dass man sich bemühen möge, ihr auf der Reise von Oslo nach Hohenems behilflich zu sein. Der Verlobte würde sie begleiten.

Oslo, Kopenhagen, Berlin, München, Hohenems. Die Stationen, *die Abfahrt und Ankunft der Züge.* Aber das hat dann alles nicht mehr gestimmt, in Berlin ist etwas passiert, sie wurde *verschüttet,* so hat sie es gesagt. Da war sie ein paar Tage aufgehalten, weil sie verletzt war. Dann ging es aber weiter nach Hohenems, dort hat sie mich zur Welt gebracht, und ihre Krankheit brach richtig aus. Dann landete sie, glaube ich, in einer Nervenklinik oder an einem anderen Ort, und ich war in einem Heim, etwa zwei Jahre, ich konnte es nie klären.

Die Frau, die das Heim geleitet hat, war von Lustenau, denke ich, und die hat mich mitgenommen zu einem Bauern, der dort lebte. Wie ich zu dem gekommen bin – ich vermute, dass seine Schwester dieses Heim geleitet hat, und die dachte wahrscheinlich, wir können den Heinz auch nach Lustenau bringen. Diese Schwester war dort nicht, aber eine Haushälterin war bei ihm. Da war sonst niemand. Da waren nur die beiden. Und da war *ich*.

Im Grunde genommen habe ich die Dinge erst mitbekommen bei diesem Bauern. Der war da schon ein alter Mann und hatte eine große Landkarte an der Wand hängen, auf der war auch *Kirkenes* drauf irgendwo. Dann hat er meinen kleinen Finger genommen und gesagt, *schau Heinz, dort ist Kirkenes,* und hat mich mit seiner Zigarre gebrannt. Das ist meine erste Erinnerung. Das haben wir dann auch gespielt am Theater – *von wo ist deine Mutter, von wo* – nimmt meinen Finger und führt ihn über die Karte – *von dort ist sie, von dort.* Das weiß keiner mehr, aber ich habe es erlebt, und meine Mutter, die war nicht dabei.

Bei diesem Bauer war ich bis 1946. *Erst* dann kam die Mutter wieder in mein Leben.

Wie hast du mich gefunden?

Über das Rote Kreuz.

Sie war zwischendurch auch in Süddeutschland gewesen.

Ich glaube, sie hat dort eine Beziehung gehabt, auch darüber wollte sie nicht mehr reden. Ab '46 waren wir zusammen, in Lustenau haben wir gewohnt, in der *Post*. Irgendwann hat sie dann diesen Fritz, hat sie den Reinhard Fritz kennengelernt, meinen Stiefvater. Aber bis dahin waren wir, war sie mit mir allein, und diese Zeit, in der wir von einem Loch zum anderen gezogen sind, das war die beste Zeit. Die *Post* war die erste Station, direkt unterm Himmel, eine Mansarde war das, ganz oben sind wir untergekommen. Über eine steile, hohe Wendeltreppe kam man dorthin. Über diese Wendeltreppe kam sie mir dann eines Tages *entgegengeflogen*, und wir sind weitergezogen.

Beim *Gasthaus Lamm,* im Haus *nebenan* waren wir dann. Das Haus *neben* dem *Lamm* habe ich in Erinnerung, weil da meine Mutter *ausgeglichen* war wie später nie mehr. Wir lebten ziemlich allein in dem Haus. Da gab es niemanden sonst. Hineingekommen sind wir wahrscheinlich über die Gemeinde, über das Gemeindeamt. Die haben schon mitgekriegt, was mit meiner Mutter und mit mir los war. Die wussten auch, wie krank sie war. Nachdem wir dann aber beim Fritz waren, war für die der Fall erledigt. Wir waren ja nicht die einzigen beiden, die kein Zuhause hatten, da gab es noch andere, weiß ich, da war auch eine Französin mit ihrem Sohn und eine Russin mit ihrem Sohn, die auch da und dort einquartiert und wieder ausquartiert worden sind.

Dann sind wir gelandet bei der Familie Hörmoser. Ein altes Ehepaar, ein altes, jüdisches Ehepaar. Die hatten sich verstecken können im Krieg. Wenige hatten die Chance, sich zu verstecken. Die beiden haben es geschafft. Ein kleines Haus, und kleine Menschen, in der Erinnerung jetzt. Ob das *so* stimmt oder nicht, ich war ja selber klein.

Sie haben sich verstecken können. Das weiß ich von meinem Freund Walter Fenz. Der hat sich mit siebzehn freiwillig zur Marine gemeldet. Und war dann auf einem U-Boot. Damit ist er untergetaucht und verrückt geworden dabei. Er konnte mir vieles erzählen. Auch das von der Familie Hörmoser hat er mir erzählt. Der Grund war, er fühlte sich schuldig, sein Leben lang, bis zum Ende. Er war der Einzige, den ich kannte, der sich als Nazi schuldig fühlte. Einer der wenigen. An ihm hielt ich mich fest. Und *der* hat gesagt, das waren Juden, und die haben sich dann später das Leben genommen, die hätten sich verbrannt in dem Haus. Dass sie Selbstmord gemacht haben, das weiß ich auch von meiner Mutter. Wahrscheinlich – der Druck ging ja weiter, auch *nach* '45 – es hat sich ja nicht geändert.

Meine Mutter hing sehr an den beiden. Obwohl, es war schwer, sie konnte ja nur Norwegisch. Es war eher eine *gefühlsmäßige* Verständigung. Sie konnte auch mit *mir* nicht reden. Als sie mich kennenlernte, *Lustenauerisch* habe ich geredet. Sie hat *mich* nicht verstanden, ich *sie* nicht. Diese entscheidenden Jahre haben wir uns nicht verstanden, was in Lustenau kein Mensch wusste. Wenn ich mit ihnen geredet habe, später, *du bist einer von Norwegen,* mehr wussten die nie. *Du bist einer von Norwegen.* Ja.

In dem Haus, bei den Hörmosers, da war noch einer drin, ein Maurer, der kannte meinen späteren Stiefvater. Er hatte eine Frau, die war geistesgestört. *Mich* mochte sie gerne, sonst mochte sie niemanden. Mit *Geistesgestörten* kam ich immer gut aus, auch als Pfleger dann später. Anna hieß seine Frau. Nachts wandelte sie immer herum, mit einer Taschenlampe oder einer Kerze war sie nachts *unterwegs*, und war dann nicht mehr zu halten.

Mit dem Oswald Bliem wohnten wir bei der Familie Hörmoser. Durch den Oswald Bliem hat meine Mutter den Fritz kennengelernt. Ich war etwa acht, als wir bei dem landeten. Das Herumziehen hatte ein Ende, und *erst* dann hat man meine Mutter in Lustenau wahrgenommen. Den Fritz kannte man, die ganze *Holzmühlestraße* waren ja alle, alles Geschwister von ihm, die da wohnten. Bei ihm waren es auch zwölf Geschwister. Jeder von ihnen hatte dort einen Grund bekommen zum Bauen, und alle haben sie gebaut. Daher kennt man diese Gegend als *Desser-Siedlung. Desser.* Der Großvater hat offenbar anstatt *das* immer *des* gesagt. Deshalb *Desser.*

Es lebt keiner mehr aus dieser Zeit. Die da gelebt haben, das waren *die* Leute, die nach dem Krieg diese Häuser hingestellt haben, die wären jetzt so alt wie mein Stiefvater, die wären jetzt hundertzwanzig und noch mehr. Er gehörte zu den Jüngeren, denke ich. Das waren diese Menschen, die den Krieg überlebt haben, viele waren schwere Alkoholiker, es hat ihnen eine Hand gefehlt oder ein Fuß oder ein Auge. Oder sie waren verstümmelt in der Seele. Nicht alle, aber viele. Die sind dann auch bald gestorben. In den 50er-Jahren sind die alle ziemlich schnell weggestorben.

Der Stiefvater, der war nicht mehr im Krieg, der war Jahrgang eins. Für den Krieg schon zu alt und zu kaputt. Er war vom *Ersten* Weltkrieg her nicht mehr *ganz* und schon krank, als ich zu ihm kam. Lungenkrank. Als ich ihn kennenlernte, war er schon nur noch die Hälfte.

Warum sich meine Mutter an diesen Menschen gehängt hat? Weil sie ein Zuhause endlich wollte für mich. Er war krank, und er sah sehr gut aus. Meine Mutter war in Charlton Heston verliebt, und *dem* war mein Stiefvater aus dem Gesicht geschnitten. Ich weiß noch, als er gestorben war, als er tot war, wollte ich mich ablenken und bin ins Kino, egal, was da kommen würde, und dann lief der Film *Weites Land* mit Gregory Peck und eben mit Charlton Heston. Und da sah ich ihn gleich in Großaufnahme und dachte, mein Vater wäre auferstanden.

Wie meine Mutter *aussah*, das habe ich erst wahrgenommen, als ich den Fritz kennengelernt habe. Da habe ich dann auch gesehen, dass sie eine hübsche Frau war. Und das war es ja, was ihn interessiert hat, *die schöne Frau*. Die epileptischen Anfälle waren ihm egal. Die waren ihm erst dann *nicht* mehr egal, nachdem er sie nicht mehr losgeworden ist, nachdem sie schwanger wurde von ihm, da war dieser Spaß vorbei, '49 mein Bruder, '53 meine Schwester. Da war der Spaß vorbei.

Du kannst keinen Stein von mir erben, hat er immer gesagt. Nicht einen Stein bekommst du von mir. 1949 habe ich ihn kennengelernt. Aber *wahrgenommen* habe ich ihn erst 1950, als wir in seine Hütte gezogen sind. Und '59 ist er ja schon gestorben. Diese Jahre haben gereicht, um mir zu zeigen, wie man Tiere tötet rund um die Uhr.

Bis zum Fritz war es ein ständiges Umziehen, nachdem sie mich von diesem Bauern weggeholt hatte. Ich denke, *sie* war es gar *nicht,* die mich von dort weggeholt hat, zumindest war sie dabei nicht allein. Da war eine Frau, die ihr geholfen hat auf diesem Weg, die hat dafür gesorgt, dass ich wegkam von diesen Leuten, und hat meine Mutter auch noch eine ziemliche Wegstrecke begleitet bei den *Umzügen,* die dann folgten.

In dem Haus *neben* dem *Gasthaus Lamm,* das war groß, und es kam mir immer so leer vor, vielleicht stand es auch leer, und die Frau, die meine Mutter begleitet hat, die sehe ich in diesem leeren Haus stehen, neben der Mutter steht sie und redet mit ihr. Sie war die Einzige, die *Gerd* zu ihr gesagt hat. In Lustenau haben sie immer *Gerda* gesagt, aber sie hieß *Gerd.* Sie war die Einzige. Über diese Frau bin ich von den Bauersleuten weggekommen, und über *sie* ist mir meine kranke Mutter erschienen. Und dann – es ist ja eine Vermutung von mir, dass meine Mutter eine Weile in Deutschland war, in Lindau – *von dort,* meine ich, hätte sie gesagt, kommen meine Taufeltern her, meine Taufpaten, die waren nicht von Hohenems und nicht von Lustenau, die waren von Lindau, und bei denen, denke ich, ist sie gewesen. Und vielleicht haben *diese* Leute, diese Paten von mir, sie dann nach Hohenems gebracht und dann wiederum nach Lustenau, ich fantasiere, ich *muss* fantasieren, aber es ist *möglich,* sonst wäre es auch kein Roman.

Die Geschichte liegt so weit zurück. Vieles steht fest und ist klar, da gibt es Dokumente. Aber ich war damals ein paar Jahre alt, und dann ist es schwierig, ich weiß nur, was ich *körperlich* erlebt habe, *das* weiß ich. Aber die Wege, die Umwege, die wir gemacht haben, und wo ich eben auch mit dabei war, darüber *muss* ich fantasieren. Und es ist möglich, dass es *keine* Fantasie ist, sondern dass es so stattgefunden hat, dass meine Taufpaten sie nach Hohenems gebracht haben, meine Mutter, weil die vielleicht dachte, dass ich dort immer noch bin, in diesem Heim oder an dem Ort, an dem sie mich zurückgelassen hat. Und dass dort dann eben diese Frau vielleicht sogar zufällig aufgetaucht ist und zu meinen Paten gesagt hat, *ihr könnt jetzt wieder dorthin zurück, wo ihr lebt,* und sich wahrscheinlich bedankt hat, *schön, dass ihr Gerd hierher gebracht habt, und jetzt werde ich mich um sie kümmern.* So kann es gewesen sein. Aber diese Frau, die ich ja wirklich vor mir sehe und die dann mit meiner Mutter nach Lustenau hin ist, sie *muss* gewusst haben, dass ich bei diesem Bauern bin, und mich da rausgeholt haben, indem sie sagte, *seine Mutter ist wieder da, und ich möchte ihr das Kind übergeben.* Vielleicht hatte sie sogar eine Funktion von den Behörden, eine Betreuerfunktion.

Meine Erinnerung ist, dass sie *da* war. Sie war ungefähr so groß wie meine Mutter, das habe ich noch im Kopf. Aber darüber hinaus muss ich meiner Fantasie glauben. Und die sagt mir, meine Mutter war eine Zeit lang in Deutschland, in Lindau, und hat dort eine Beziehung gehabt. Und als die dann wohl zu Ende war, hat sie sich auf die Suche begeben. Es gibt ja Mütter, ist ja nicht neu, dass Mütter ihre Kinder *abgeben* und sie dann auch nicht mehr suchen, auch nichts mehr wissen *wollen* von ihrem Kind. Aber *meine* Mutter wollte offenbar herausfinden, *ob es dieses Kind noch gibt, diesen Heinz.* Das hat sie dann auch getan. Sie wollte ihr Kind nicht im Stich lassen, das steht fest, auch wenn sie gesagt hat, *Heinz, ich weiß nicht, bist du es, oder bist du es nicht?* Sie meinte ja immer, vielleicht wäre ich doch vertauscht worden auf einem Wickeltisch in Hohenems. *Wir sind uns so fremd,* hat sie immer gesagt. Aber das, denke ich, hat auch einen Grund, ich war vier Jahre alt, da habe ich sie erst kennengelernt, das ist schon sehr spät, da hatte ich schon einiges erlebt, in diesen vier Jahren. *Du bist nicht von mir. Man hat dich vertauscht,* sagte sie. Was gut möglich ist, in dem Heim. Manche bestreiten ja, dass das so ein Heim war, ein *Lebensborn-Heim,* manche sagen, das *war* so ein Heim, ich weiß es nicht. Es waren ja auch noch andere Kinder in diesem Heim. Vielleicht gab es *noch* einen Heinz, das weiß auch niemand mehr, kann ja sein, dass die Frau, die das Heim leitete, *den falschen Heinz* zu dem Bauern nach Lustenau gebracht hat. Viele Kinder sind damals vertauscht worden. Hat sie *den* Heinz bekommen, den sie auf die Welt gebracht hat? Bin ich es? Bin ich es nicht? Direkt nach der Entbindung ist ihr ja alles weggeschwommen, sie war ja dann gleich in der Anstalt.

Irgendwann kam es dann noch zu diesem Foto, das ich Jahre später in ihrem Koffer gefunden habe, zusammen mit dem *Reisefahrplan,* dieses Foto von ihr und von mir. Da war ich schon ein paar Monate alt. Ob *ich* das war – kann ja sein, dass das ein anderes Kind ist, das sie auf dem Schoß hat. Wie sie mich da im Arm hält, da bin ich zwei, drei Monate alt, älter nicht. Sie hält mir meinen Arm, diesem Kind, irgendwie hebt sie ihn hoch, so sehe ich es vor mir, sie hält meinen Arm in die Höhe, ich weiß nicht, ist es der linke oder der rechte, vielleicht ist es nicht *Heil Hitler,* vielleicht ist es auch *Heil Stalin.* Vielleicht stützt sie mich auch nur. Und dieses Kind, das sie im Arm hat – sie war auf jeden Fall, das merkte ich, so *unsicher,* wie *ich* es bin, bis heute, so *unsicher* war sie auch, *ist* das mein Heinz, oder ist er es *nicht.* Sie konnte es nie sagen. Sie wusste nur den Namen *Heinz.* Aber ob der *Heinz,* ob das *dieser* Heinz ist, den sie auf die Welt gebracht hat, das wusste sie schon *lange* nicht mehr.

Fest steht, sie hat mich gesucht, sie war auf der Suche nach mir oder nach einem wie mir, und *mich* hat sie gefunden. Und ich wollte zu ihr, ich wollte zu ihr gehören. Ich mochte ihren Humor, ihre Verrücktheiten, das Herumziehen, das mochte ich alles. Und auch ich wollte sicher sein, *bist du es, oder bist du es nicht?*

Sie war Krankenschwester, hat man erzählt. Es wurde auch erzählt, da oben in Norwegen, sie war Köchin. Kochen konnte sie überhaupt nicht. Mehr als einmal hat sie mir einen Fraß hingestellt, der mit *Ata* versetzt war. Da hat sie *Ata,* dieses Putzmittel, wie Zucker hat sie das über das Essen gestreut. Vielleicht wollte sie mich da auch schon loswerden. *Du bist nicht von mir. Du hast mit mir nichts zu tun,* hat sie *oft* gesagt, hat auch zu mir gesagt, *verschwinde,* oder, wenn sie ganz schlecht gelaunt war, hat sie zu mir gesagt, *Herr Pfarrer.* Ja. *Herr Pfarrer.* Oder *Truthahn.* Weil ich so einen langen Hals habe. *Strüthahn* hat sie dann gesagt. *Hau ab, du Strüthahn.* Oder rannte mit dem Messer hinter mir her. Oft. Aber sie wollte auch, dass ich sie um-

· 18 ·

bringe, kniete vor mir wie in einem Shakespeare-Klassiker, hielt sich das Messer an die Brust und sagte, *stoß zu.*

Alles, was ich dann auf der Bühne erlebt habe, habe ich *vorher* schon erlebt. Nur viel realistischer. Auf der Bühne sind die Messer bekanntlich manipuliert.

Die Messer vom Fritz waren nicht manipuliert. Von ihm habe ich töten gelernt, von diesem merkwürdigen Stiefvater. Da würden gerne Leute *mitreden* und es mir *ausreden* wollen. Zum Teil leben die noch, aber du kannst nicht mehr mit ihnen reden. Sie sind nicht mehr bei der Sache. Und die meisten, die *da* waren, *wollten* es gar nicht wahrnehmen. Es sind *kleine Dinge,* aber für mich war es *schlimm,* dass ich in der Waschküche die Wäsche kochen musste, weil meine Mutter, auch in der Waschküche war sie andauernd am Liegen. Und dann habe ich durch die ganze Wiese die Wäsche aufgehängt. Ich habe ins Bett gemacht, noch mit sechzehn habe ich ins Bett gemacht, meine Mutter hat auch dauernd ins Bett gemacht als Epileptikerin, und meine beiden Geschwister haben ins Bett gemacht, kilometerweise habe ich Wäsche im Feld aufgehängt, aufs Jahr verteilt, und nicht *einmal* hätte jemand zu ihr gesagt, *wir helfen dir.* Nur immer, *du nicht Deutsch können, du wieder gehen.*

In der Waschküche habe ich die Wäsche gekocht, da, wo geschlachtet wurde, in dieser Waschküche hat alles stattgefunden. Es ist ja ein kleines Haus. Geht man hinunter, die Treppe hinunter, kommt man in einen Vorkeller. Von dort geht es weiter zur Waschküche hin, und rechts davon war *noch* ein Raum, das war der Ort, wo er die Hühner drinhatte.

1950 ist das Haus gebaut worden. Beim Betonmischen habe ich das Wasser aus der Kanne gegossen, mit Hand wurde alles gemacht, es gab keine Maschinen, gebaut hat er es mit dem Nachbarn zusammen. Erst wurde das Haus vom Nachbarn gebaut, und dann seins. Irgendwann sind wir eingezogen, und dann habe ich das alles mitbekommen.

Der Stiefvater war immer am Schlachten. Die Tiere hat er sich von den Wänden geholt. An der Wand waren die. An der Hauswand draußen waren die Ställe. Es gab einen Stall, in dem waren Kaninchen, im Keller waren die Hühner, wie man das eben so hatte damals.

Er wollte immer Blut sehen und hat mir dann beigebracht, wie man Hühner köpft. Ich sehe noch heute, wie die Tiere weglaufen, ohne Kopf, und wenn ich das erzähle hier, älteren Leuten, dann sagen die, *ja, das haben wir genau so auch gemacht*. Das ging los, die ersten Hühner, wie alt war ich, acht, neun Jahre, und das Szenario – um mich herum alte Frauen, alte Leute, so wie *ich* jetzt, die sich dabei totlachen. Und dann: *Jetzt lass sie laufen*. Dann rennen die ohne Kopf weg und stürzen hin, stehen auf. Und jetzt kommen sie *zu* mir in der Nacht und springen mir, *ohne* Kopf springen sie mir ins Gesicht, diese Tiere, die praktisch Menschen sind. Und haben ja recht, ich habe sie getötet. Diesen Traum habe ich oft. Die Tiere drehen sich um, ohne Kopf, drehen sich um und springen mir ins Gesicht, und ich bin von oben bis unten mit Blut überströmt. Davon wache ich auf und denke, ich muss doch jetzt überall bluten, aber ich blute wohl nur nach innen hinein, nach außen hin ist nichts zu sehen. Seit ich *alt* bin, habe ich diesen Traum.

Er hat mir auch gezeigt, wie man Kaninchen erschlägt. Erschlagen, da gab es nur Erschlagen, Köpfen, Erschlagen. Und diese *Töterei,* die hat mich in einen *Blutrausch* gebracht. Ich habe auf nichts mehr reagiert und war nur noch aggressiv. Um mich herum hat man gefährlich gelebt. Und ich habe gefährlich gelebt mit mir selbst.

Mit dem *Umziehen* war es vorbei. So bin ich *in mir* umgezogen, von Versteck zu Versteck. Ein Ort war das Zimmer der Mutter, in ihrer Abwesenheit, das Zimmer von ihr und von ihm.

Ihr Koffer hatte es mir angetan. Ein kleiner Koffer, gerade ein paar Kleidungsstücke passten hinein, die sie wohl mithatte auf ihrer Reise damals. Mit diesem Koffer ist sie gekommen, und mehr ist daraus nie geworden. Ich machte ihn auf, und was ich fand, war dieses Foto von ihr und von mir oder von *wem* auch immer, und dieser *Lebensborn-Fahrplan,* den ihr die SS für die Reise in die Hohenemser Hölle ausgestellt hatte. Darüber habe ich mit ihr nicht geredet. Den hätte sie mir zerfetzt, wusste ich, es wäre nur wieder ein Anfall gekommen. Immer, wenn ich *gebohrt* habe nach meinem *richtigen Vater,* ist sie sofort umgefallen. Aber ein kleines Buch habe ich noch in dem Koffer gefunden, ein Heftchen eigentlich, auf Norwegisch, und darüber freute sie sich. *Peer Gynt.* Das Theaterstück. Den *Peer Gynt* habe ich in ihrem Koffer gefunden. Und diesen *Peer Gynt* habe ich ihr eines Tages auf den Schoß gelegt und gefragt, ob sie mir daraus vorlesen kann. Das hat sie getan. Ich verstand nicht *ein* Wort und habe doch alles verstanden.

Meine Mutter hat mir die Ase vorgespielt, Peer Gynts Mutter, die Szene von der *Himmelfahrt* seiner Mutter, wenn sie da in den *Himmel* aufsteigt, diese Szene hat sie mir vorgespielt. Immer und immer wieder ist sie vor meinen Augen in den Himmel aufgefahren, und ich konnte nicht genug bekommen davon.

Später habe ich erfahren, es gab einen Onkel von ihr, der ein sehr gutes Amateurtheater hatte in Kirkenes. Meine Mutter war eine Schauspielerin, sie *wäre* eine gewesen, und ob ich nun von ihr bin oder nicht, von *ihr* habe ich es, dass ich bin, wie ich bin. Sie las mir vor, dadurch holte sie mich von dort weg und in eine Welt, die es bis dahin nicht gab, nicht für mich. In ihrem Zimmer, auf ihrem Bett, mit diesem Buch auf dem Schoß brachte sie mich *spielend* noch einmal zur Welt. *Meine zweite Geburt,* und *diesmal* war ganz sicher *sie* die Mutter und *ich* war es, der gemeint war. Das war sie, das war ich, und das waren von nun an wir beide. Vor meinen Augen ist sie *in den Himmel* gefahren, und ich bin dabei *ins Leben* gekommen, für die Dauer einer Aufführung immerhin war es so. Unsere gemeinsame Welt war aus ihrem Koffer gekommen, aus einem Buch und aus einer Geschichte über eine Mutter und ihren verlorenen Sohn. Diese Welt war von nun an unser Versteck, und eine ganze Welt als Versteck, das war schon nicht nichts.

Mit zwölf hatte ich meinen ersten Auftritt. Hinterm Haus hatte ich mir eine Bühne gebaut. Die Mutter hatte mir alte Vorhänge gegeben, und da kamen dann meine ersten Zuschauer, Herbert, mein bester Freund, der sich dann das Leben genommen hat, Erwin, der sich auch das Leben genommen hat, der in die *Rappenlochschlucht* hinuntergesprungen ist bei Dornbirn, in diese schreckliche Schlucht, und noch einige andere waren dabei, eine Handvoll Menschen, vor ihnen habe ich meine ersten *Geschichten* erfunden.

Das Haus stand noch nicht lange, aus dem Baumaterial, das herumlag, habe ich mir diese Bühne gebaut, im Hof, mein erstes *öffentliches Versteck.*

Da war ich zwölf. Kraft hatte ich ja mit zwölf Jahren, zehn Dachziegel tragen oder schwere Ziegelsteine, ohne Handschuhe, das war kein Problem, daran war ich gewöhnt. Der Stiefvater hatte mich so abgerichtet, und die Nachbarn hatten mich abgerichtet. Diese Nachbarn sind die Figuren meiner ersten Stücke gewesen. Auf meiner Bühne sind sie *aufgetreten* und nach und nach *abgetreten* dabei. Sie veränderten sich, merkte ich, und auch ich veränderte mich, auch ich bin ein anderer geworden dadurch. Mein erstes Stück, es war ein *Übermensch,* den ich spielte, einer, der sämtliche Mächte in sich vereint, und es waren nur Grausamkeiten, die ich gezeigt habe. Ich habe mich auch selber verstümmelt. Mit dem Hammer habe ich mir auf die Finger geschlagen. Das erste Stück, der erste Satz vom ersten Stück: *So werden Schnitzel geklopft.* Ich hatte einen *Schnitzelklopfer,* damit habe ich mir die Finger geschlagen, bis sie blutig waren. Dann hörte ich die Zuschauer, *jetzt hörst du aber auf, du bringst dich ja um.* Kurz nachher habe ich mir den Schädel gespalten, oder *wollte* ihn spalten, so ganz habe ich es nicht geschafft.

Ich habe *oben* gespielt, im Hof, hinterm Haus. Und der Vater, der Stiefvater, hat in der Waschküche *unten* im Keller geschlachtet. Es hätte nur noch gefehlt, dass ich Hühner geköpft hätte auf der Bühne. Ich war ja blutsüchtig. Vom Köpfen habe ich einen Blutrausch bekommen. Er hat ja, wenn er ein Kaninchen in der Waschküche hatte, hat er ihm das Fell heruntergerissen, das Tier zappelte noch, hat ihm das Herz herausgerissen und es gefressen, *vor* mir. Er hat mich gezwungen, ihm dabei zuzusehen. Er hat mich gezwungen, jetzt schneidest auch *du* den Hennen den Kopf ab, das geht ganz schnell, du wirst sehen.

Ich habe dann auch, ich habe auch vom Kaninchen das Herz gefressen. Es hätte mir nichts ausgemacht, den nächstbesten Mitschüler zu erstechen. Man hat es mir beigebracht – auch die Nachbarn, wie man Kätzchen, kleine Tiere auf die Steinplatte wirft. Alte Frauen, die Geschwister von meinem Stiefvater, oder dann auch jüngere Leute, Cousins, und von denen die Kinder, die wesentlich älter waren als ich, es ging nur ums Töten, um nichts andres sonst. Wenn einer etwas *Falsches* gesagt hat, der hat Mühe gehabt, wegzukommen. Dann hat er ganz schnell wegmüssen.

Weißt du, Heinz, man hat viel zu wenige Juden erledigt. Und das, dieser Satz kam ihnen über die Lippen, als würden sie vom Mittagessen reden. Nicht nur mein Stiefvater, es waren viele, die so geredet haben. Und das, irgendwann, wenn du zwölf bist, dreizehn, mit vierzehn hatte ich das *so* verinnerlicht, dass für mich jeder, der eine andere Hautfarbe hatte, weggehörte. *Die wunde Stelle suchen und zu-schlagen*, darin hatten wir Übung, meine Freunde und ich.

Auch der Stiefvater war irgendwann dran. Weihnachten kam er im Suff nach Hause, ins Zimmer, und ging auf die Mutter los, hat das Fenster aufgerissen, die Kerzen brannten am Christbaum, wir standen davor und hatten mit dem Singen begonnen, den nahm er und warf ihn in hohem Bogen aus dem Fenster. Er meinte, sie wäre fremd-gegangen. Das meinte er immer. Das war in der Zeit, als ich zwölf war. Ich habe ihn von ihr weggezogen und habe ihn niedergestreckt. Er gab es mir dann zurück, ein paar Tage danach, als ich von der Schule nach Hause kam, ich saß am Tisch und habe gegessen, da kam er von hinten und hat mich beinahe erwürgt. Wäre mein Bruder nicht gewesen, würde ich nicht mehr leben, der zerrte an ihm herum, er war ja ein kleines Kind, aber er hat derart an ihm herumgezerrt, dass er von mir ablassen musste. Und da habe ich dann Angst gehabt vor dem Mann. Von da an hatte ich immer ein Messer dabei, wenn ich mich hinge-legt habe. Dass ich reagieren kann, wenn er kommt.

Und meine Mutter, die hatte ja dauernd noch diese An-fälle, die sie schwächer und schwächer gemacht haben. Mit jedem Anfall ging ein Stück von ihr verloren, und irgendwann war sie *verrückt*. Sie stand dann auch plötz-lich, auch sie stand vor mir mit einem Messer und rannte mir damit nach, auch meinen Freunden rannte sie damit nach. Sie veränderte sich, von einem Moment auf den an-deren, dann konnte man Angst haben auch vor ihr. Sie ist dann, beim Radfahren ist sie vom Rad gestürzt, vor ein Auto gefallen, in einen Bach reingefallen. Sie *durfte* nicht zum Schwimmen. Das war ihr egal. Sie ist trotzdem gegangen.

Nach dem Tod des Stiefvaters, als der Fritz nicht mehr war, wenn sie irgendwo einen Start gemacht hat als Putzfrau oder Büglerin oder als Tellerwäscherin, irgendwann fiel sie um, und man hat sie nach Hause geschickt. Dann haben sie gesagt, wir können diese Frau nicht arbeiten lassen, die immer umfällt. Einmal ist sie umgefallen mit dem Bügeleisen in der Hand und hatte schwere Verbrennungen am Arm.

Diese Anfälle habe ich später auf der Bühne gespielt. Der Regisseur hat gesagt, *das müssen wir lassen, das Publikum hält das nicht aus.* Es war eine Uraufführung. *Bitte, spiel das anders.* Ich hatte es so gemacht, *wie es ist.* Wie es bei ihr eben war.

Sie las mir vor. Ihre Lieblingsszene, da ist *Peer Gynt* und da ist seine Mutter, und dann kommt es dazu, sie beginnt zu *fantasieren.* Und sie stirbt dann. Sie stirbt. Und dann ist er alleine. Dann ist seine Mutter nicht mehr da.

So war es. Und in der Wirklichkeit ist es nicht anders gewesen, denn auch in der Wirklichkeit ist sie ja gestorben. An dieser *Lebensborn-Geschichte* und an den Anfällen ist sie zerbrochen. Sie hat mir ihren Tod vorgespielt auf diese Art, immer wieder, ihren eigenen Tod.

Sie *wollte* ja auch sterben, sie kniete vor mir, hatte ein

Messer in der Hand und sagte, stoß zu. Immer wieder sagte sie das, über die Jahre hinweg. Sie hat es nicht *selber* machen wollen, da waren ja auch noch die beiden Kinder, die wollte sie nicht im Stich lassen, und deswegen hat sie es auch nicht getan. Sie hat *für mich* weitergemacht, vor allem für die beiden *Kleinen* hat sie weitergemacht, für meine Schwester und für meinen Bruder. Die haben das auch alles mitbekommen. Ich sehe noch meine Schwester, die vielleicht zwei Jahre alt ist, oder meinen Bruder, fünf, sechs Jahre, und die sehen dauernd die Mutter auf dem Fußboden *randalieren*.

Ich meinte ja immer, sie stirbt. Sie geht weg, auf ihre Art geht sie weg, spürte ich, und so war es ja auch. Man kann nicht damit umgehen, als Kind. Und irgendwann steht sie wieder auf, als wäre nichts gewesen. Sie steht auf, die stehen wieder auf, und das Leben geht weiter. *War ich weg, war ich wieder weg*, fragte sie. *In Berlin hat das begonnen, seit damals gehe ich auf die Reise.*

Da ist ein Zucken im Gesicht, das Gesicht verzerrt sich, und dann kommen diese Schreie, plötzlich, die schwersten Tische fliegen. Wie bei einem *Exorzismus,* und ein *Exorzismus* ist es ja auch, da fliegen Möbel durch die Gegend, die hundert Kilo schwer sind. Du kannst sie auch nicht festhalten. Man darf sie nicht festhalten.

Als *Peer Gynts* Mutter ist sie in meinen Armen gestorben, und als *meine* Mutter stand sie danach wieder auf, jedes Mal. Aber als *meine* Mutter fiel sie dann eben auch wieder um und war weg, und blieb liegen, und stand auf, und es war nicht zu sagen, was war *Spiel* und was nicht. Sie war *da* und war doch unerreichbar.

Wohin ihre *Reise* ging, wusste niemand. Aber *weg von dort* wollte ich auch, und am liebsten mit ihr, und so versuchte ich auf dieselbe Art *auf die Reise* zu gehen und übte mich im *Fallen*, im *Umfallen*. Was ich vor Augen hatte, stellte ich dar, ich stellte es *nach*, eigentlich, wie ich alles, was mir Angst machte, *nachstellte*, um seiner habhaft zu werden dadurch. Sooft ich sie auch gesehen hatte, ihre *Schübe* erschreckten mich jedes Mal wieder aufs Neue. Und sie zogen mich an. Alles, was mir Angst machte, zog mich immer auch an, und wie meine Mutter mir Ases *Himmelfahrt vorgelebt* hatte, so habe ich sie nun auf ihren *Reisen* zu begleiten versucht, *begreifen* wollte ich es, und auch ihre *Kräfte* wollte ich spüren, über die sie in diesen *Momenten der Ohnmacht* verfügte.

Eine Zeit lang habe ich nur noch *Epileptiker* gespielt, meine Mutter, den Stiefvater, die Nachbarn, die Freunde, den Bruder, die Schwester, die Ärzte, mich selbst, *alle* hatten wir es, *alle* fielen wir um, jeder auf seine Art. In jedem habe ich dieses *Zittern* gesehen oder zu sehen versucht. Der Moment, *bevor es geschieht*, hatte es mir angetan, in dem es sich ankündigt, wenn *die* Frage gestellt war, die es auslösen konnte. *Die wunde Stelle suchen und zuschlagen*, hat mein Freund Otto immer gesagt. *Zugeschlagen* habe ich nicht. Ich bin *umgefallen*, aber das war schon *Zuschlagen* genug, denn keiner wollte es sehen, der sich *erkannt* hatte in dem Spiel.

Wann wird einer schwach und bricht ein, und wie richtet er sich wieder auf, und woran, das wollte ich wissen, und vor allem, wo *ist* er in dieser Zeit? Und meine Mutter, *wohin* flüchtet sie sich, wohin flüchtete sie vor meinen Fragen nach meinem *Vater*, nach meinem *richtigen Vater*, der sich mit *Siebenmeilenstiefeln* davongemacht hatte von ihr und von uns. Diesen Ort wollte ich finden, und die anderen *Orte*, die *Fragen*, die eine solche *Flucht* auslösen konnten, bei meiner Mutter und bei den anderen auch.

Ihre *Anfälle* waren auch ein *Versteck*, spürte ich. Sie fiel um und war weg. Und doch, in Lustenau fiel sie um, und in Lustenau wachte sie wieder auf. Wohin ihre *Fluchten* auch immer führen mochten, Anfang und Ende der *Reise* waren doch immer gleich.

Als *Peer Gynts* Mutter hat sie sich tot gestellt. Im *wirklichen* Leben hat sie sich *nicht* totgestellt, denke ich, im *wirklichen* Leben hat sie sich *lebend* gestellt, wenn sie von ihrer *Reise* zurückkam. Denn in Wahrheit ist sie wohl liegen geblieben, oder wollte sie liegen bleiben. Nur für uns stand sie auf, für ihre Kinder, vielleicht auch für sich selbst. Und das *Aufwachen*, das *Zu-sich-Kommen*, wie es hieß, wenn sie die Augen wieder öffnete, *jetzt kommt sie zu sich*, hieß es dann, das stimmte *so* nicht, denn sie kam nicht *zu sich*, wenn sie die Augen aufmachte, sie kam wieder zu uns. *Zu uns* kam sie, und nicht *zu sich*. Das war nicht dasselbe.

Vor ihren Augen bin ich in ihre Geschichte gegangen und darin *umgefallen*, und wie sie nach einer Zeit wieder *ins Leben* zurückkam, so stand auch ich wieder auf. Aber das war nicht lange zu machen, denn jetzt hieß es, *der Heinz hat es auch, der Heinz hat die Krankheit der Mutter. Ich* wusste, ich hatte es *nicht,* ich *war* ja nicht weg, ich fiel um und war *da* und war *wach* und nahm alles wahr um mich herum und in mir. Aber auch *sie* merkte nicht, was *Spiel* war und was nicht, sie erkannte es nicht, wenn ich mich ihr in diesen *Schüben* als Verbündeter zu zeigen versuchte. Oder sie erkannte es doch und wollte nur, dass es aufhört, dass ich aufhöre damit. *Von mir hast du das nicht,* sagte sie, *weil du eben nicht von mir bist.* Auch ihre *Kräfte* habe ich an mir nicht gespürt. Es war *anders,* bei *ihr* war es anders, sie hatte ja recht. Wir fallen um, aber wir fallen nicht in die gleiche Richtung, sagte sie.

Und doch, durch die Schauspielerei hat sie mir ein Ventil gelegt in die Seele hinein. Sie las mir vor, das heißt, sie *spielte* mir vor, denn *Vorlesen* und *Vorspielen* waren bei ihr immer eins. Aus meinem Zuhören und Zusehen ist mit der Zeit ein *Mitspielen* geworden. Sie las mir vor, in ihrer Sprache, die ich nicht verstand, und indem sie es mir *vorspielte,* verstand ich es eben doch, auf *meine* Art, indem ich es mir in meinem Kopf *zurechtspielte,* und das musste ich auch, denn Antworten auf meine Fragen waren anders nicht zu bekommen, und so dachte und *probierte* und *spielte* ich meine *Wahrnehmungen* und *Mutmaßungen* so lange durch, bis sie *Antworten* waren, mit denen ich etwas anfangen konnte.

Eines stand dabei immer fest: von all dem, was ich bei diesen *Vorstellungen* meiner Mutter *verstehen* konnte, wollte ich *mehr,* und so war schon bald *ich* es, der *ihr* vorlas und Geschichten erzählte, und *sie* hörte zu und sah zu und verstand oder verstand nicht, wie auch immer. Beide spielten wir uns etwas vor. Der jeweilige Tag war *das Stück,* das wir miteinander erlebten. Zuschauer gab es außer uns nicht. In *diesem* Spiel gab es nur meine Mutter und mich, da war sonst niemand, auch meine Geschwister nicht und kein Fritz, da gab es niemanden sonst. Wir waren uns nah, zumindest für mich war es so, wenn es auch immer ein Stück über die Fremdheit geblieben ist, die uns beide ausmachte und miteinander verband.

Von da an habe ich zwei Leben geführt, einmal *ungeschützt,* und gleichzeitig auch noch einmal *als Spiel,* ohne dass wir uns je darüber ausgetauscht hätten, *Spielen, Vorspielen, Täuschen, Vortäuschen,* wohl auch, um so besser durch den Tag und durch die Tage zu kommen, denn was um mich herum geschah, hatte jetzt keine Macht mehr über mich, merkte ich, oder nicht in der Art, wie es bis dahin der Fall war. Ich war *unverwundbar* geworden, so nahm ich es immerhin wahr. Der Stiefvater griff *durch mich hindurch,* wenn er mir in der Waschküche in die Seele zu greifen versuchte, wie durch die Luft, die ich für ihn war und die mit den Jahren immer dünner wurde für ihn, lungenkrank, wie er nun einmal war. Sosehr er es auch weiter versuchte, er bekam mich nicht mehr zu fassen. Für ihn war ich nicht mehr vorhanden, für ihn existierte ich nicht mehr als der Heinz, der ich war, sondern nur noch als die *Figur,* als die Rolle, die ich für ihn *darstellte* und *zur Aufführung* brachte.

Ohne dass ich es gemerkt hätte, hatte ich angefangen, mich selbst zu *spielen,* nicht um mich zu *verstellen,* sondern im Gegenteil, um mich zu zeigen und für mich einzustehen. Die Hülle, die sie von mir zu sehen bekamen, *belebte* ich jeweils mit *dem* Heinz, mit dem sie es zu tun haben sollten, in einer Art *Vorstellung,* als *Theater,* um Ruhe vor ihnen zu haben und unbehelligt zu sein.

Tatsächlich wurde ich zunehmend verschont, zumindest empfand ich es so, eine Zeit. Ich machte ihnen etwas vor und wurde dadurch *unangreifbar,* spürte ich, *unerreichbar,* und die anderen waren für mich gefahrlos überhaupt erst *erreichbar* geworden durch diesen Heinz, den ich ihnen vorspielte und dessen Rolle ich übernahm.

Abgesehen von *Peer Gynt* im Koffer der Mutter hat es im Haus keine Bücher gegeben. Den *Lesezirkel* hat es gegeben, und wir hatten *den,* der schon total abgegriffen war, weil der am billigsten war, der war dann schon ein paar Wochen alt und roch wie Geld, von den vielen Händen, durch die er schon gegangen war. Jede Woche kam eine Mappe mit Zeitschriften ins Haus. Die *Bunte, Für Sie, Neue Post.* Der *Stern* war auch mit dabei, der brachte manchmal *Fortsetzungsromane,* an denen las ich mich fest, darin ging ich auf. Der erste, da ging es um einen, der zwölf Jahre unschuldig in der *Todeszelle* saß in Amerika. Diese Geschichte kam immer wieder, jede Woche gab es etwas zu lesen über diesen Menschen. Ob er hingerichtet worden ist, jedenfalls, zu der Zeit saß er schon zwölf Jahre in der *Todeszelle,* das hat mich beeindruckt und irritierte mich von Woche zu Woche aufs Neue. Auch diese Geschichte habe ich in meinem Theater im Hof aufgeführt, jede Woche kam ein Akt dazu. Alles, was mich irritierte oder empörte und auch beglückte, kam zur Aufführung, *vor* meinen Freunden und *mit* meinen Freunden oder auch nur in meinem Kopf. Dabei habe ich Wege und Auswege für die Menschen zu finden versucht, von denen ich aus diesen Magazinen erfuhr. In Wahrheit habe ich Wege und Auswege für mich selbst zu finden versucht. Im Leben dieser anderen waren Dinge zu entdecken, Möglichkeiten, an die im eigenen Leben nicht zu denken war. Vor allem aber sah ich dabei nicht wie bisher immer nur auf meine Mutter und auf den Fritz und meine Geschwister und auf die Nachbarn ringsum und damit doch immer nur *auf mich selbst und auf die eigene Geschichte,* sondern eben *aus mir heraus* und ins Leben der anderen hinein, und konnte sehen, dass wir nicht die Einzigen waren, meine Mutter und ich, sondern dass es *Verbündete* gab, Gleichgesinnte, und Betroffene auch, denen es *elender* erging als uns beiden, und dass es über die ganze Welt verteilt *Waschküchen* gab und *Zellen,* in denen auf den einen oder anderen Ausgang einer Geschichte gewartet oder gehofft wurde. Diese möglichen *Ausgänge* spielte ich durch, jede Woche ein weiterer Akt, mindestens einer, und mit der Zeit unabhängig von der *Vorlage* eines Romans und aus dem eigenen Leben heraus.

Der Bedarf an *neuen Stoffen* war durch den *Lesezirkel* allein nicht zu stillen. Für Abhilfe sorgte mein Freund Otto. Otto Hafner war der Erste, der mir etwas *Anständiges* zum Lesen gegeben hat. *Dracula* von Bram Stoker. Da wurde sogar meine Mutter aktiv. Plötzlich hörte sie Schreie, es war noch gar nicht so spät, ich lag im Bett, da öffnete sich die Decke, und Dracula persönlich rutschte an meinen Hals.

In dem Moment begann ich zu schreien, ich muss unheimlich geschrien haben, die Mutter war wohl in der Küche, es ist ja eine kleine Wohnung, und rannte dann zu mir und hat mich geschüttelt, dann kam ich allmählich zu mir.

Diese Geschichte hat einen derartigen Schrecken in mir erzeugt, dass ich mich in meinem Zimmer eingesperrt habe. Einsperren allein war schon bald nicht mehr genug, so habe ich die Tür zu meinem Zimmer zugenagelt und die Laden vor dem Fenster mit Draht festgezurrt, aus Furcht, auch die anderen im Haus könnten gefährdet sein.

Meiner Mutter blieb das nicht verborgen. Über Tage belagerte und bearbeitete sie meine Tür. Und dann kam, wer ist denn *da* gekommen, der Nachbar ist dann gekommen, der Artur, der Bruder vom Fritz, der hat dann die Tür eingerannt, *ja, Gerda, mit dem Heinz musst du anders umgehen, der ist wirklich verrückt.*

Er rannte die Tür ein, und ich lag im Bett, *in Erwartung* und *geschockt* von dieser Geschichte, die es auf mich abgesehen hatte, und vor allem, auf die *ich* es abgesehen hatte.

Bis dahin war mein Leben ohne einen Traum ausgekommen, zumindest ohne Erinnerung daran. Nun war der Tag voll von Träumen, von Fantasien eigentlich. Plötzlich stürzte die Decke herunter, und Dracula kam und saugte an mir. Schon mein erstes Buch hätte ich beinahe nicht überlebt, doch ich ließ es geschehen, denn *ohne* dieses Buch würde ich ganz gewiss *nicht* überleben, das spürte ich auch. Dieser Vampir, dieses Wesen, diese Angst, was auch immer es sein mochte, hatte Lust an mir als Person, an dem Heinz, der ich war, so empfand ich es immerhin, so wie

· 34 ·

ich fasziniert war von dieser Geschichte, von dem *Grauen* darin, das mich anzog wie kaum etwas zuvor. In diesem *Horror* war ich *daheim,* spürte ich, und auf *meine* Art *angekommen.* Diese Welt war mir vertraut und auch nicht. Es gab die Bedrohung, und es gab Mittel, mit denen man sich zur Wehr setzen konnte. Da war dieses *Wesen,* aber auch das Wissen darum, dass es den Tag meiden musste, das Licht, und das Kreuz, vor dem es zurückschreckte. Und es gab den Pfahl, den man ihm durchs Herz stoßen konnte und der es zu Asche zerfallen ließ.

Das Buch hatte ich überall mit dabei. Die wichtigen Stellen waren angestrichen. Irgendwann war das ganze Buch angestrichen und mit meinen Notizen vollgeschrieben. So *konnte* ich es Otto nicht zurückgeben, aber er hat mich trotzdem weiter mit Büchern versorgt.

Otto ist in einem sogenannten *behüteten Haus* aufgewachsen, er war ein paar Jahre älter als ich und hatte mir einiges an Erfahrung im Umgang mit Gespenstern voraus. Aber er hatte keine Ahnung davon, wie es in mir zuging und was bei uns im Haus los war. Kein Mensch wusste das.

Ein Buch nach dem anderen hat er mir zu lesen gegeben. Einmal war es der Roman *So weit die Füße tragen.* Da hast du was, wo du dann keine *Albträume* hast, sagte er. Aber diese *Wachträume* habe ich bei jedem Buch dann gehabt und bei jeder Rolle nachher fürs Theater. Auf diese Weise habe ich mich ins Leben meiner Rollen geträumt und ins Leben überhaupt.

Dracula wollte mich wach. Im Schlaf hatte er keine Freude an mir. Immer kam er *aus heiterem Himmel,* darauf war Verlass. Da kam die Decke herunter, ich lag im Bett. Immer gleich. Die Decke öffnet sich, und er legt sich mir an den Hals. Ich lag still und tat nichts. Dann schrie ich und schrie. Und dann kommt Mutter zur Tür herein. Sie kannte ja schon diesen Traum. Und hat mich beruhigt. Dann schlief ich auch ein. Dann konnte ich schlafen. Und das musste ich auch. Denn um vier musste ich aufstehen. Mit *dreizehn* habe ich bei *Obst und Gemüse* Geld verdient. So ging das bis '65. Dann war es zu Ende. Dann bin ich nach Wiesbaden auf die Schauspielschule. Aber davor war ich in der Fabrik, *nach* der Schule. Mit fünfzehn bin ich da rein. Gleich über der Wiese war diese Fabrik, eine Stickerei, mit fünfzehn bin ich da rein und dachte, lebendig kommst du da nicht mehr heraus.

Dracula ist in Form von Briefen geschrieben. Tagebuchaufzeichnungen, Telegramme, Notizen jeder Art. So habe ich es auch gemacht zu der Zeit. Ich habe *notiert,* was sich am Tag zuvor *ereignet* hatte oder wovor wir *verschont* geblieben waren. Auch die ausgebliebenen, aber vorhergesehenen oder befürchteten Ereignisse habe ich festgehalten, denn so hatte ich sie ständig präsent und war vorbereitet *für den Fall,* dass man reagieren musste, als Vergewisserung, dass alles immer auch *anders* sein konnte, wenn es denn schon einmal *gut* war. Denn von einem Moment auf den anderen konnte ein Anfall der Mutter oder ein Besuch Draculas alles infrage stellen oder zunichtemachen, was zumindest für diesen Tag als *gesichert* gelten konnte.

Die *Untoten* hatten meine Bühne erobert. Und *Untote* waren wir ja, meine Mutter und ich und wir alle. *Unerlöste*. Das spürte ich längst. Nun war es Gewissheit. *Im Leben* waren wir nicht. Als von etwas *besetzt* oder *besessen* hatte ich mich immer gefühlt. Jetzt hatte unsere Lage, unser Zustand auch einen Namen, und auf der Bühne im Hof wurden Zeremonien abgehalten und Exorzismen geprobt. Das Wissen dafür kam aus Ottos Büchern.

Dracula war ein ständiger Gast. Es war kein Entkommen, und dafür sorgte ich selbst, indem ich mich immer wieder einsperrte, auch, um die Spannung zu halten und noch zu steigern, denn trotz all der Angst war mir jede Begegnung mit ihm doch auch eine Lust. Jede Möglichkeit dazu nahm ich wahr und hielt mich ihr willig entgegen. Er war ja in mir, spürte ich. Er war in mir eingezogen, und mit ihm war die Frage nach meinem Vater, nach meinem *richtigen* Vater in mir eingezogen.

Einen *richtigen* Vater gab es ja nicht. Was es gab, war die *Frage* nach ihm. Während einer *Begegnung* mit Dracula kam mir die Idee, *er* selbst hätte sich in Norwegen damals in das Leben meiner Mutter gebissen, und dabei war ich eben entstanden, *deshalb* kam er mich jetzt auch besuchen, so sagte er es mir immerhin, in meinen Gedanken sagte er das. Über Jahre hätte er nach mir gesucht, und jetzt hätte er mich endlich gefunden. Das wüsste ich nun, doch *nur wir* wüssten das, nur wir beide, und dürften es keinem erzählen, man würde es ja doch nicht verstehen und uns nur auseinanderzubringen versuchen.

Und einmal, wieder lagen wir, er beugte sich über mich und war anders als die Male davor, ständig veränderte sich etwas an ihm, ein Gesicht ging ins andere über, und in *einem* dieser Gesichter glaubte ich plötzlich meinen *Vater* zu erkennen, meinen *richtigen* Vater, und mit diesem Gesicht lächelte er mich zum ersten Mal an.

Woran ich ihn zu erkennen glaubte, das war nicht zu sagen, ich spürte es immerhin. Ich hatte ihn ja nie gesehen und wusste nichts von ihm, außer, dass er sich in Luft auflösen und auf Dauer verschwinden konnte. Aber jetzt hatte er sich mir gezeigt, und ich wusste, es gibt ihn. Ich hatte ihn im Blut. Schließlich hatte er das Blut meiner Mutter getrunken. Jetzt war er in meinem Leben angekommen, mein Vater, zumindest als meine Frage nach ihm.

Eine Zeit lang war ich immer in Panik geraten, wenn er über mich kam, doch dann merkte ich, er suchte nur den Kontakt, er lag neben mir und redete vor sich hin, als wäre ich gar nicht vorhanden. Er wäre ein Teil von uns, von meiner Mutter und mir, und dass wir ihm fehlten, dass er Sehnsucht hätte nach uns, aber dass wir eben nicht zusammen sein könnten, weil er *aus einer anderen Welt* war, aus einer anderen Zeit. Aus der *norwegischen Zeit* meiner Mutter.

In Norwegen hatte er sich in sie verliebt, und sie sich wohl in ihn, und in ihren Anfällen, wenn sie *auf die Reise* ging, wie sie sagte, holte er sie seither zu sich zurück, dachte ich. Ich hörte ihm zu, doch ich traute ihm nicht, er konnte mir schließlich alles erzählen. *Deine Mutter war ein Deutschenmädchen,* sagte er, und dass er es ernst gemeint habe mit ihr.

· 38 ·

Im Roman hatte er sich in seine Heimat nach Transsilvanien zurückgezogen. Danach suchte ich jetzt in meinem Schul-Atlas, die Karpaten, und in den Karpaten sein Schloss.

Dass das Transsilvanien meines Vaters in Hohenems zu finden war, im Ort nebenan, einige Bushaltestellen entfernt, das hat er mir nicht gesagt, und dass es noch eine Zeit dauern würde, bis ich mich auf den Weg machen würde, um ihn in seinem Schloss aufzusuchen.

Meiner Mutter konnte ich nicht gut sagen, mit wem ich gerade beisammen war, wenn sie mich aus einer *transsilvanischen* Umarmung rüttelte, und auch nicht fragen, warum sie mich immer ansah, als ahnte sie es und als wüsste sie alles von Anfang an.

Auf unsere Art flohen wir *zu*einander und gleichzeitig doch auch *vor*einander und eben in einander hinein. Im Spiel war es ja so, ich bin in meine Mutter *hineingeschlüpft.* Wenn ich *sie* betrachtete, dann hatte ich mich selber vor Augen. Ich war in ihr drin. Und da wieder herauskommen, das war *ein Prozess* jedes Mal, der dauert im Grunde immer noch an.

Die gemeinsamen Fluchten in die *Fortsetzungsromane,* in die Todeszellen der anderen. Ins Spiel. Und ins Kino. In die Filme. Sie hatte eine *Dauerkarte* und nahm mich mit auf die Reise, auf der sie mich auch immer wieder in Filme hineinschmuggelte, die nicht jugendfrei waren. Irgendwie hat sie mich immer hineingebracht. *Der Glöckner von Notre-Dame.* Sie hatte einen guten Kontakt zum Kinobesitzer, an

· 39 ·

der Kasse haben sie verhandelt, *ja dann geht, schnell, schnell in die Mitte,* und da war ich dann begeistert von Anthony Quinn und von Gina Lollobrigida und vom Thema überhaupt, das ja mein Thema war.

Mit dem Glöckner konnte ich mich sofort anfreunden, der da oben lebte, im Turm, mit seinen Glocken, und *verrückt* geworden ist durch den Klang, er hörte ja nichts mehr. Durch die *große Marie,* die er zum Klingen brachte, indem er auf ihr schaukelte, *die hat mich taub gemacht,* sagte er.

Gina Lollobrigida hatte es mir angetan, und *Esmeralda* hatte es dem *Glöckner* angetan, eine Bettlerin, *eine Ägypterin, die bei Zigeunern aufgewachsen war,* hieß es im Film. Auf dem Platz vor der Kathedrale tanzt sie für die anderen Bettler, die sie dafür hochleben lassen. Ein Priester sieht ihr vom Kirchturm aus zu und verliebt sich in sie. Und der Glöckner sieht ihr von seinem Turm aus zu und verliebt sich in sie. Aber sie hat nur Augen für einen anderen. Diesen anderen versucht der Priester zu töten, aus Eifersucht, und *ihr* die Schuld zuzuschieben. Ihr wird der Prozess gemacht, und der Priester – seine Aussage ist es, die zu ihrer Verurteilung führt. Als *Hexe* wird sie verurteilt. Und eine *Hexe* war ja auch meine Mutter, weil sie im Pakt war *mit einem Russen, der ertrunken ist.*

Beim Versuch, Esmeralda zu befreien, wird sie getötet. Quasimodo sucht nach ihr. Von seinem Turm aus kann er sehen, wie man ihre Leiche über den Boden zum Richtplatz schleift, denn wenn sie auch tot ist, soll sie doch aufgehängt werden. Als er dort ankommt, hat man ihren

Körper bereits abgehängt und in die Katakomben des Galgenhügels gebracht. Inmitten anderer toter Körper findet er sie und legt sich zu ihr. Wie Dracula sich an mich gelegt hat, legt er sich neben sie. Jahre später werden die Skelette der beiden gefunden. Sie liegen *auf seltsame Weise ineinander verschränkt* und zerfallen zu Staub, als man versucht, sie voneinander zu trennen.

Ich dachte, wenn schon *gestorben* sein muss, dann sollte die Geschichte doch *weitergehen,* und so habe ich mich beim nächsten Anfall meiner Mutter neben sie hingelegt. Aber nicht, um mit ihr zu Staub zu zerfallen, sondern, um mich mit ihr *aus dem Staub zu machen,* und sei es auch nur in den nächsten Film hinein und in den übernächsten und immer so fort, denn beide waren wir süchtig nach dieser anderen Welt, die es nun auch für mich gab.

Wie damals bei dem Bauern, von dem sie mich weggeholt hat, ist meine Mutter im Kino von Lustenau noch einmal neu in mein Leben gekommen. Durch die Filme, während derer ich sie erleben konnte wie eben sonst nicht. Die Leinwand, auf der sich alles abspielte, war ihr Gesicht, *wir* waren die Leinwand, und jede Geschichte, die durch uns hindurchflimmerte, wurde zur Geschichte von ihr und von mir. Wir haben viele Leben gelebt, miterlebt, in den Geschichten der anderen, und nachgeholt, was wir in den Jahren, in denen wir getrennt waren, versäumt haben mochten.

Der Glöckner und *Esmeralda*. Meine Mutter und ich. Die Rollen waren verteilt. Der Norweger-Trottel, das Rentier, der Lapp und *die schöne Ausländerin*, die den Teufel im Leib hatte, *die Norweger-Hur,* die den Männern in der Siedlung nicht nur den Kopf verdrehte und die es ja auch meinen Freunden angetan hatte, *hast du eine schöne Mutter,* haben die immer gesagt, wenn sie zu mir gekommen sind, und in Wahrheit doch auch, um *sie* anzusehen und in ihrer Nähe zu sein.

Immer wieder tanzte sie jetzt unten im Hof, wie *Esmeralda* es auf dem Platz vor der Kathedrale getan hatte, zwischen den Hasen und Hühnern und Katzen tanzte sie in der Holzmühlestraße hinten im Hof und lachte und winkte zu mir herauf in mein Zimmer, von wo aus ich sie dabei beobachtete. Woran denkt sie jetzt, wollte ich wissen, für wen tanzt sie, bei wem ist sie mit ihren Gedanken, bei den Bettlern von Paris oder bei ihren Freunden in Lindau oder Kirkenes oder in Oslo. Oder war sie doch bei den Nachbarn aus der *Desser-Siedlung,* es war nicht zu sagen. Und *als wer ich ihr dabei zusah,* das war mir schon längst nicht mehr klar.

Eine Zeit hat sie mir *Diven* vorgespielt, *Greta Garbo,* sie kannte alle ihre Filme und spielte mir Szenen daraus vor, für mich oft ohne Grund, ohne Ankündigung, scheinbar zusammenhangslos, aus dem Stand heraus sozusagen, auf dem Heimweg vom Kino oder beim Einkaufen im Geschäft war sie plötzlich Greta Garbo oder Zarah Leander oder eben *sie selbst* in neuen *Facetten,* die ich bis dahin nicht an ihr gekannt hatte. Sie nahm sich den Herbert, meinen Freund, oder den Erwin und hat mit ihnen Charleston getanzt oder Tango, auf dem Tisch in der Küche, im Hof, auf der Straße, was auch immer man gerade tat. Oder sie machte jemanden nach, wenn sie einen nicht mochte oder eben *sehr* mochte, dann auch. Aber immer so, dass derjenige es nicht merkte, nicht merken sollte, weil es *im Geheimen* geschah, erkennbar nur für meine Freunde und mich. *Stille Vorstellung* nannten wir das.

Das waren die Tage *mit gutem Wetter im Kopf,* wie sie es nannte, und die wir entsprechend dankbar erlebten. Denn mit *Blitzschlag* war immer zu rechnen, für sie und für jeden, der gerade in ihrer Nähe war.

Wenn bei Frauen *der Blitz einschlug,* hieß das, sie waren schwanger geworden. *Es hat eingeschlagen,* hieß es dann. Schlug in meine Mutter der Blitz ein, dann kippte die Stimmung und Sturm kam auf. Entweder sie fiel um, wie ein Tier, das zappelnd *ausgeistert,* oder sie wurde *rabiat* und setzte sich gegen etwas zur Wehr, das für uns alle nicht erkennbar war für das sie aber jeweils denjenigen hielt, der gerade in ihrer Nähe war, und gegen den sie dann so vehement wütete, als ginge es um alles, und so war es wohl auch. Dann galt es abzutauchen, *Eichen sollst du weichen, Buchen sollst du suchen,* denn sie selbst war das Zentrum des Sturms, von dem die Blitze ausgingen. Aber vielleicht ging in Wahrheit ja doch alles von *mir* aus, und es war auch bei meiner Mutter nicht anders als bei anderen Frauen, *wenn der Blitz einschlägt,* denn *ich* war es ja, der in Norwegen in sie *eingeschlagen* hatte, in Kirkenes, und jeder Sturm und alle Blitze seither waren vielleicht eine Erinnerung an diesen Einschlag damals.

Als der Fritz nicht mehr war, als es den Stiefvater nicht mehr gab, in der ersten Zeit danach haben wir nur noch für das Kino gelebt, *im* Kino eigentlich, in den Filmen.

Mit dem Fritz war es vorbei, und damit war es auch mit dem *Beichten* vorbei, wenn wir uns einen Film angesehen hatten. *Habt ihr wieder Unkeuschheit getrieben,* hatte es immer geheißen, wenn wir aus einem Film zurückkamen. Das Kino mochte er nicht. Nichts mochte er, das nicht mit ihm selbst zu tun hatte. Das Kino war ihm eine einzige Unkeuschheit. Und eine solche, zumindest den Gedanken daran, unterstellte er jedem, der seine Frau auch nur von Ferne ansah, denn für ihn selbst war sie schließlich einmal *die Versuchung in Person* gewesen, wie er immer sagte, sie hätte ihn verhext, das sei ihre Natur und sie könne nicht anders. Und jetzt, wo er krank war, wären eben andere dran, die es auf sie *abgesehen* hätten. Er war einer wie alle, also wusste er, was *alle* wollten, von ihr wollten, und wohl auch bekamen, wie er meinte. Sie stand unter Verdacht. Und ich mit ihr, denn ich war ja das fleischgewordene Zeugnis dieser *Versuchung,* die meine Mutter nun einmal war.

Für meine Liebe zum Horror hatte Otto den Grundstein gelegt. Diesen Horror gab es nun nicht mehr nur zu Hause und in den Büchern, sondern eben auch in den Filmen, und ich war besessen davon. Nicht meine Mutter. Horror bin ich mir selber genug, sagte sie, und so bin ich von da an auch alleine ins Kino.

Immer wieder saß dann eine Frau neben mir. Sie hatte einen Oldtimer, mit dem fuhr sie tagsüber die Menschen in der Gegend herum, und abends setzte sie sich in der Dunkelheit eines Gruselfilms neben mich, auf den Platz, auf dem bis dahin meine Mutter gesessen hatte. Und wenn der Film zu Ende und das Grauen besiegt war, sagte sie, ja, *das kann es geben. Das kann es geben, Heinz,* sagte sie jedes Mal.

An Horror konnte es in den Filmen nicht genug geben. Ein verrückter Mediziner, der Versuche macht und andauernd Köpfe verpflanzt. Ein Mann überlebt ungeschützt einen Atombombenversuch und wächst dann und wächst, und je größer er wird, desto bösartiger und gefährlicher wird er. Und neben mir saß diese Frau und war davon erschreckt und begeistert wie ich. Sie hatte ein Taxi, diesen Oldtimer aus den 30er-Jahren. Und damit hat sie mich hin und wieder nach dem Kino nach Hause gebracht.

Einmal hat meine Mutter dann wohl auch im Kino einen Anfall gehabt. Da kam dann der Kinobesitzer, Oskar hieß er, ein sehr netter Mann, und hat gesagt, Heinz, ich habe Angst um deine Mutter, auch auf dem Weg zum Kino kann ja Schlimmes passieren. Es wurde immer weniger mit dem Kino für sie, und irgendwann hatte sie dann einen Fernseher, einen alten Fernseher, dann hatte sich das mit dem Kino erledigt.

Tag und Nacht flimmerte dieser Fernseher durch ihr Leben. Ohne Ton. Ob er funktionierte oder nicht, er war und blieb stumm. Es ist ohnehin so laut ringsum, sagte sie, mir genügen die Bilder. All die Jahre danach, wenn ich sie besuchte, der Fernseher lief rund um die Uhr. Ohne Ton. Aber die Bilder von der Welt, die wollte sie haben, auch in der Zeit, als sie die nicht mehr wahrnehmen konnte.

In die Schule bin ich gekommen, muss ich überlegen, '42 geboren, weil ich ein später Zweiundvierziger bin, kam ich mit dem Jahrgang '43 in die Schule. Wann kam man denn in die Schule, mit sieben, also ich dann mit acht. 1950 hatte ich mein erstes Schuljahr. Sieben Jahre später bin ich ausgeschult worden. Da war ich fünfzehn. Dann ging es gleich in die Fabrik, in die Stickerei, Geld verdienen.

Und *davor*, in der Schule, die Lehrer konnten nichts mit mir anfangen, man versteht dich nicht, was sagst du denn, haben sie immer gesagt. Zwischen Norwegisch und Dialekt ging alles bei mir durcheinander.

Es war auch sonst keiner wie ich, der Umwege machen musste, weil man mich immer schlagen wollte. Und irgendwann habe *ich* zugeschlagen. Wenn mich einer gar nicht in Ruhe gelassen hat. Mit der Zeit haben sie aufgehört, mich zu schlagen, und irgendwann haben sie mich gefürchtet. Ich habe mich auch bewaffnet. Mit dem Küchenmesser bin ich in die Schule, das steckte in meiner Schultasche drin. Und einmal, da habe ich eine Schülerin genommen, die mich immer *Rentier*, immer *Rentier* hat sie mich gerufen, dann habe ich sie mir geschnappt, mitten auf der Straße, habe ihr das Messer an den Hals gehalten – *einmal noch Rentier* – dieses Mädchen sagte nie mehr *Rentier* zu mir. Es sind auch keine Eltern aufgetaucht. Die haben mich wahrscheinlich auch gefürchtet.

Im Grunde genommen hätte ich wie diese zwei jungen Männer in Deutschland vor etlichen Jahren in ein Klassenzimmer gehen und alles niederschießen können. Oder ich denke an eine Geschichte aus den 60er-Jahren, also viele Jahre später, da war ich schon auf dem Weg, *ein guter Mensch* sein zu wollen. Aber damals, *das* war in den 60er-Jahren – sitzt ein junger Mensch in Lindau am Bahnhof, mit langen Haaren. Kommt einer von hinten mit einem Schuss-Apparat, mit dem man Tiere tötet, und erschießt ihn damit. So stand es dann auch in der Zeitung: *Junger Lindauer erschießt Langhaarigen mit Schuss-Apparat.* Dazu wäre ich mit zwölf Jahren fähig gewesen.

Erst der *letzte* Lehrer – der war der *Erste,* der mit mir etwas anfangen konnte, Anton Schreiber hieß der. Der wusste, ich bin *anders.* Der hat das gespürt und mir auch immer wieder etwas zum Lesen gegeben. Durch ihn habe ich einiges nachgeholt. Der hat mich erkannt, in meinem *vorgespielten Heinz* hat der mich ausfindig gemacht. Er hat uns motiviert, *eigene* Geschichten zu schreiben. Vor ihm hat das keiner gemacht, und so habe ich einen kleinen *Lebenslauf* für ihn geschrieben. Darin habe ich auch von dem Bauern erzählt, der mich immer gebrannt hat. Daneben auf dem Blatt habe ich eine Zeichnung gemacht. Einen *Übermenschen* habe ich hingezeichnet, wie ich ihn zu der Zeit *gespielt* habe im Hof. Er hat auch gesungen, gern mit uns gesungen, und wollte meine *Lieblingslieder* hören. Und da hatte ich nur die zur Auswahl, die ich auf der Alm gelernt habe. Der Vater von meinem Freund, vom Herbert, hat uns immer im Sommer mit auf die Alm genommen, immer wieder einmal. Er hat dort gearbeitet. Franz hieß er. Und der war es auch, mit dem ich mich Jahre später mit dem Moped auf die Reise nach *Transsilvanien* gemacht habe. Aber zu der Zeit damals wusste ich von alldem noch nichts.

I hob amol a Ringerl kriegt, von meinem Herzensdirnderl. Und i hob ihr a Röserl geben, grod wie's im Sommer blüht. So ein typisches, sentimentales Älpler-Lied habe ich dem Anton Schreiber vorgesungen, in der Schule. *Ja, man merkt, das Lied liegt dir sehr gut, und es kommt aus deinem Herzen.* Es gab noch einige andere alte Lieder, dieses eine habe ich behalten, und irgendwann habe ich es dann auch auf der Bühne gesungen. In *Platonow.* In dem Stück habe ich einen versoffenen General gespielt, der sich an seine Tochter heranmacht, immer so kleine Liedchen vor mich hingesungen, wenn mir nach meiner Tochter war. Die Regisseurin sagte, du brauchst sie nur anstimmen, und dann säufst du weiter.

Aber damals, mit zwölf, so um zwölf herum und danach, es gab nur das Kino, sonst nichts. Doch. Einen Ort gab es, an den ich immer gerne hin bin. Den *Alten Rhein.* Auch diese Flucht war aus einem Film geboren. *Tarzan, der Verteidiger des Dschungels.* Der Kinobesitzer hat mich darauf gebracht. Nach der letzten Vorführung habe ich ihn gefragt, wann denn wieder mit Tarzan zu rechnen sein würde. Und da meinte er, frag ihn doch selbst, soviel ich weiß, lebt der nicht weit von hier. Wozu auf einen Film warten, wenn du die Wirklichkeit vor der Tür hast, am *Alten Rhein* draußen, sagte er.

· 48 ·

Und die Frau, die Taxlerin, die den Film mit mir gesehen hatte und jetzt neben mir stand, meinte, ja Heinz, das könnte sein. Beide hatten sie recht. Tarzan, wenn er je dort gewesen sein sollte, hatte den Ort zwar verlassen, aber es war doch seine Welt, in der ich jetzt war. Ein Urwald, ein Dschungel, und eben keine Kulisse, kein Film, sondern das wirkliche Leben, zu dem das Drehbuch erst noch zu schreiben sein würde.

Eine Zeit lang war ich jeden Tag dort. Diese großen Bäume. Das Dickicht. Eine einzige herrliche Wildnis, wie geschaffen für mich. Lianen, die von den Bäumen herabhingen und die ich von den Filmen her kannte. Die Affen haben die immer gefressen. Ich habe sie geraucht.

Dort habe ich schwimmen gelernt in dem Wasser. Auch wenn es geschüttet hat, war ich dort, denn da war ich ganz sicher allein. Am liebsten habe ich gebadet, wenn es gedonnert und geblitzt hat. Damit es mich im Wasser erschlägt. Das wollte ich immer. Das habe ich von ihr.

Der *Alte Rhein* war das Glück. Und da Tarzan nicht auftauchte, habe ich versucht, seine Rolle nach und nach zu übernehmen, so gut ich es eben vermochte. Ich bin für ihn eingesprungen. Für Lex Barker eigentlich. Es war die erste Rolle, die ich für einen anderen übernommen habe. Wie es viele Jahre zuvor ja vielleicht schon einmal der Fall war, nur dass ich es damals nicht wissen konnte, als ich für den *richtigen* Heinz einzuspringen hatte, nach meiner Geburt, auf dem Wickeltisch in dem Heim, als man mich meiner Mutter als *ihren* Heinz übergeben hat. Oder dann noch einmal bei dem Bauern, von dem sie mich weggeholt hat.

· 49 ·

Aber diesmal und jetzt wusste ich von Anfang an, dass ich der *Ersatz* war.

Der *Alte Rhein* ist mein erster Dschungel gewesen. Dort bin ich zum ersten Mal Tarzan gewesen.

Du siehst aus wie eine Nonne, hat meine Mutter immer gesagt. Damit hatte sie nicht unrecht. Oft habe ich Nonnen gespielt, oder eine Elfe im *Sommernachtstraum*. Du hast ein Nonnengesicht, sagte sie. Und ich wollte aussehen wie Tarzan, wie Johnny Weissmüller oder Lex Barker, zumindest in meiner Dschungelzeit am *Alten Rhein* war das so. Wenn eine Frau zu spielen war, am Theater, dann war ich es. Ich brauchte keinen Rock, schon das eingerahmte Gesicht hat gereicht. Meine Mutter hat das als Erste erkannt. Die hat mich deshalb immer *Pfarrer* genannt. Wenn sie mittelmäßig aufgelegt war, dann war ich *der Herr Pfarrer.*

Und doch bin ich dann später auch auf der Bühne zu Tarzan geworden. *Tarzan ist mein großer Bruder und Superman mein bester Freund* hieß das Stück. Geschrieben hat es ein Mensch, der mich mochte. Der Darsteller, der es spielen sollte und die ideale Besetzung gewesen wäre, war ausgefallen. Der kam dann zu mir, Heinz, mach das doch, es ist ja nur ein Kinderstück. Mach ein paar Liegestütze, ab und zu, und du bist es.

Zu der Zeit habe ich Karate gemacht, weil ich todkrank war vom Saufen. Ich war dreiunddreißig, und der Arzt hat gesagt, schließ dich der Krankenkasse an, die machen Sport, sonst lebst du nicht mehr lang. Und so landete

· 50 ·

ich in dieser Karateschule in Saarbrücken. Dort habe ich Liegestütze gemacht, bis ich zu Tarzan geworden war. *Es war beeindruckend, wie Heinz Fritz mit seinen Bauchmuskeln spielte.* Eine meiner besten Kritiken. Der Intendant meinte, *Herr Fritz, Sie sind es nicht, aber Sie geben sich Mühe.*

Wie es jetzt am *Alten Rhein* aussieht, in Lustenau, es ist alles anders jetzt. Auch das Kino ist nicht mehr, wie es war. Ich habe noch darin gespielt, vor drei Jahren erst. *Rheinlichtspiele* hieß es damals. *Cinemascope*, riesige Leinwand, großes Kino. Aus diesem Kino sind jetzt drei, vier kleine Kinos geworden. Ich habe es nicht mehr erkannt, als ich wiedergekommen bin.

Tarzan, der Verteidiger des Dschungels. Der *Alte Rhein* war nicht zu verteidigen, nicht durch mich. Lianen gibt es dort keine mehr. Am *Alten Rhein*, das war die schönste Zeit. Das Glück wuchs von den Bäumen herunter, und ich habe es geraucht.

Nur wenige Jahre davor sind Flüchtende dort über die Grenze gegangen. Es sind immer wieder neue gekommen, die hier über die Grenze zu kommen versuchten und als Deserteure erschossen wurden. Hier konnte man leicht über die Grenze, leicht durchs Wasser konnte man gehen, das war oft nur knöcheltief. Aber dann sind die Grenzer gekommen und haben sie umgebracht oder gestoppt.

Vom Ufer aus sieht man hinüber in die Schweiz. Eine Zeit hat die *SS* Juden hinübergeführt und damit Geld verdient. Etwa sechshundert Menschen hätten sie hinübergeführt, haben einige der *SSler* gesagt, nach dem Krieg. Also, eigentlich hätten sie ja Menschen gerettet.

In der Mitte vom Fluss war man schon in der Schweiz. Auf *unserer* Seite vom Fluss ging es in die Lager, nach Theresienstadt. Und fünfzig Meter von dort hätte die Freiheit begonnen oder beginnen können, denn viele von ihnen sind wieder zurückgeschickt worden. In der Schweiz hat es den Grüninger gegeben, der viele Menschen gerettet hat, verbotenerweise damals. *Diepoldsau* heißt die Gemeinde. *Diepoldsau*. In Hohenems war die Grenzschutzpolizei stationiert. Fünfzig Mann.

Von einem Fall von Fluchthilfe habe ich gehört. Ein Deutscher hatte Streitigkeiten mit seinem Hausherrn und ist dann hier über die Grenze. In Hohenems hat ihn ein Mann vierzehn Tage lang versteckt, bis er hinüberkonnte. Der Mann hat sich mit einem Grenzpolizisten zusammengetan, hat ihm eine Sense in die Hand gegeben, dem Deutschen, ist mit ihm an den *Alten Rhein* und hat mit ihm Feldarbeit verrichtet. Dann hat er gesagt, *und jetzt lauf, schnell. Spring.* Und während der Deutsche über das Wasser ist, hat er den Grenzpolizisten gerufen, der Dienst hatte an dem Tag und in der Nähe war, sodass auch der noch so tun konnte, als würde er ihm beim Mähen helfen. Und währenddessen war der andere auf und davon. Das gab es auch, Menschen, die geholfen haben und von denen man nie etwas erfahren hat. Und dass jemand auch wirklich sein Leben aufs Spiel gesetzt hat für Juden. Einige solcher Leute hat es gegeben. So wie andere, vor allem die SS, die Geld wollte und bis zu einem gewissen Zeitpunkt froh war, wenn Juden über die Grenze gegangen sind, weil sie daran verdient haben. Später dann haben sie sie nur noch vernichtet.

Lianen gibt es dort nicht mehr. Mich haben die immer beruhigt. Manchmal habe ich mir eine Schachtel *Donau* gekauft. Meine Mutter hat *Donau* geraucht. Aber ich hatte nie Geld, und die Lianen, dachte ich – wunderbar.

Ich weiß noch, wer mich darauf gebracht hat. Da gab es einen Kapuziner, am *Alten Rhein* draußen, Maroni hat er verkauft. Sommer wie Winter war der immer dort. Oft hat er mir eine Tüte Maroni geschenkt. Er stand da in seiner Kutte am Weg, ganz allein. Auf seine Art war er *ausgestiegen*. Und er sagte, irgendwie sagte er mir, ich bin dort nicht mehr klargekommen, und jetzt lebe ich mein Leben hier am *Alten Rhein*. Ein kleines Zelt hat er gehabt, darin hat er gelebt. Und dann, etwas später gab es auch eine kleine Überdachung, unter die man sich setzen konnte, um die Maroni zu essen.

Dieser Kapuziner hat mich auf die Lianen gebracht. Er hat die geraucht. Sag ich, was ist das? Ja, das sind Lianen. *Niala*. Er hat keinen Dialekt gehabt, erinnere ich mich. Irgendwie war das Hochdeutsch für mich, was er sagte. Er war, denke ich, nicht aus diesem Land.

Die Kutte, die ist mir geblieben, die schützt mich wie ein Zelt, hat er immer gesagt. Aber hin und wieder muss man eben heraus aus dem Zelt, es gibt Zeiten, da muss man auch wieder heraus.

Diesen Kapuziner habe ich erlebt, solange ich dorthin bin. Auf meinem Weg in den Dschungel bin ich an ihm vorbeigekommen. Dann hat er mir ein paar Maroni geschenkt, und ich hörte ihm zu. Und er mir. Manchmal habe ich auch bezahlt. Dann hat er gesagt, das brauchst du nicht. Wie weit er noch mit der Kirche zu tun hatte, so weit haben wir uns nicht unterhalten. Aber dass er sein *Mönchsleben* – dass er so *weiterleben* wollte, auf diese Art, das war klar. Sein Zelt stand gleich nebenan, hinter den ersten Bäumen, zum Wasser hin.

Geschichten wurden erzählt, wie die Juden durch das Wasser gegangen sind, über die Grenze, und erschossen und erschlagen worden sind. Hinter vorgehaltener Hand wurde das erzählt, und wenn man nachfragte und Genaueres wissen wollte, war doch nichts zu erfahren. Einiges habe ich gehört, aber immer nur ansatzweise und in Rätseln. Von einem habe ich gehört, der muss besonders brutal gewesen sein, ein Lustenauer, der hat einen dieser Menschen *am Rohr,* wohin der geflüchtet war, erschossen. Die Gegend dort heißt so, *am Rohr.* Ein Kanalrohr, auf dem und durch das viele Juden in die Schweiz geflüchtet sind. Ich habe nachgeforscht, wer war dieser Mann, der diesen Menschen erschossen hat. Aber da haben sie immer gleich zugemacht, *du muosch nit alls wissa, du muosch nit alls wissa,* ganz schnell haben die mich *abgedreht.* Aber dass das stattgefunden hat, das steht fest.

Es gab auch noch einen anderen, der mir sehr geholfen hat und dem ich *alles* verdanke, einen Kaplan, der eben ganz anders war. Der erkannte meine *Neigung,* dass ich singe und gern *ein anderer* werde. Der hat mir ein kleines Akkordeon geschenkt. Und mein allererster Abend, da-

mals war man in der *Katholischen Arbeiterjugend,* unten im
Keller war eine kleine Bühne, dort hat er meinen allerers-
ten Auftritt arrangiert. Da habe ich dann Lieder gesungen,
diese alten Lieder, und dazu improvisiert, mit der Zieh-
harmonika. Ich hatte keinen Musiklehrer, aber ich habe
es mir selber beigebracht. Diese Lieder habe ich gesungen,
die ich schon in der Schule gesungen habe, *I hob amol a
Ringerl kriegt von meinem Herzensdirnderl,* diese sentimen-
talen Almlieder, die ich von meinem Freund gelernt habe,
vom Franz, der mich dann nach Hohenems begleitet hat.
Der war Senn, und der hat mich immer eingeladen auf
die Alm. Manchmal war der Herbert nicht dabei, dann
war ich ganz alleine mit seinem Vater. Dann hat er nachts,
wenn die Kühe gemolken waren, war so eine gespensti-
sche Stimmung, hat er eine Kerze angemacht und fing
an zu singen. Diese Almlieder klingen sentimental und
enden auch meistens so. Entweder stirbt der Hirte oder
die Hirtin. *Einer stirbt immer.* Dieses Lied habe ich damals
bei meinem ersten Auftritt gesungen. Und dann habe
ich noch ein Lied gesungen, das kennt man überall, und
das geht so: *In Mueders Stübele, do goht der hm, hm, hm, in
Mueders Stübele, do goht der Wind. Tralalala hahaha, tralalala
hahaha, tralararo.* Das könnte auch von Karl Valentin sein
oder von Otto Grünmandl, ein ganz verrücktes Lied. Das
haben sie in Lustenau immer gesungen, wenn sie besoffen waren. Wenigstens nicht immer *Die Fahne hoch,* habe
ich gedacht. Diese beiden Lieder habe ich gesungen und
Geschichten dazu erzählt. Der Kaplan hat das organisiert.
Er war es, der mich dazu gebracht hat. Und leider, der war
schwer lungenkrank. Das habe ich erst später erfahren. Er

war schon sehr abgemagert, als ich ihn kennenlernte. Ein ganz feiner Mensch. Wie am *Alten Rhein* dieser Pater, der Kapuziner, der mir immer Maroni geschenkt hat.

Der Kaplan hat den Religionsunterricht gemacht in der Schule. *Aber Religion heißt ja auch Singen,* hat er immer gesagt, und *auch das Fußballspielen ist eine Art Beten.* Und das haben wir dann auch gemacht, er ist mit uns ins Rheinvorland hinaus, und dort haben wir dann, auf zwei Mannschaften aufgeteilt, *spielend* gegeneinander *gebetet.* Er selbst konnte nicht spielen, dafür war er zu krank. Er saß dann, ganz blass saß er auf einem Stein, der gerade da war zum Sitzen, und wir haben gespielt. Den Fußball hat er organisiert, wahrscheinlich sogar selber gekauft, ein Lederfußball, etwas ganz Besonderes damals.

Immer wieder gab es für mich Menschen wie ihn. Ohne diese Menschen wäre ich wahrscheinlich zum Mörder geworden. Hätte es nicht solche Momente gegeben, wäre ich explodiert, denke ich, ohne Menschen wie diesen Kaplan oder den Kapuzinerpater, der einfach da war, wie ein Baum am Weg zum *Alten Rhein,* in dessen Schatten man sich ausruhen konnte. Über Jahre habe ich ihn immer gesehen, und plötzlich war er verschwunden. Ich habe mich nach ihm erkundigt, aber niemand konnte mir sagen, wohin er gegangen ist.

Er war ausgetreten. *Ich gehöre nicht mehr zum Verein,* hat er immer gesagt. *Aber meine Kutte, die lassen sie mir.* Er hat dort gehaust. Und zum Überleben hat er Maroni verkauft, zum Überleben der anderen, denn diese Maroni waren vielleicht nur ein Vorwand, um mit Streunern wie mir ins Reden zu kommen.

Hänsel und Gretel. Auch für den *Alten Rhein* hatte Otto die richtigen Bücher. *Für deine Leihbibliothek,* sagte er. Eines Tages gehen die Eltern mit den Kindern in den Wald. Ich war nicht verwundert darüber, zu erfahren, dass die Eltern die Kinder in den Wald führten, um sie dort auszusetzen. Irritiert war ich von der Niedertracht, mit der das geschah, indem der Vater mit einem Seil ein Stück Holz an einen dürren Baum band, sodass es der Wind gegen den Stamm schlagen würde. Die Kinder, die sich von der Stelle entfernt hatten, sollten durch das Schlagen beruhigt sein und denken, dass der Vater noch immer bei der Holzarbeit war, während der sich mit ihrer Stiefmutter längst davongemacht hatte.

Mir sollte das nicht passieren. Als Mahnung band ich ein Stück Schwemmholz, das ich am Flussufer gefunden hatte, an einen dürren Baum und schlug es unaufhörlich gegen den Stamm, stundenlang, damit ich nicht vergessen würde, womit zu rechnen war, wenn ich tatsächlich einmal jemandem *im Letzten* vertrauen sollte. Bis heute höre ich dieses Schlagen, wenn mir jemand nahezukommen versucht. Meine Nähe war elternlos. Auch die Nähe meiner Freunde hielt ich auf Dauer nicht aus. Ich bin auch weggeflohen von einem Herbert und von einem Erwin. Wie es ja auch meine Mutter immer gemacht hat, *schick sie weg, schick sie alle weg,* sagte sie, wenn jemand sie besuchen wollte, bis zuletzt sagte sie das. Ich war da nicht anders. Und sosehr es mich auch zu ihr hinzog, auch von meiner Mutter musste ich weg. Eine solche Flucht war der *Alte Rhein*. Mit diesem Stück Schwemmholz schlug ich mir meine eigene Anwesenheit ins Gedächtnis und die Abwesenheit aller anderen. Nur mein Freund der Kapuziner sollte hören können, dass es mich gab und dass ich mit meinen Gedanken bei ihm war und bin, bis zum heutigen Tag.

Schon in der Mitte vom Fluss war die Schweiz, keine fünfzig Meter vom Ufer entfernt, an dem ich mein Lager aufgeschlagen hatte. An der Stelle waren die Flüchtenden durch das Wasser über die Grenze gegangen.

Und wenn ich schon nicht alles wissen *sollte*, dann wollte ich es doch immerhin *spüren*. *Über die Grenze zu gehen*, wie fühlt sich das an. Und vor allem, *was ist das*, die Grenze. Im Fluss war davon nichts zu sehen. Zunächst bin ich in der Nacht hinübergegangen, im Dunkeln, mit der Zeit auch am Tag.

Aber diese Grenze war nicht erkennbar und eben wie nicht vorhanden. Und sie war auch nicht *spürbar*. Für mich. Auf der Schweizer Seite war das Wasser gleich kalt und gleich tief wie auf unserer Seite. Und doch, für die Flüchtenden damals war es ein Unterschied zwischen Leben und Tod, zwischen Freiheit auf der dortigen Seite und Abtransport in ein Lager oder nach Theresienstadt auf unserer Seite. Aber für mich damals, ich spürte den Unterschied nicht, und ich verstand ihn auch nicht, den Unterschied, den eine Grenze ausmacht.

Meine Mutter ging über die sichtbare Grenze. Einmal in der Woche ging sie auf einer Brücke in die Schweiz, um dort einzukaufen, zumindest sagte sie das. Und so wie sie dabei immer wieder das eine und das andere Päckchen Zigaretten heimlich von dort mitnahm, so schmuggelte ich mich ein paar Hundert Meter entfernt über das Wasser in die Schweiz und zurück, bedacht darauf, nur ja nicht erwischt zu werden, und in Wahrheit doch nur darauf aus, irgendwann eben doch geschnappt zu werden und endlich aufzufliegen als der heimliche *Norweger,* der ich für alle um mich herum war. Dann müsste etwas geschehen, das anders eben nicht geschehen würde, das wollte ich provozieren. Und vielleicht auch, um nicht mehr zurück zu müssen ins *Fritzgebiet* und endgültig über diese Grenze zu gehen, über welche auch immer.

Eines immerhin wusste ich ganz gewiss: In dieser Wildnis war ich daheim. Die selbst gefangenen Fische. Das Lagerfeuer. Die Lianen. Die Märchen. Und immer alles *allein.* Das heißt, eben *nicht* allein, denn im Kopf war ich ja *nur* bei den anderen.

Eine Zeit lang hatte ich vor, auch auf der Schweizer Seite ein Lager anzulegen, um auch dort untertauchen zu können, für den Fall, dass es einmal nötig sein sollte, oder um eines Tages dortzubleiben und von dort aus weiterzugehen und mich vielleicht bis nach Norwegen durchzuschlagen.

Ob meine Mutter auch über das Wasser gekommen war? Auf ihrem Reiseplan war zweimal von einer Fähre die Rede. Aber jetzt hier am Ende der Reise war sie über

· 59 ·

Lindau nach Hohenems gekommen. Sie war ja *ins Reich* geflohen und nicht von dort weg. Meine Mutter war von Norwegen herunter nach Hohenems geflohen, an den Ort, von dem alle diese Menschen, die am *Alten Rhein* über die Grenze zu gehen versuchten, *wegwollten*. Meine Mutter wollte mit mir im Bauch in die Gegenrichtung. So stand es auf dem vergilbten und abgegriffenen Fetzen Papier, den ich in ihrem Koffer gefunden und den ich auf meinen Erkundungen immer bei mir hatte. Diesen Fahrplan hütete ich wie einen Pass, den ich damals ja noch nicht hatte. Nein. *Meine* Mutter war *aus der anderen Richtung,* aus der *entgegengesetzten* Richtung gekommen. Sie war *zu den Nazis* geflohen und nicht *von ihnen weg.*

Diese Überlegungen kamen mir jetzt hier in diesem Wald an der Grenze zur Schweiz und mit der Landkarte auf dem Schoß, die ich von meinem Lehrer, von Anton Schreiber bekommen hatte. Eines Tages hatte er mir wieder einmal ein Buch mitgegeben, darin hatte ich diese Karte gefunden, eine Art Lesezeichen. *Wer nicht weiß, wo er herkommt, sollte wissen, wo er hinwill,* hat er zu mir gesagt, als ich ihm die Karte zurückgeben wollte.

Auf dieser Karte folgte ich ihrer Spur von Norwegen herunter und stellte mir vor, mich eines Tages *in umgekehrte Richtung* auf den Weg zu machen. Die Orte, die Namen der Orte, die Stationen *hatte ich im Blut,* so oft hatte ich sie studiert. Wie einen Abzählreim ging ich sie durch. Hohenems, Lindau, München, Berlin. Hohenems, Lindau, München, Berlin. In Berlin, da ist etwas passiert. Von Berlin aus würde ich weiter nach Oslo und von dort weiter nach

Kirkenes. Hohenems, Lindau. Lindau, München. München, Berlin. Berlin, Warnemünde. Warnemünde, Gedser. Gedser, Kopenhagen. Kopenhagen, Helsingör. Helsingör, Helsingborg. Helsingborg, Halden. Halden, Oslo. Oslo, Kirkenes. Unaufhörlich wiederholte ich die Namen dieser Orte im Kopf, während ich über den Rhein in die Schweiz geschwommen bin und wieder zurück.

Wenn ich von meiner Reise zurückkam und meine Mutter mich auf der Treppe vor dem Haus erwartete, *wo bist du denn wieder gewesen,* wie sollte ich ihr sagen, dass ich über die Grenze gegangen und in Berlin gewesen war, mit ihr in Berlin gewesen war, denn ich hatte sie ja immer mit dabei auf der Reise, sie war ja immer dabei, überall. Und dass ich mit ihr weiter nach Oslo und noch weiter nach Norden und von dort eben wieder zurück war. Und dass ich diese Strecke inzwischen *in- und auswendig* kannte, davon sagte ich nichts, wie auch sie mir nie etwas gesagt hat. Aber ich habe gedacht, wir haben *dasselbe* Geheimnis, und noch dazu, wir haben dasselbe Geheimnis *voreinander.* Denn mein Gedanke war ja, mich vorzubereiten, um es ihr eines Tages zu sagen, und dann gemeinsam mit ihr abzuhauen, wenn wir da, wo wir waren, nun einmal nicht hingehörten.

Neben dem dürren Baum, an den ich das Stück Schwemmholz gebunden hatte, war mit der Zeit ein mannshoher Ameisenhaufen entstanden. Von Anfang an war er da gewesen, aber er wuchs und hörte nicht auf zu wachsen. Und er wanderte auch. Wohl schon über Jahre hatten die Tiere den Baum in Besitz genommen und ausgehöhlt. Es war ein ständiger Austausch zwischen dem Baum und dem Hügel, und es war nicht zu sagen, kamen diese Tiere aus dem Baum heraus, oder war doch dieser ständig wachsende Hügel das Nest, von dem alles ausging. Je mächtiger dieser Hügel wurde, desto mehr schien er sich auch zu bewegen, er breitete sich aus, er wanderte, unmerklich, aber eben doch, unaufhörlich. Da ich täglich dort war, war die Veränderung nur schwer zu erkennen, aber schließlich hatte sich der Hügel dem Stamm so weit angenähert, dass er ihn zur Gänze umgab. In der Nähe hatte ich mein Lager aufgeschlagen, denn dieser Platz hatte es mir besonders angetan. Der vermeintlichen Unruhe dieser Tiere zuzusehen, hat mich immer beruhigt.

Mit der Landkarte auf dem Schoß saß ich vor diesem pulsierenden Hügel und studierte meine künftigen Reisen in die Vergangenheit meiner Mutter. Einmal stach ich dabei mit einem Stock in den Ameisenhaufen hinein. Nach einer Zeit wurde es an der Stelle lebendig, massenhaft schwärmten die Tiere aus dem Krater, den ich in den Haufen gebohrt hatte, und verteilten sich in der Gegend und über die Landkarte, die mir aus den Händen gefallen war. In immer neuen Schüben liefen sie wie in Panik über die Länder, über Europa hinweg und darüber hinaus, in einem wimmelnden Durcheinander, viele mit einem Ei im Maul, von denen auch ich eines war. Anders war es ja nicht, überall dort, wo sie waren, wo die Deutschen waren damals, gab es auch Kinder von ihnen, und eben auch *Lebensborn-Kinder,* und deren Mütter, die diese Kinder in Sicherheit zu bringen versuchten. Auch ich war ein Ameisenei. Meine Mutter ist eine *Lebensborn-Ameise* gewesen,

· 62 ·

die ihren norwegischen Bau verlassen und sich in diesem Durcheinander mit mir auf den Weg gemacht hat. Eine einzige *Lebensborn-Straße* gab es ja nicht, jede einzelne dieser Frauen musste ihren eigenen Weg finden. Meine Mutter war da nicht allein, das heißt, alleingelassen war sie, unter Tausenden, denen es genauso erging.

Es gab auch *ein paar* Soldaten, die haben sich damals selbst verletzt oder sich erschossen, weil sie nicht mehr andauernd Russen töten oder Juden ermorden wollten, weil sie nicht mehr Franzosen und Jugoslawen und Griechen umbringen und nicht mehr die ganze Welt auslöschen wollten. Auch von denen hat es hier einige gegeben. Und es hat einen Otto Neururer gegeben, in Götzens bei Innsbruck, der Menschen gerettet oder zu retten versucht hat, der für Juden eingestanden und dafür umgekommen ist. Von hier aus kann ich beinahe hinübersehen nach Götzens. *In Sichtweite* hat er gelebt, in Sichtweite waren und sind diese Menschen zu finden, die freilich gerade so viele Menschen retten konnten, dass eben nicht *alle* umgebracht worden sind.

Den Otto Neururer hat es gegeben, und am *Alten Rhein* draußen, auf der Schweizer Seite der Grenze, hat es den Paul Grüninger gegeben. An die zweitausend Menschen hat der gerettet, von denen man weiß immerhin, indem er sie nicht den Schweizer Behörden ausgeliefert oder zurückgeschickt hat, obwohl das Boot *voll* war, übervoll, wie es geheißen hat damals. Grüninger ist zumindest nicht so umgekommen, wie der Pfarrer Otto Neururer umgekommen ist, aufgehängt an den Beinen in *Buchenwald*. Obwohl, seelisch wurde auch er über Jahrzehnte zerstört dafür, dass er diese Menschen gerettet hat. Zeitlebens hat man ihm das nicht verziehen.

Am *Alten Rhein* war das, wo ich mir immer Kraft geholt habe bei diesem Kapuziner. Entweder ich war am *Alten Rhein,* oder ich war im Kino. *Rheinlichtspiele,* wo diese Filme gezeigt wurden, durch die ich mich abgelenkt habe. Nun ist es eine *Kinothek,* aber es gehen immer noch viele Menschen hinein, und sicher einige davon auch, um auf diese Art *davonzukommen* und *zu sich* zu kommen, oder eben *von sich weg,* für eine Zeit immerhin.

Die *Heimat* in diesen Filmen damals, in den sogenannten *Heimatfilmen,* die für mich nie eine war, in denen alles, was in den Jahren zuvor geschehen war, eben *nicht* mehr war und vergessen war und gerade durch diese Filme vergessen sein sollte. Das Lachen in diesen *Heimatfilmen* war oft nur schwer auszuhalten. Aus dem Durchhalte-Lachen der Kriegsjahre war ein Wiederaufbau-Lachen geworden, ein Wirtschaftswunder-Gelächter. Aber das Vergessen und Vergessen-Machen war doch immer dasselbe geblieben.

Das Lachen ist mir auch dadurch nicht vergangen, und meiner Mutter auch nicht. Obwohl, sie lag dann aus lauter Verzweiflung, diese epileptischen Anfälle, der Fritz, und die Krankheit vom Fritz, die kleinen Kinder und ich, vor allem wohl ich, lag sie manchmal besoffen, wie ja ich auch, schon als Kind, sturzbesoffen im Keller und hat versucht, ein Ende zu machen. In der Waschküche ist sie gelegen, in der Badewanne, in dem Zuber, in dem der Fritz sich das Blut aus den Tieren geholt hat. Wie im eigenen Blut lag sie in der Wanne, das Wasser *zitterte* nur so um sie herum, in diesem unterirdischen Dschungel. Durch die halb offene Tür habe ich es gesehen. Sie lag im Wasser und wartete und hoffte auf einen Anfall, um dabei zu ersaufen. Wieder und wieder hat sie es versucht, wie ich es ja auch versucht habe, mit zwölf, als mich der Herbert gerettet hat, weil er zufällig zu mir gekommen ist. Er wollte mich sehen, war dann erst in der Küche bei meiner Mutter, die wohl gesagt hat, der Heinz muss da unten sein, und so war es auch. Ich wollte mir den Schädel spalten, saß im Keller, in dieser Wanne, und habe mir eine unglaubliche Wunde beigebracht. Mit dem Beil.

Die Mutter ahnte schon nichts Gutes und kam die Treppe herunter, ich höre noch ihre Schritte. Die Tür hatte ich verschlossen, eine schwere Tür.

Die Mutter rief und rief. Wer rannte die Tür ein? Mein bester Freund, der sich dann aufgehängt hat. Vor sechs Jahren. Wir wären jetzt beide gleich alt. *Ganz* gespalten war der Kopf nicht, aber es sah übel aus. Es sah sehr übel aus. Im Anhänger, in einem Obstanhänger haben sie mich zum Arzt gefahren. Der hat mich wieder zusammenge*näht*.

Das Spielen machte mich immer gesund. Wenn auch nur auf Zeit. Damit habe ich die Leute *ausgetrickst* und von mir abgelenkt, dadurch, dass ich für sie war, wie ich eben nicht war, in mir drin. Ich habe gelernt, *anders* zu sein, mich zu verlassen, und doch *bei mir* zu bleiben und mich dadurch überhaupt erst *in mich* zu verwandeln. Durch diese *Verwandlung* spürte ich eine Art *Vergnügen der anderen* an mir, und diesem Vergnügen kam ich nun nach, im Gedanken daran, dass es eben ein *Spiel* war, und ich wusste, *ich* bin es, der spielt, und so war aus dem Zwang zur *Verstellung* eine Lust an der *Vorstellung* geworden.

Herbert war bei diesen *Vorstellungen* oft mit dabei. Der konnte gut singen, und zum Singen waren wir eingeladen in Kneipen. *Moonlight*, das war mein großer Hit, ist es heute noch, von Ted Herold. Viele andere Schlager. Bunte Abende. Wir waren ein gutes Duo, auch darin. Er konnte *Mamatschi, schenk mir ein Pferdchen* – den Leuten standen die Tränen in den Augen, oder die Schlager von Vico Torriani, in allen Tonlagen konnte er.

Das war dann immer im Urlaub, wenn ich noch heimkam, haben wir immer wieder gesungen. Bis es dann nicht mehr ging. Das fing sehr früh an, dass er nicht mehr wollte, dass er nicht mehr konnte, eigentlich. *Du verstehst mich nicht, Heinz, du verstehst mich auch nicht.* Es hat sich ja auch sein Bruder aufgehängt.

Die Lustenauer sind unglaublich schwerblütig, die Alemannen überhaupt. Und ich bin doppelt schwerblütig, denn die Norweger sind ja *noch* schlimmer. Vor lauter Schwermut können die kaum aufrecht gehen. Ganze Felsen tragen die mit sich herum. Ich habe keinen lustigen Wikinger gesehen damals, als ich mit meiner Mutter oben war, in diesem Kirkenes.

Bist du schwer, hat man mir *oft* gesagt. *Nicht so schwer, Heinz, sei nicht so schwer.* Das musste ich mir dann *erspielen.*

Was ich *gut* konnte, eine Rolle, in der ich daheim war von vornherein, war dieser arme Teufel in *Rose Bernd,* der Keil August, dieser Lungenkranke. Der von seinem Gegenspieler, vom *Streckmann* praktisch niedergestreckt wird. *Kränkliche* Typen. Da war ich gut. Oder ekelhafte, faschistoide Typen. Die kommen von *ganz* unten, von ganz hinten unten. So wie ich auch. Auch die lagen mir gut. Der *Spiegelberg,* den ich gespielt habe, in den *Räubern,* von Schiller, der *Spiegelberg* ist auch so ein Typ. Der murkst alles ab. Aber er wird dann auch abgemurkst. Viele Intriganten habe ich gespielt, die Menschen in den Tod hetzen und daran ihre Freude erleben.

Und in *Rose Bernd,* das war eine Ausnahme, da habe ich diesen schwachen Menschen gespielt, den Keil August. Ein zerbrechlicher Junge, der zerbrochen wird durch den Streckmann. Der zertrümmert ihm die Nase und schlägt ihm ein Auge aus. Was ja dann auch passiert ist. Bei der Premiere schlug dieser Streckmann derart zu, dass das Blut bis in die erste Reihe gespritzt ist. Bei dieser Szene fällt der Vorhang, mit dem Schlag auf die Nase ist Pause. Und dann, ich lag bewusstlos auf der Bühne, ein Arzt war im Theater, der hat mich wieder ins Leben geholt.

Bei der zweiten Vorstellung war die Nase noch immer gebrochen. Und der Streckmann war noch immer derselbe. Und alles noch einmal von vorn. Und wieder und wieder. Das Theater hat mir nicht gutgetan. Wenn du Pech hast und ein Stück kommt gut an, und *dieses* Stück kam *sehr* gut an, dann ist es oft nur schwer zu überleben.

Für den Keil August brauchte ich mir kein Vorbild zu suchen, dieser Mann war ich selbst. *Bleiches Gesicht, stark gelichtetes Haupthaar und mitunter zuckende Bewegungen. Er ist mager, engbrüstig, und die ganze Gestalt verrät den Stubenhocker,* so beschreibt ihn Gerhart Hauptmann, als hätte er das Stück auf mich hin geschrieben.

Schon mit neunzehn hatten meine Haare sich verabschiedet. Auch die *mitunter zuckenden Bewegungen* waren Hauptmann nicht entgangen. Vom Saufen in den mittleren Jahren war mir ein leichtes Zittern geblieben, das von vielen als *Nerveln* empfunden wurde. *Tua nit nervla,* hat Herbert immer wieder gesagt, meist in Momenten, in denen er von seiner eigenen Unruhe ablenken wollte. *Heinz, tua nit nervla.*

Diese Rolle, Keil August, dieser Mensch, der so gequält worden ist, solche Figuren waren für mich am besten zu fassen. In diesem Menschen habe ich mich gefunden, aber auf der Bühne, beim Spielen habe ich mich immer gefürchtet. Denn der Schauspieler kam auf mich zu, als dieser Streckmann kam der auf mich zu und schlug mir mit voller Wucht ins Gesicht. Der mochte mich nicht und nutzte die Gelegenheit, mit mir abzurechnen. Jede Aufführung ist eine Abrechnung gewesen. Er schlägt ihm ein Auge aus. Mir hat er die Nase gebrochen. Mehrmals. Das war einer von diesen *Nazischauspielern,* die es noch nicht verwunden hatten, dass die Geschichte nicht in ihrem Sinne ausgegangen war. Er war *Kampfpilot,* wie sich das nannte. Mit dem Flugzeug flog er *gegen Engeland.* Dort hat er seine Bomben abgeworfen und war stolz, zwanzig Jahre danach war der immer noch stolz auf das, was er *für den Führer* getan hat.

Rose Bernd ist zweiundzwanzig, als sie von ihrem heimlichen Geliebten, einem verheirateten Mann, schwanger wird. Zweiundzwanzig war auch meine Mutter, als sie vom Halbsleben schwanger geworden ist. Und auch bei ihr war wohl noch ein anderer mit im Spiel.

Meine Mutter war mit dem Halbsleben *verlobt*. Und *versprochen*, gegen ihren Willen versprochen ist Rose Bernd eben *mir*, dem Keil August, der sie liebt und der ihr alles *nachsieht und nachsehen will*, was geschehen sein mag, mit einer Geduld, der nur schwer zu entkommen sein wird.

Von ihrem Vater ist sie diesem *engbrüstigen Stubenhocker mit den zuckenden Bewegungen* versprochen. Ihn soll sie heiraten und ist schwanger von einem verheirateten Mann. Streckmann, der ihr seit Jahren nachgestellt hat und nicht erhört worden ist, entdeckt die heimliche Beziehung und setzt Gerüchte in Umlauf. Es kommt zum Prozess, im Zuge dessen sie einen Meineid schwört. Darauf steht Kerker. Keil August hält trotz allem zu ihr. In seiner Liebe erscheint er bedingungslos, gnadenlos fast. Ausweglos ist es für Rose Bernd in jedem Fall, sie entschließt sich dazu, ihrem Kind diese Welt nicht zuzumuten und es zu erwürgen. *Es sollte dort bleiben, wo es hingehört.*

Meine Mutter hat mich nicht mit ihren Händen erwürgt. Abgegeben ja, zurückgelassen, ausgesetzt, wenn vielleicht auch gegen ihren Willen damals, gleich nach meiner Geburt. Aber ausgesetzt und getrieben, vertrieben war auch sie selbst. Und sie hat dann doch wissen wollen, gibt es diesen Heinz noch. Sie hat mich gesucht und aufgespürt bei dem Bauern, der sich tagtäglich in mich eingebrannt hat mit der Frage, *wo* denn meine Mutter nur sein könnte, dass sie nicht und nicht kommt, um mich zu holen und wegzuholen von ihm. Vielleicht hatte sie auch ein schlechtes Gewissen, bei ihrem Geliebten in Lindau oder wo auch immer sie gewesen sein mag.

Ich weiß nur, in Hohenems, da gab es meinen Vater, meinen *richtigen* Vater, und es gab eine Schwester von ihm. Auch eine Mutter hat es gegeben. Das hat mir die Ingrid gesagt, seine Tochter war das, meine Halbschwester, *ja, Heinz, ich weiß, man hat deine Mutter nicht mögen. Darum ist sie gegangen.* Ganz knapp hat sie das erzählt. Und ich war dankbar, dass sie so ehrlich war. Also Anstalt oder nicht Anstalt, meine Mutter war weg, zumindest für mich war sie weg, diese nächsten vier Jahre war sie nicht mehr vorhanden. Dass meine Halbschwester mir das gesagt hat, das hat mir gutgetan. Ich wollte ja immer wissen, warum meine Mutter so schnell verschwinden musste. Kommt von Kirkenes, landet in Hohenems und muss ganz schnell verschwinden.

Es gibt ja Mütter, ist ja nicht neu, dass Mütter ihre Kinder *abgeben* und sie dann nicht mehr suchen, auch nichts mehr wissen *wollen* von ihrem Kind. Ich habe dann auch erfahren, von meiner Halbschwester in Hohenems, ihre Großmutter, also von meinem vermeintlich *richtigen* Vater die Mutter, meine Großmutter, die hat mich *gehasst.* Die hat *mich* gehasst, und die hat *meine Mutter* gehasst. Schon deswegen hatte ich in Hohenems keine Zukunft. Aber der

Vater ist nie mehr gekommen. Meine Mutter dachte ja, er würde kommen und sie heiraten. Und so ging es für sie erst mal in die Anstalt. Direkt nach der Entbindung war es ja aus mit ihr.

Ob *ich* das war überhaupt, weiß ich auch nicht. Sie hat ja immer gesagt, *man hat dich vertauscht. Du bist nicht von mir.* Kann ja sein. Ich war dann erst mal in einem *Heim,* von dem einige sagen, *so* ein Heim war das gar nicht.

Der Vater ist nicht gekommen, und dann hat sich auch noch seine Mutter eingemischt. Ingrid hat mir das unter Tränen gestanden. Weil diese *Oma,* diese Frau wäre ja meine Oma gewesen, schon als Säugling hat die mich gehasst. Da bin ich dann in Lustenau gelandet. Bei diesem Bauern.

Ich sollte ja bei seiner Mutter sein, während *er* noch im Krieg war, in Norwegen, so war es gedacht, zusammen mit meiner Mutter sollte ich bei seiner Mutter sein. So hat es mir meine Schwester erzählt. Das hat sie *betroffen* gemacht. Eines Tages hat sie sich gemeldet bei mir, *leider* muss sie mir etwas sagen. Sie wusste es von ihrem Vater, dass eben *seine* Mutter, *also ihre Großmutter,* dass die uns *zum Teufel gewünscht hat,* meine Mutter und mich.

Und dann kam diese *lange* Zeit, in der nichts mehr war zwischen meiner Mutter und mir. Wie auch immer es gewesen sein mag, sie war weg und kam wieder zurück. Es hätte auch ganz anders ausgehen können für mich bei dem Bauern damals. Der hat meine Mutter in mich eingebrannt. *Von wo ist deine Mutter, von wo.* Und jetzt, wenn ich daran denke, an sie denke, greife ich mir an den kleinen Finger der linken Hand, denn das war der Ort, unser Ort, und vor allem, dieses Brennen, das *war* meine Mutter. Dieser Schmerz ist das Erste, durch das ich von meiner Mutter erfahren habe, durch diesen Menschen, aus dessen Mund ich das Wort *Mutter* zum ersten Mal gehört habe. *Vo wo ischt dine Muottr, vo wo?* Wenn *sie* mir sagte, *ich weiß nicht, Heinz, bist du es, oder bist du es nicht,* dann zeigte ich ihr diese Narbe, und sie konnte sich nicht erklären, warum ich das tat.

Als sie vor mir gestanden hat damals bei dem Bauern, eine fremde Frau, die meine Mutter sein sollte und deren Sprache ich nicht verstand und die sich nicht sicher war, *ist er es, ist er es nicht,* mit diesem Zweifel in den Augen hat sie mich angesehen, da habe ich ihr meinen Arm hingehalten, habe den Arm ausgestreckt und ihr den Finger hingehalten, an dem mich der Mann *markiert* hatte. Ich dachte, meine Narbe wäre das Zeichen, ein Hinweis darauf, von woher ich komme. *Von dort bin ich,* habe ich gesagt.

Sie hat sich zu mir heruntergebeugt und mir in die Augen gesehen und hat mich mitgenommen und weggenommen von dort.

In der ersten gemeinsamen Zeit habe ich immer wieder versucht, auf einer ihrer Hände dieses Zeichen zu finden, oft und oft habe ich mir ihre Hände angesehen, um auf einem ihrer Finger dieses Mal zu entdecken, das sich ihr vielleicht auf gleiche Art eingebrannt hatte und an dem wir füreinander zu erkennen sein würden. Aber so war es nicht. Das Zeichen hatte sie nicht. Vielleicht kamen daher ihre Zweifel, so dachte ich es mir immerhin. Sie hat mich trotzdem genommen. Auch sie musste es eben *glauben,* dass ich es bin, dieser Heinz.

Und zu alldem auch noch dieser Halbsleben, der ja behauptet hat, *ich wäre von einem Russen, der ertrunken ist.*

Inzwischen habe ich mich *festgelegt:* Ich bin halber Norweger und halber Russe. Wenn der eigentliche *Erzeuger* behauptet, ich wäre nicht von ihm, sondern *von einem Russen, der ertrunken ist,* dann möchte ich von *diesem Menschen* auch in Wahrheit nicht sein.

Meine Halbgeschwister wollten das nicht hören, aber es war keine Erfindung. Der Portier von dem Theater, an dem ich gearbeitet habe, Radtke oder wie er heißt, ein feiner Mensch, der *auch* in Hohenems geboren ist – als wir uns kennenlernten, sehr schnell auch privat kennenlernten, hat der gesagt, *Heinz, du bist nicht vom Halbsleben. Wieso denn nicht? Ja, er erzählt in Hohenems immer, du wärst von einem Russen, der ertrunken ist.* Das hat sich *so* eingebrannt bei mir, dass mir der Russe, der ertrunkene Russe *näher* ist als der Halbsleben. Das wissen auch die Halbgeschwister in Hohenems, die schämen sich auch dafür. Weil es eben keine Erfindung ist. Warum sollte der Rudolf Radtke, warum sollte der so etwas erzählen. Er war völlig erstaunt. *Nein, du bist nicht vom Halbsleben.* Ja sicher bin ich vom Halbsleben. *Nein.* Und dann eben: *Du bist von einem Russen, der ersoffen ist. Das hat er immer erzählt.*

Das weiß man alles. Aber man kann es nicht oft genug erzählen, denn das hat sich in mir festgesetzt, das ist meine

Biografie, und die wird auch nicht mehr *verändert* in meinem Kopf. Wenn derjenige das so sagt, der meine Mutter geschwängert hat, ich konnte ja nie mit ihr darüber reden, dann soll es eben anders nicht sein. Vielleicht *hatte* sie ja eine Doppelbeziehung. Vielleicht lügt er auch nicht. Vielleicht hat er sich gedemütigt gefühlt. Vielleicht ist dieser Russe ja auch *erschossen worden* im Wasser, in dem er anscheinend *ertrunken* ist. Jedenfalls ist es so, dass *ich* mich nun als halber Russe fühle und als halber Norweger, natürlich auch noch mit der Verrücktheit, dass meine Mutter immer sagte, *du bist nicht von mir.*

Immer wieder habe ich Filme gesehen über den *Lebensborn* und über diese Heime. In einem dieser Filme habe ich ein Zimmer gesehen, ein großes Zimmer, einen Saal eigentlich, und mitten in diesem Saal war ein Tisch, ein riesiger Tisch war zu sehen, und auf diesem Tisch waren Dutzende – ich dachte, es wären Kaninchen, die da rumhüpften –, aber bei näherem Hinsehen, da waren es Kinder, es waren Säuglinge, die da herumrollten und die man bestäubt hat mit etwas. Die wurden bestäubt, das sehe ich vor mir. So ist dieses Bild in mir stehen geblieben. Wahrscheinlich hat man sie eingestäubt mit einem Puder. Eine Schwester sehe ich. Um sie herum eine Wolke aus Puder. Es waren Säuglinge. Und wenn sie immer wieder behauptet hat, meine Mutter, *du bist nicht von mir, man hat dich vertauscht, du bist vom Wickeltisch gefallen damals,* hat sie ja immer gesagt, dann kann das gut sein, wenn ich das Gewusel dieser kleinen lebendigen Knäuel vor mir sehe.

Und wenn es so wäre, *wenn* ich in einer solchen Puder-wolke vertauscht worden wäre, dann wäre das nicht an-ders, als es heute und jetzt wieder geschieht. Wie viele Kinder gibt es in Afrika oder in Syrien jetzt, überall, in den Kriegsgebieten, die auch dauernd vertauscht werden. Die Eltern werden eingesperrt oder erschossen oder kommen um, in einem Schlauchboot auf dem Meer. Kleine Kin-der sitzen an einem Strand oder in einer Ruine irgendwo. *Woher* sollen die wissen, wo sie herkommen? Wie viele Kinder, die bis 1942 geboren sind so wie ich und noch bis '45 und '46 geboren sind, wie viele von diesen *Lebensborn-Kindern* wissen auch nicht, *wer* sie *sind* oder wer sie hätten gewesen sein können. Und jetzt, die Kinder jetzt – sitzen da, irgendwo, und es kommen *Ärzte ohne Grenzen* oder wer auch immer und bringen sie anderswohin. Wir wer-den auch nie erfahren, wie viele von diesen Kindern im Meer jeden Tag ertrinken, weil sie von irgendwo flüchten. Irgendwohin. Und den Schiffen wird inzwischen verbo-ten, diese Menschen zu retten. Das ist unheimlich. Einen Grüninger bräuchte es auf jedem dieser Schiffe und in jedem Hafen, der diese Menschen eben nicht wieder zu-rückschickt über den *Alten Rhein* von damals und jetzt. Die Boote mögen voll sein, und sie *sind* voll wie damals, die Häfen aber sind es doch nicht.

Wie viele junge Mütter haben ihr Kind in einem *Lebens-born-Heim* zur Welt gebracht und dort zurückgelassen, vielleicht zurücklassen müssen, aus welchen Gründen auch immer, und sind eben *nicht* zurückgekommen, wie meine Mutter zurückgekommen *ist,* oder sie sind zurückgekommen und haben ihr Kind nicht mehr gefunden, nicht mehr vorgefunden. Und wie viele haben ihre Kinder in den Heimen gelassen und nicht mehr nach ihnen gesucht und in diesen Kindern die Suche nach ihren Eltern dadurch überhaupt erst in Gang gesetzt. Vielen dieser Kinder ist nicht *der Ort* eingebrannt worden wie mir, aber *die Suche nach diesem Ort* ist ihnen eingebrannt, dieser *Wundbrand,* der nicht und nicht aufhört, auch dann nicht, wenn er scheinbar gefunden ist, dieser Ort, dieser Mensch, und die Suche ein Ende haben könnte, wenn die Mutter oder der Vater tatsächlich gefunden ist. Dann beginnt dieses Suchen noch einmal von vorn, ganz von vorn, denn *auffindbar* ist doch jeweils zunächst nur die *Narbe* dieser einmal offen gewesenen *Wunde,* die sich aber geschlossen hat in den Jahren seither, wie eine Tür, wie ein Zugang, der sich geschlossen hat nach außen und nach innen hin und erst wieder zu öffnen ist durch ein erneutes Aufbrechen dieser Wunde, anders wird es nicht gehen.

Was auch immer die Ursache dafür war, dass meine Mutter mich zurücklassen musste damals, auch über den Grund, warum sie nicht aufgehört hat, mich zu suchen, hat sie mir gegenüber nie ein Wort *verloren.* Die Worte dafür waren ihr wohl *verloren gegangen* in der Zeit, in der wir nichts voneinander wussten oder in der sie vielleicht nichts von mir wissen wollte. Diese verloren gegangenen Worte hat sie nie wiedergefunden. Und hätte sie sie wiedergefunden, *ausgesprochen* hat sie sie nie.

Am *Alten Rhein* war ich als Heinz Hörvold für Lex Barker eingesprungen. Mit dreiunddreißig in Saarbrücken spielte ich den Tarzan dann als Heinz Fritz. In der Zeit am *Alten Rhein* hieß ich noch lange nicht Fritz. Nur der Name *Heinz*, der klebte an mir von Anfang an. Heinz. *Warum heiße ich Heinz?* Auch darüber wollte meine *Schweigemutter* nie reden. Heinz. Heinrich. Heinrich Himmler. *Reichsführer-SS Heinrich Himmler.* Er war es, der den *Lebensborn* gegründet hat, und der war es wohl auch, nach dem ich benannt bin. Viele *Lebensborn-Kinder* hießen nun einmal *Heinz*, nach diesem *treuen Heinrich.* 1935 hat das begonnen. Und gehalten hat es bis Kriegsende, für werdende Mütter, die von Soldaten der *Wehrmacht* und von den Mitgliedern seiner *SS* ein Kind erwartet haben. Und für die Väter, die sich um diese Kinder nicht zu kümmern brauchten, weil der *Lebensborn* das für sie übernahm. Hauptsache, es wurde gezeugt, für Deutschland gezeugt, *für den Führer.* Dafür, dass diese oft *ungeplanten* Kinder nicht abgetrieben wurden, wurden die Mütter von diesem *Verein der SS* unterstützt. Damit diese Kinder nicht umkamen und dann bereitstehen konnten für Deutschland. Dafür wurden diese Heime gebaut, und dafür wurden die Mütter mit ihren Kindern oder eben die Kinder auch ohne ihre Mütter aus den besetzten Gebieten nach Deutschland geholt, *ins Reich* geholt, um dieser Kinder habhaft zu werden. Der *Lebensborn* war es, der meine Mutter mit mir im Bauch von Norwegen nach Hohenems heruntergeholt hat. Der *Lebensborn* war überall oder sollte überall sein, so war es gedacht und geplant, wo es diese Mütter und deren Kinder gegeben hat. Und doch wusste kaum jemand davon. Nur die *Betroffenen* schienen davon zu erfahren, kaum jemand darüber hinaus. Den Anschein hatte es immerhin. Die Kinder dieser Frauen, die *rassisch überprüften Kinder guten Blutes,* wie es hieß, sollten *für den Führer* und *die deutsche Sache* nicht verloren gehen sondern im Gegenteil in den Heimen als frisches Blut, als neue Aussaat der *SS* dem *Führer* zugeführt werden. Nicht, weil dem *Lebensborn* die Mütter am Herz gelegen hätten, sondern weil man die Kinder haben wollte für Deutschland.

Um diese Heime war immer ein Geheimnis gewesen, und so waren sie mit Fantasien und Gerüchten verbunden von Anfang an. Auch später noch hat es immer wieder geheißen, diese Heime wären *Bordelle* gewesen, *Zuchtanstalten, Begattungsstationen* für die *arische Rasse.* Das hat nicht gestimmt und war so nicht gedacht. Es waren Zufluchtsorte für Frauen, die schwanger geworden waren und die ihr zu erwartendes Kind an dem Ort, an dem sie gelebt haben, nicht zur Welt bringen konnten, aus welchen Gründen auch immer. In Norwegen waren diese Frauen gefährdet, weil es als Landesverrat galt, sich mit dem *Feind* einzulassen, wie es bei meiner Mutter eben der Fall war.

Nicht ein einziges Mal ist meiner Mutter das Wort *Lebensborn* über die Lippen gekommen. In Lustenau, kein Mensch aus der Familie meines Stiefvaters wusste davon. Und auch später, Jahrzehnte später hatten meine Halbgeschwister in Hohenems keine Ahnung vom *Lebensborn,* und schon gar nicht davon, dass es sich bei mir um einen solchen, inzwischen ausgewachsenen *Lebensborn-Sprössling* handelte, der nun im Nachhinein ins Nest ihres leibhaftigen Vaters gelegt werden sollte, wie es den Anschein hatte. Sie wussten es nicht, denn auch in Draculas Reich wurde dieses Wort gemieden wie das Kreuz oder eben der Pfahl, den man diesem *Gespenst* ins Herz treiben konnte. Dieses Wort war und blieb in ihrem Koffer versteckt, in dem ich es auf diesem Fetzen Papier gefunden habe.

Wir haben das nicht gewusst. Dieser schreckliche Satz. Und doch stimmt er. Diesmal. Auf uns trifft er zu. Umso wichtiger ist es, dass es jetzt einige wissen.

An dieser *Lebensborn-Geschichte* sind viele Menschen zugrunde gegangen. Meine Mutter ist daran umgekommen. Und ich bin im Grunde genommen auch ein Toter, ein Untoter bin ich in jedem Fall. Und das war ja auch gut, nur als Untoter konnte man überleben.

Die Sippe meines Vaters, meines Stiefvaters, das waren Rabauken. Schon von seinem Vater her, vom Großvater. Unheimliche Geschichten hört man von dem. Der fiel von einem Birnbaum elf Meter herunter, stand auf und sagte, jetzt möchte ich ein Speckbrot. So einer war das. Nur das Wort *das* sagen konnte er nicht. *Das* war für ihn – *Des.* Deshalb hat er *Desser* geheißen, und alle, die zu ihm gehörten und mit ihm lebten, unter ihm, *im Schatten des Birnbaums,* auch. Er ist der erste *Desser* gewesen. Sein Sohn, mein Stiefvater, ist ein *Desser* gewesen. Auch ich wollte ein *Desser* sein.

Bis '57 hieß ich Hörvold. Das war der Familienname meiner Mutter. Ich habe nicht dazugehört und war staatenlos.

Durch die Heirat hat *sie* die Staatsbürgerschaft bekommen, aber *ich* nicht, er hat mich ja nicht adoptiert. Ich hieß Hörvold. Sie hieß Fritz. Ich hatte weiterhin ihren norwegischen Namen. Diesen Zettel, dass ich Staatsbürger bin, den bekam ich erst 1957. Da habe ich den Namen bekommen. Seinen Namen. Und gehörte plötzlich dazu.

Der Kaplan, der mir das Akkordeon geschenkt hat, war lungenkrank. Und lungenkrank war auch der Fritz. Er war schon krank, als meine Mutter ihn kennenlernte. In meinen Armen ist er gestorben. Zuletzt hat er nur noch dreißig Kilo gewogen. Er hing im Bett an den Schläuchen. *Heinz, bring mich um, bring mich um.* Ich habe ihn hochgehoben, aber ich musste ihn gar nicht hochheben, so leicht war er. Dann hat er wieder gespuckt, Blut gespuckt. Ich wollte ihm zu trinken geben, mit der Schnabeltasse, aber es ging nicht, es ging einfach nicht mehr. Einmal in der Woche kam der Hausarzt vorbei und hat ihm Morphium gegeben, aber er hätte viel öfter Morphium haben müssen. Er hatte derartige Schmerzen, durch diese Schmerzen war er verrückt geworden. Wenn du so dahinsiechst, über Jahre, da bist du nicht mehr normal. Ich merke es an *mir* selbst. Wenn die Schmerzen zu stark sind, habe ich Aussetzer, da erzähle ich mir Dinge, die sind auch mir nicht mehr geheuer. Das tue ich, um mich abzulenken von diesem Zustand. Etwas *Verrücktes* erzähle ich mir, und die Schmerzen, die lassen dann nach. Solange du das *weißt*, geht es. Aber er wusste es eben nicht mehr.

Bei der Beerdigung haben sie meine Mutter – am offenen Grab haben sie ausgespuckt und gesagt, *du hast unseren Bruder verhungern lassen.* Eine riesige Familie, zwölf Geschwister, elf davon standen jetzt um sie herum. Ich hatte Angst, sie könnte jeden Moment einen Anfall bekommen, aber dann gingen sie weg, und wir standen alleine.

Irgendwie sind wir daheim angekommen. Es gab nur zwei Betten im Haus. Es war ein Ehebett, eigentlich, das aus zwei Betten bestand, das hatte die Mutter getrennt und eins davon in die Stube gestellt, in der der Vater dann lag. In dieses Bett bin ich todmüde hineingefallen. Es gab noch ein Gitterbett, ein großes Gitterbett, in dem haben wir geschlafen, meine Halbgeschwister und ich, als Kinder, ich schon nicht mehr, ich habe auf dem Boden geschlafen, auf einer Decke. Ich war so erschöpft und habe in dem Bett geschlafen, in dem mein Vater gestorben ist. Ich schlief ein, und im Traum kam er zu mir, hat sich auf die Bettkante gesetzt, hat meine Hand genommen und gesagt, *du kommst ja dann auch bald.*

Die Mutter beruhigte mich dann, und das war auch nötig, denn um vier hieß es aufstehen, um vier musste ich raus. Der Vater tot und die kleinen Geschwister, die Mutter schwer krank, ich musste die Familie übernehmen, und das hieß eben *Fabrik.*

Da waren Maschinen, mit denen Stoffe bestickt werden, Hochzeitskleider, Hemden, Smoking-Hemden, all das. 16-Stunden-Arbeit. Um *zwei Uhr* war Schichtwechsel. Dann weiter bis *zehn.* Um *zehn* kam die Nachtschicht, bis morgens

· 81 ·

um *sechs*. Und wieder *sechs* bis *zwei*. Wir Jugendlichen haben *am Tag* gearbeitet. Die Nachtschicht war nicht für uns. Und wenn es ging, am Samstag, Sonntag noch irgendwo *am Bau*, um etwas dazuzuverdienen. Es sind ja *angelernte* Berufe. Da verdienst du nicht viel.

Das war *im Moos*. Zehn Maschinen. Auch mein Freund Otto war dort, aber der war mir einige Jahre voraus. Und Herbert war auch dort. Der hat die frische Ware geholt, abgeholt und in die andere Fabrik gebracht, in die *Pontenstraße*, wo ich dann später hinkam.

Lustenau war eine Stickerei-Hochburg. Nach dem *Ersten Weltkrieg* wurden die ersten Stickereien gebaut. Beinahe jedes Haus hatte einen Anbau auf der Rückseite. Elf, zwölf Meter Länge braucht eine Maschine. Dafür hat man den Anbau gemacht, mit einem Blechdach darüber. Dort hat man die Maschine gehabt. Gestickt hat die ganze Familie. Alle *mussten* dort arbeiten, ohne Ausnahme.

Hatte man eine solche Maschine, dann war man schon wer. Die kostete Geld. Aber die brachte auch Geld. Eine Maschine ist eine *Franken-Mühle,* hat es geheißen, man konnte reich werden damit. Manche hatten auch nur eine *halbe* Maschine, zwei Freunde, jeder die Hälfte. Sogar die konnten leben davon.

Die Geschäfte wurden über die Schweiz abgewickelt, in Altstätten. Die Waren, die Stickereien gingen nach Afrika, nach Indien, in die ganze Welt wurde geliefert. Und über Nacht, im Jahr '32, war es dann *aus* mit der Stickerei. Zumindest für eine Zeit. Von einem Tag auf den anderen waren die Aufträge weg. Aber die Schulden waren nicht weg.

· 82 ·

Man hatte investiert, eine Maschine gekauft, ein Monteur kam ins Haus, etwa zwei Monate dauerte es, bis eine Maschine fertig eingestellt war. Das alles kostete unheimlich viel Geld. Und so haben viele dieser Häuser *gebrannt*. Den Lustenauern sagt man ja nach, sie seien *Zünzler*, sie zünden die Häuser an, heißt es. So wurde versucht, an die Versicherungssummen zu kommen. An *einem* Tag brannte es um halb zwei bei einem Haus. Binnen zweieinhalb Stunden standen acht Häuser in Vollbrand. Es war *die* Gelegenheit, dass alles *richtig* niederbrennt. Der Hausrat war auf Wagen bei den Nachbarn eingestellt. So wird es erzählt.

Die meisten haben als *Schiffli-Fädler* angefangen. Es braucht ja das Schiff, es läuft ein Schiff, das den Faden bringt. Die Fäden in die Maschine hineinstopfen, das nennt man *fädeln*. *Schiffli-Fädler*. Die Mädchen mussten *nachsticken*, die mussten die Fehler ausbessern. Andere mussten die Fäden *abschneiden*. Dafür gab es *Scher-Maschinen*. Der Stoff wurde über eine Kante geführt, über eine *Stahlkante*, oben lief ein *Spindelmesser*, mit einem Saugapparat wurden die Fäden aufgestellt, mit einer Bürste und einem Saugapparat, und dann *haarscharf* abgeschnitten. Unheimliche Maschinen waren das.

Auch mein Stiefvater hat mit der Stickerei zu tun gehabt. Zusammen mit einem Freund hatte er *eine* Maschine. Den habe ich aber nicht mehr gekannt, diesen Freund. Ich glaube, der lebte schon nicht mehr, als ich zum Fritz kam. Und die Maschine, die gab es auch nicht mehr.

Plauer hießen diese Maschinen. Aus *Plauen,* aus Ostdeutschland kamen die, und die liefen, die sind jetzt bald hundert Jahre alt, aber es würde mich nicht wundern, wenn einige davon immer noch laufen.

Ich habe noch auf einer *Plauer* gestickt. Gleich hinter der Wiese vor unserem Haus, in meiner Gegend war die Fabrik. Vom Haus heraus über die Wiese, über diese große Wiese, und schon war ich in der Stickerei. *Im Moos* hieß es dort. *Im Moos* hieß auch die Fabrik. Der Mann, dem das alles gehörte, hatte etwa dreißig Maschinen. Zehn waren über der Wiese, dort, wo ich war, und zwanzig weitere hatte er noch mitten im Ort. Vom *Moos* aus, nach etwa einem Jahr kam ich von dort in *den Ponten,* das war mitten in Lustenau, *Pontenstraße,* da waren zwanzig Maschinen. Und irgendwann, aus heiterem Himmel, sehr früh, ich glaube, noch Ende der 50er-Jahre war das, hat er alles verkauft und war auf und davon. *Kein* Mensch wusste, wohin. Ein verschwiegener Mensch, keine Familie, nichts. Er hatte das alles übernommen, nicht von seinem Vater, sondern von seinem Großvater, glaube ich, und war wohl mit Abstand der reichste Mann im Ort. Alles verscheuert, und *weg* war er. Ein Typ wie *Howard Hughes,* der oben im hundertsten Stockwerk lebte und dort seine Geschäfte gemacht hat, in den Zwanzigerjahren.

Meine Arbeit war ich deswegen aber nicht los, diese Maschinen sind gut gelaufen, so war man als Arbeiter *willkommen.*

Ich bin dann gelandet beim Oskar Hämmerle, *A&O Hämmerle.* Der eine hieß Adolf, der war im *KZ* und damals schon ein alter Mensch, der ging auf die neunzig zu, als ich dorthin kam. Der Adolf war im *KZ,* das weiß ich. Und sein Kompagnon, der Oskar, der hat auch schwer gelitten, der war auch schon ein älterer Mann, ich glaube, auch *er* war im *KZ.* Für *den* habe ich gestickt.

Da waren acht Maschinen, jeder hatte vier Stück. Der Oskar mochte mich. Wenn ich kein Geld hatte, hat er mir einen Vorschuss gegeben. *Machst du halt ein paar Stunden länger.*

Und einmal, da kam ein Sturm vom Bodensee her, und das Dach unseres Hauses flog auf und davon. Damals hatte man noch Schindeldächer. Dann bin ich hin zu diesem Oskar, mit ein paar Schindeln in den Händen bin ich in die Fabrik, und in seinem Büro, er *lag* auf einer Couch, zugedeckt, und wachte auf, machte die Augen auf und sagte, *Heinz, wie viel brauchst du?*

Ich dachte, so viel verdiene ich im ganzen Leben nicht. Er ging zum Tresor. Mit einem kleinen Umschlag kam er zurück. Ich musste nichts unterschreiben. *Du bist ein fleißiges Kerlchen, du wirst das abarbeiten.* Und so war es.

Ich war *Fädler. Schiffli-Fädler.* An der *laufenden* Maschine habe ich gelernt. Die Arbeit habe ich gerne gemacht. Der Umgang mit den Maschinen gefiel mir. Die mochten mich, die Maschinen, so empfand ich es immerhin. Und ich mochte die Arbeit mit ihnen. Mir hat imponiert, was die alles konnten. Und so wollte ich wissen, *warum* sie das konnten, vor allem auch, woraus sie gemacht sind, das Innenleben dieser Maschinen hat mich interessiert. Ich bin ja auch eine Maschine, im Umgang mit ihnen bin ich eine geworden, oder ich bin immer schon eine gewesen, wie auch immer, wenn etwas an ihnen zu machen war, war ich mit dabei. War eine Maschine defekt, dann holte man einen Monteur, dem wurde ich zugeteilt, und der hat mir gezeigt, wie man *den Automaten* auseinandernimmt. Fast zweieinhalbtausend Teile. An einem Freitagmittag haben wir die Maschine abgestellt. Die *ersten* drei Schrauben hat *er* aufgemacht. *Hier musst du anfangen,* hat er gesagt, *damit du es dir merkst.* Dann hat er mir gezeigt, ich muss alles *nacheinander* hinlegen, was ich weggeschraubt habe. Und beim *Aufbau* holst du von hinten alles wieder her. Das ist eine Grundregel. Machst du das nicht, dann ist alles verloren.

Am Samstagnachmittag hatten wir die Maschine wieder zusammengebaut. Dann kam der große Moment. Wenn alles wieder beisammen ist, hängt man den Riemen an den Motor, dreht ihn *einmal* langsam durch, *eine* Drehung. Der Monteur hat gesagt, wenn du den geringsten Widerstand spürst, *brems.* Ich habe gedreht und gedreht, und der Riemen ging durch und ging durch. Und gelaufen ist sie.

Das Innenleben der Maschinen hat mich fasziniert. Für *mein* Innenleben haben sich die Ärzte interessiert. Mit neunzehn wollten sie mir den Magen herausholen. Mir war alles über den Kopf gewachsen, überall kam ja das Blut. Ich dachte schon, der Fritz könnte recht haben, *du kommst ja auch bald,* hatte er ja gesagt.

Ich war ein krankes Kind. Aber eben auch zäh. Und immer ein wenig zäher als krank. Das zu spüren, gab Kraft. Aber ich musste mich immer zusammenreißen, muss ich heute noch. Ein anderes Kind lässt sich hängen, weil es diese Möglichkeiten zu täuschen *nicht* hat. Ich war ein guter Täuscher. Gesundheit habe ich immer nur vorgetäuscht.

Den Ärzten lief ich immer davon. Und doch, ohne einige von ihnen wäre ich schon lange nicht mehr vorhanden. Auch damals, mit neunzehn, als es darum ging, mir den Magen herauszuholen, gab es einen Arzt, der hat mir geholfen. Der mochte mich. Wenn dich ein Arzt mag, ist schon die Hälfte gewonnen. Ein Internist, Doktor Hefel in Dornbirn. Walter Fenz, der so viel für mich getan hat und den ich in der Stickerei kennengelernt habe, hat mich zu ihm geschickt. Es kam zu einer großen Untersuchung. Da war auch noch ein *Kollege* von ihm, ein weiterer Arzt war dabei. Ich lag vor ihnen auf dem Tisch, auf dem Operationstisch, wie auf einem Seziertisch lag ich vor ihnen, beide tasteten und griffen und klopften mich ab und redeten, über mich hinweg redeten sie über mich, *ja, vielleicht Operation, etwas anderes ginge nicht mehr.* Doch das ging eben *nicht,* die kranke Mutter, die kleinen Geschwister, ich musste *zu Hause* sein, ich musste funktionieren, eine Operation kam *nicht* infrage. Und da sagte er plötzlich, *er ist noch so jung, ich lasse mir etwas einfallen.*

Durch das, was er sich einfallen ließ, war ich dann eine Zeit *wie gesund,* das heißt, *gesund* war ich nie, und der Grund dafür war: Wer '42 geboren ist, diese Kinder hatten nichts zum Fressen. Und meine Mutter, als Norwegerin, erst mal war ich jahrelang alleine, es war alles sehr dürftig, und später, als die Mutter wieder in meinem Leben war, da gab es auch nichts. Die berühmten *Care-Pakete* von den Amerikanern hat es gegeben. Ohne diese *Care-Pakete* wären wir verreckt, meine Mutter und ich. Niemand hat etwas gegeben. Da *waren* ja Bauern, da *war* ja jemand, der Tiere hatte, um uns herum, wo es vielleicht Eier gab oder Fleisch. Aber man mochte die Frau nicht, *die Norweger-Hure.* Es gab nur eins, *bitte hau ab, hau ab mit dem Kerl da. Hau ab.*

Und dann später als *Sticker,* als *Schiffli-Fädler* und *Nachseher,* ich *habe* verdient. Und doch war nie genug zum Essen im Haus. Ich vergesse nie mehr, ich war immerhin schon sechzehn, da hat mir mein Bruder *einen halben Apfel* in die Stickerei gebracht. Einen *halben* Apfel, obwohl überall die Wiesen voll waren mit Äpfeln und Birnen und mit allem Möglichen. Aber wehe, wenn du einen Apfel aufgelesen hast, hat dich der Bauer halb erschlagen, wenn du in eine fremde Wiese rein bist. Und in der Nachbarschaft, von den Verwandten des Vaters, niemand hat reagiert, in der ganzen Siedlung nicht. Und da kommt mein Bruder, er war sieben Jahre jünger als ich, kommt er mit einem halben Apfel und einem *Rogge,* sagt man in Lustenau, mit einem Stück Schwarzbrot, mit dem *Rest* von einem Roggenwecken. Das hat er mir zum Fenster hereingereicht. Das war mein Essen. Und das war auch *sein* Essen.

Ich vergesse nie mehr die Frau in der Fabrik, die Mia. Wenn die gegessen hat, hat sie sich immer versteckt. Sie hat eine Decke über sich geworfen, dann saß sie da und hat so ihr Butterbrot gegessen, unter der Decke, weil sie nicht wollte, dass man sieht, wie sie kaut. In die war ich verliebt.

Weil mir das gefiel, dass sie nicht wollte, dass man ihr dabei zusieht, wie sie isst. Ich mag es auch nicht.

Essen auf der Bühne war für mich immer ein Grauen. Manchen Schauspielern geht das Herz auf dabei. *Ess-Szenen* auf der Bühne, die können noch so genial geschrieben sein, *und noch ein Hähnchen, ein paniertes, und noch ein Stück Kuchen,* mich macht das nervös. Ich mag auch andere Menschen nicht beim Essen *sehen.* Wenn ich jemandem etwas zum Essen anbiete, möchte ich nicht, dass er darunter leidet. Mir hat man schon viel angeboten, an dem ich gelitten habe. Deshalb bleibe ich lieber in meinen vier Wänden, das ist das Gleiche, als wenn ich mir eine Decke über den Kopf ziehe. Die Mia konnte es nicht hinter ihren vier Wänden, auch sie machte Doppelschicht, da *musste* sie in der Fabrik essen.

Ich habe es ihr nachgemacht. Auch ich habe mich zugedeckt. *Was machst du denn unter der Decke? Ich nehme es dir schon nicht weg.* Man *hat* es mir aber weggenommen, immer wieder. Und ihr wohl auch. Es gibt ja Leute, die einem das Essen nicht gönnen. Schon wie sie dich *ansehen* beim Essen, da kriegst du einen Hustenanfall.

Das habe ich auch gespielt auf der Bühne. Im Stück *Trilogie des Wiedersehens* von Botho Strauß, eine Fress-Orgie, was meine Rolle betrifft, da war ich einer, dem fällt andauernd alles aus der Hand, weil er so *beobachtet* wird.

Anlässlich einer bevorstehenden Ausstellungseröffnung ist eine Gruppe von Freunden und Bekannten des Ausstellungsmachers in den *Kunstverein* eingeladen. Und der, den ich gespielt habe, *Felix* heißt er, dieser *Felix* war ich auch im wirklichen Leben. Auf dieser unsäglichen Party gerate ich an einen Richard, einen Drucker, dessen Gedächtnis sich seit einer Zeit von ihm abzusetzen beginnt und der mir dennoch oder gerade deshalb den Inhalt eines Romans, eines dicken Romans, den er vor Kurzem gelesen hat, erzählen will und tatsächlich in allen möglichen und unmöglichen Erinnerungsvarianten beinahe zur Gänze erzählt, wenn er zwischendurch auch immer wieder nicht so recht weiß, *warum* er mir das mitteilen möchte und was es denn sein könnte, das er mir damit zu sagen versucht.

Eine ganze Weile höre ich ihm aufmerksam zu, aber irgendwann höre ich ihm nicht mehr zu und versuche ich mich von ihm abzusetzen. Ständig halte ich dabei ein Stück Brot in der Hand, ein *Brötchen, Roastbeef mit Soße,* mit *Remouladensoße,* wie um mich an *etwas* festhalten zu können.

Auch die anderen aus der Gruppe, alle beobachten und belauern einander, reden aufeinander ein, aber *miteinander* reden sie nicht. Sie horchen und richten sich aus, gegenseitig, auf der Hut vor einander und vor sich selbst. Vor den Bildern der Ausstellung stehen und gehen sie auf und ab und haben doch nur Augen und Ohren für die Geschichten ihrer Bekannten ringsum.

Während Richard nicht aufhört, mich in seine Gedankengänge hineinzwingen zu wollen und dabei seine Wirkung auf mich zu beobachten, nage und kaue ich an meinem *Brötchen* herum. Seine Sucht ist es, auf andere einzuwirken. Meine Sucht ist es, mich zu entziehen. Je mehr er mein *Wegdriften* spürt, desto heftiger setzt er mir zu und bohrt er sich in mich hinein, denn zu Recht erkennt er meinen *Kampf mit dem Brötchen* als den Fluchtversuch, der es nun einmal ist. Am liebsten würde ich es nicht bei dem Brötchen belassen, sondern *mich selbst* zur Gänze in mich hineinfressen und mich so *wegfressen* von dem Ort und aus der Situation. Doch ständig fällt mir etwas zu Boden, das *Brötchen,* das *Roastbeef,* der Salat. Ich hebe es auf und esse weiter, versuche weiterzuessen, doch wieder fällt es mir aus der Hand, aus Ungeschicklichkeit, Verlegenheit oder Verzweiflung. Aus Hass. Vielleicht auch aus Hass. Denn der *Beobachtung* durch die anderen ist nicht zu entkommen.

Die Soße rinnt mir über das Hemd, auf die Hose, verschämt versuche ich, mich zu säubern, während mein Gegenüber mich weiter traktiert, sodass sich nicht verbergen lässt, was geschieht, auch, weil Richard sich lauthals darüber mokiert, dass ich es wage, mich auf diese Weise *mit mir selbst* zu befassen. Doch sosehr ich auch versuche, mich zu konzentrieren, das *Roastbeef* und das zu Boden gefallene *Brötchen,* ich hebe es auf und weiß nicht, wohin damit, *was damit tun,* und so esse und würge ich es weiter in mich hinein, obwohl es dabei nicht und nicht kleiner werden will, bis dieser Richard endlich tatsächlich den Faden verliert und mich zu beschimpfen beginnt dafür, dass ich ihn in seinen Ausführungen nicht nur nicht unterstütze, sondern durch mein unentschuldbares Benehmen vollkommen aus der Fassung zu bringen versuche.

Es ist ein Unterschied, ob ich *als Schauspieler* gesehen und wahrgenommen werde, auf der Bühne, als der Mensch, den ich *darstelle* und der ich *bin,* in diesem Augenblick und für eine *vereinbarte* Zeit, oder eben als derjenige, der ich zumindest für mich selber zu sein *scheine.*

Premierenfeiern habe ich auch aus diesem Grund immer gemieden. Was du gerade *gemacht* hast auf der Bühne, das ist ja nicht zu Ende, danach, das wirkt noch fort, daraus *bestehe* ich noch eine Zeit. Nach den Aufführungen bin ich daher immer nach Hause gegangen. Vielleicht, weil ich wegwollte von der Figur, weil ich aus der Figur herauswollte oder weil ich eben *nicht* herauswollte, weil ich mich noch nicht lösen konnte von diesem Menschen, der ich gerade eben noch gewesen war. Für mich war immer entscheidend, dass ich diese Menschen, die ich *dargestellt* habe und die ich *gewesen* bin auf der Bühne, die mir *anvertraut* waren, denen *ich* anvertraut war eigentlich, dass ich zu diesen Menschen *einen Weg* gefunden habe. Oft ist es mir gelungen, oft eben auch nicht. Aber im Anschluss daran ging der Weg wieder zu mir zurück. Ich bin einfach gegangen, *nach* einer Premiere bin ich *vor* der Premierenfeier gegangen und saß dann in meinem Zimmer, meist hatte ich ja nur ein Zimmer, ich habe immer *möbliert* gewohnt, und bin dagesessen, mit mir allein dagesessen, und habe etwas gegessen. *Unbeobachtet.*

Die Mia war auch so. Das gefiel mir. Beide hatten wir eine Decke überm Kopf, unter der aßen wir uns aufeinander zu. Manchmal hat sie die Decke langsam hochgehoben. Ich habe es nicht gesehen, aber gespürt habe ich, dass sie beobachtet hat, ob ich meine Decke auch geschlossen halte. Ich war neunzehn, als *sie* in die Fabrik kam, aber sie war –

mir gefiel sie. Und dann, immer, wenn es darum ging, ums Essen oder doch nicht *nur* ums Essen, hatten wir eine Ecke für uns, Stoffballen standen ja genug herum, da konnte man sich auch verstecken, noch zusätzlich, hinter den Ballen, und dort dann auch noch unter den Decken jeweils, jeder für sich.

Der Einzige, der das nicht seltsam fand, war Walter Fenz, *der U-Booter,* der mich zum Doktor Hefel geschickt hat und der dann später die Briefe an die Schauspielschule für mich geschrieben hat.

Er war Jahrgang '25 und konnte an sich mein Vater sein. Auf seine Art war er es auch, eine Zeit. Mit ihm habe ich *Pompelusisch* geredet, in einer Fantasiesprache, die aus viel *Lachen* bestand. Die ganz alten Leute, die verstanden das noch, *Pompelusisch, er* ein bisschen, *ich* überhaupt nicht, und so habe ich mit ihm herumgesponnen wie vorher vielleicht nur mit meiner Mutter, in der Zeit, als ich sie nicht verstand. Auch zum *Deutsch* meiner Mutter haben sie in Lustenau *Pompelusisch* gesagt, wenn sie sich darüber lustig gemacht haben.

Da er auch dort war, dieser Walter, gingen die Stunden in der Fabrik schneller vorbei. Er war es auch, der mir die Geschichte von den Hörmosers erzählt hat, von dem alten Ehepaar, bei dem wir gelebt haben in der ersten Zeit, meine Mutter und ich, die uns immer wieder über das Ärgste hinweggeholfen haben damals und die sich doch selbst nicht helfen konnten und dann umgekommen sind bei einem Brand.

Mit siebzehn hat er sich freiwillig zur Marine gemeldet und war dann auf einem U-Boot. Irgendwann sind sie zu lange getaucht, und zu tief. So hat man es erzählt, das kommt gar nicht von ihm, jemand aus der Fabrik hat das erzählt, sie wären so tief getaucht, dass er nicht mehr aufgetaucht ist aus diesen Geschichten damals.

Er fühlte sich schuldig. Aber er ist auch ein Krieger geblieben. Den Krieger, den ist er nicht losgeworden. Aber er war derjenige, der mit mir *Pompelusisch* geredet hat, der mich zum Doktor Hefel geschickt hat und der mir auch sonst immer wieder geholfen hat. Zu ihm konnte ich gehen.

Zu ihm bin ich gegangen. Und zur Christl Singer aus Dornbirn bin ich gegangen. Mit fünfzehn war ich in die erste Fabrik gekommen, *ins Moos*. Dort habe ich sie kennengelernt. Herbert hat sie mir vorgestellt, der kannte sie schon. Sie arbeitete in der großen Fabrik, in der Pontenstraße. Von dort kam sie zu uns *ins Moos*.

Sie war siebzehn, ich fünfzehn. In Dornbirn hat sie gelebt, in Mühlebach. Es gab noch das alte Fahrrad von meinem Vater, vom Fritz, damit bin ich zu ihr gefahren. Wenn es kaputt war, bin ich über die Felder, *querfeldein*, und von Lustenau bis nach Dornbirn-Mühlebach ist es weit, da ist man schon bald im Gebirge, so weit ist das.

Um jede Freundschaft musste ich kämpfen. Zumindest dachte ich das. Bei ihr habe ich es erst gar nicht versucht. *Da hast du keine Chance.* Wenn du das ewig hörst, dann glaubst du daran irgendwann.

Sie kam dann manchmal, darauf war ich ganz stolz,

sie hatte ein Moped und kam dann von Dornbirn, ich war noch im Haus, und meine Mutter rief, laut, von der Treppe vor dem Haus aus rief sie es in die ganze Siedlung hinein, damit es auch gewiss alle hören konnten, *Heinz, deine Freundin ist da.*

Durch sie flogen die Stunden nicht nur in der Fabrik, die Tage und Jahre flogen nur so dahin.

Überall, wo ich war, war auch sie. Vor allem aber waren wir in den Filmen, im Kino, wann immer es ging und welche Geschichte es auch immer sein mochte. Der erste Kuss, mein erster Kuss überhaupt. *Vom Winde verweht.* Ich hatte den Film gesehen, aber *ohne* sie hatte ich ihn gesehen. Clark Gable drückt da seine Geliebte, Vivien Leigh beugt er ja so hinunter, beim Küssen, das habe ich mit ihr auch gemacht oder zu machen versucht, wie Clark Gable Vivien Leigh hinunterbeugt, so habe ich die Christl Singer hinuntergebeugt. Du brichst mir ja das Kreuz, sagte sie. Du brichst mir das Kreuz.

Auch *am Rohr* waren wir oft, am *Alten Rhein.* Der Weg dorthin führte am *Landhaus* vorbei, einem abseits gelegenen Gasthaus, das vor dem Krieg und im Krieg vielen Flüchtenden als Station gedient hatte, als Unterschlupf. Das wusste ich nicht, beide hatten wir keine Ahnung davon, obwohl, mein Freund, der Kapuziner, hatte immer wieder Andeutungen gemacht, wie gut wir es eigentlich hätten jetzt hier am *Alten Rhein* und eben überhaupt und in allem, das wäre nicht immer so gewesen, und dafür könne man nicht dankbar genug sein, hat er immer wieder gesagt, aber eben immer nur wie nebenhin, und nachgefragt habe ich nicht.

Davon und vom *Gasthof Habsburg* in Hohenems hatte er immer wieder gesprochen. Von Menschen in diesem Haus wurde Flüchtenden geholfen. Vom *Gasthof Habsburg* aus sind die zunächst im *Landhaus* gelandet. Und ins *Landhaus* sind dann die Schweizer gekommen, die sie dort abgeholt haben, die Fluchthelfer. Das *Landhaus* lag mitten in den Feldern an der Landstraße und war gut geeignet als erste Strecke auf dem Weg hin zur Grenze, nur noch ein paar Hundert Meter waren es von dort bis zum *Alten Rhein*. Nach dem Krieg ist es abgebrannt, lange danach.

Das Rohr war kein regulärer Übergang. Es ist ein Kanal eigentlich, der das Wasser von der Schweiz nach Lustenau führte und führt.

Und oben, auf diesem Kanal, auf diesem *Rohr,* da haben es diejenigen versucht, die Älteren, die nicht durch das Wasser gehen wollten oder konnten. Überall sonst musste man durch das Wasser. Und im Frühjahr und Herbst war das Wasser eiskalt.

Direkt *am Rohr* hat es keine Grenzstation gegeben. Es war ein wilder Übergang. Ein regulärer Übergang wäre gleich in der Nähe gewesen, *Schmitter* heißt der. Und etwas weiter unten *Wiesenrain.*

Jetzt, so viele Jahre danach, als ich mit der Christl dort war, war es ein Badesee, ganz Lustenau badete dort. Mein Freund Otto sagte immer, das Wasser ist warm wie Urin, so voll war es dort nach dem Krieg.

· 96 ·

Aber damals war es eine Wildnis. Die *Higa-Männer* mussten immer wieder Bäume beseitigen, um gute Sicht auf die Grenze zu haben. Die *Higa-Männer,* das waren eher die älteren, oder Männer, die zwischendurch von der Front zurück waren, solche, die man *am Ort* gebraucht hat. Die *Hilfs-Grenz-Assistenten.* In Hohenems waren die im *Gasthof Post* untergebracht. Das waren die, die nicht in den Krieg gezogen sind, die entweder große Familie hatten oder zu alt waren für die Front. Und die haben den *Alten Rhein* und diese Stelle *am Rohr* ganz besonders beobachtet und kontrolliert. Von Abschnitt zu Abschnitt waren kleine Häuschen aufgestellt, Unterstände, wo sie bei Regen Schutz fanden oder sich wärmen konnten im Winter.

Vom *Gasthof Habsburg* aus sind die Flüchtenden zum *Landhaus* geschickt worden. Die Fluchthelfer sind von der Schweiz her zum *Landhaus* gekommen, die sind über die Grenze herüber und haben sie dort abgeholt. Oft waren das bezahlte Fluchthelfer, denen man später den Prozess gemacht hat und die verurteilt worden sind in der Schweiz.

Die Gemeinden in der Schweiz drüben, Widnau, Diepoldsau, Au, das sind Nachbargemeinden von Lustenau, die gehörten früher zum *Hof Lustenau.* Aber um das Jahr 1600 herum hat man den Rhein als Grenze genommen, und von da an waren sie Schweizer. Aber ihre Böden hatten sie weiterhin auch auf Lustenauer Seite, das *obere* und das *untere Schweizer Ried.* Diese Felder gibt es immer noch, und die gehören noch immer den Schweizern. Diese Grundstücke mussten sie auch während des Krieges bewirtschaften, und so konnten sie herüberkommen, über die Grenze, und das haben viele genutzt, um Geschäfte zu machen oder als Kontaktpersonen in die Schweiz hinüber zu fungieren. Sie gaben vor, sie müssten hier ihre Felder bestellen, so konnten sie die Grenze auch in dieser Zeit überschreiten. Mit ihren Fuhrwerken sind sie hin- und hergefahren und haben immer wieder einmal jemanden im Heu versteckt mitgenommen oder sonst wie über die Grenze gebracht.

Die Christl Singer war die Erste, mit der ich über die Grenze in die Schweiz geschwommen bin. Eine Zweite hat es *dafür* nach ihr nicht gegeben. Beim *Hänsel-und-Gretel-Baum* hatten wir unser Lager, vor dem *Ameisenbaum* haben wir Landkarten studiert und dem Schlagen des Holzes im Wind zugehört. Überall, wo ich war, ist auch die Christl Singer gewesen. Durch sie war ich zum ersten Mal *ganz*. Mit ihr war ich *ganz*. Bis dahin war bei mir alles *halb*. Ein halber Bruder. Die Halbschwester. Ein *Stief*vater und eine Mutter, die meinte, ich wäre nicht von ihr.

In den Jahren mit ihr, zwischen fünfzehn und dreiundzwanzig, in denen ich in der Fabrik war, in der Stickerei, in dieser Zeit war ich *ganz*.

Und dann ging es zu Ende, mit dreiundzwanzig ging ich nach Wiesbaden auf die Schauspielschule, da wollte ich, dass sie mitkommt, aber sie wollte das nicht. Ein paarmal haben wir uns noch geschrieben. Dann hat sie geschrieben, dass sie verheiratet ist, und wir haben uns nicht mehr geschrieben. Später haben wir uns noch einmal gesehen.

Dann kam ein Brief, man hätte uns gesehen, und wir dürften uns bitte nicht mehr sehen.

Zweimal habe ich sie auf der Bühne *verewigt,* wenn auch nur für die Dauer einer Aufführung jeweils. Einmal in einem Stück von Turrini, *Die Liebe in Madagaskar,* als Abteilungsleiter einer Bank. Und noch einmal in *Piaf,* im Stück *Piaf.* Da war ich ein amerikanischer Barkeeper. Beide, der Abteilungsleiter und der Barkeeper, erzählen von einer verflossenen Liebe. Beide Male hat diese Liebe keinen Namen, und so dachte ich, dieser Frau kann man doch einen Namen geben.

Die Liebe in Madagaskar. Der Besitzer eines heruntergekommenen Kinos kommt in meine Bank und will einen Kredit, um nach Cannes zu fahren und mit Klaus Kinski noch einen letzten Film zu machen. Kinski liegt im Sterben, das weiß der Mann aber nicht. Er ist hoffnungslos verschuldet und braucht den Kredit unbedingt. Und ich als dieser Abteilungsleiter erzähle von meiner ersten Liebe, und davon, wie ich als Sechzehnjähriger im Kino dieses Kinobesitzers mit einer Schülerin aus der Parallelklasse die *schönsten Momente* meines Lebens erlebt habe. Wie *ich* ja auch. Das traf ja auch alles auf mich zu. Mit der Christl Singer war ich ständig im Kino und hatte dort auch meine *schönsten Momente.*

Nur hatte diese Geschichte im Stück keinen Namen. Und so habe ich ihr einen Namen gegeben, indem ich von Christl Singer erzählt habe.

In *Piaf* war ich ein amerikanischer Barkeeper. Die Piaf hatte einmal ein Gastspiel in Amerika, das aber unglücklich verlief. Und da gab es eine Szene mit einem Barkeeper, der heulte auch von einer vergangenen Liebe. Und, sagte ich, jetzt haben wir wieder keinen Namen, wie heißt die denn?

Ja, dann sag diesmal *Chris. Chris Singer.*

Das ging natürlich nicht immer. Aber hin und wieder ging es eben doch. Dann habe ich nur gesagt, *Christl Singer,* wie ohne Grund und anscheinend sinnlos habe ich *Christl Singer* gesagt. Oder gerufen. Wie meine Mutter auf der Treppe vor dem Haus in die Siedlung hineingerufen hat, so habe ich ihren Namen aus dem jeweiligen Stück heraus ins Publikum gerufen. Vielleicht sitzt sie ja drin, dachte ich, oder jemand, der sie kennt oder gekannt haben könnte vielleicht und ihr ausrichten würde, dass irgendwo auf der Welt, und wenn auch nur in einem Theaterstück, an sie gedacht wird.

Herbert hat uns zusammengebracht, die Christl Singer und mich. Ihm verdanke ich diese erste Liebe. Ihm verdanke ich auch meine Freundschaft zu seinem Vater.

Franz Jäger war Senn, und der Weg zu ihm führte durch eine Schlucht, durch die *Rappenlochschlucht.* Von Dornbirn aus kommt man dorthin. Und dann, nach einer Zeit kam man zu einem *Vorsäß,* wie es heißt, einer Voralpe, von der aus man auf die große, auf die höher gelegene weitergeht. Auf das *Vorsäß* konnte man schon im Mai hinaufgehen, da lag weiter oben vielleicht noch Schnee. Mit der ganzen Familie ist man hinaufgezogen und hat dort gewirtschaftet und gewohnt. Dort hat er auch Käse gemacht und Butter. Meist ist man den ganzen Mai bis etwa Mitte Juni, je nach Witterung, auf dem *Vorsäß* geblieben, und wenn es dann so weit war, wenn die Weide abgegrast war, ist man nach *Obergüntenstall* weitergezogen. Eine sehr bekannte Alpe ist das, *Obergüntenstall*, die liegt schon recht hoch, und von Lustenau aus ist die zu sehen, ein großer Hügel, an diesem Hügel kann man sie erkennen. Da war ich dann oben bei ihm, sooft und solange es ging. Schon als Kind war ich im Sommer immer wieder beim Franz auf dieser Hütte gewesen, mit Erwin und mit Herbert vor allem, aber oft auch nur mit ihm. Meist war er alleine dort. Aber auch seine Frau habe ich dort gesehen. Von Juni oder Juli bis September, bis etwa Ende September ist man dortgeblieben. Man konnte auch, wenn oben bereits wieder Schnee lag, hinunter auf die Voralpe, auf das *Vorsäß*. Etwa zwei Monate ist man oben geblieben, und im September, Ende September hat es einen Tag gegeben, meist um den Siebenundzwanzigsten herum, an dem ist man entweder sofort ganz hinunter ins Tal oder noch einmal auf das *Vorsäß*, wenn dort inzwischen wieder genug Gras gewachsen war.

Der Weg zum Franz Jäger war ein Abenteuer jedes Mal, denn wenn es auch keiner zugab, vor dieser Schlucht haben sich alle gefürchtet. Und vor dieser Brücke, vor der *Rappenlochbrücke*. War der Weg *allein* zu gehen, habe ich die Lieder vor mich hingesungen, die er mir beigebracht hat. Wenn mich jemand begleitete, haben wir uns gegenseitig die Angst aus den Seelen gelacht. Vor der *Rappen-*

lochschlucht und vor der *Rappenlochbrücke* hatten wir alle Respekt. Bis auf Erwin. Der war der Einzige, der sich nicht davor fürchtete, vor nichts und vor niemandem hatte der Angst, so kam es mir immerhin vor. Erwin war es auch, der sich von dieser Brücke hinuntergestürzt hat. Es war der Einunddreißigste, es war Silvester, da hat mir Herbert ein Telegramm geschickt. Und ein paar Tage später, ziemlich bald darauf kam noch einmal ein Telegramm von Herbert. Da hat sich sein Bruder aufgehängt.

Den Erwin sehe ich noch hin und her rennen auf dieser ungesicherten Brücke, mit aufgerissenen Augen und ausgebreiteten Armen, wie wild geworden ist er über diese Brücke gerannt, ich hatte Atemstillstand jedes Mal. Wenn *ich* hinuntergesprungen wäre, wenn *ich* mich aufgehängt hätte, es wäre ein natürlicher Vorgang gewesen. Ein ganz natürlicher. Nur, mir ist es immer misslungen. Es gibt ja Leute, die machen diese Sache nicht richtig. Ich bin einer von ihnen.

Die Berge mochte ich nur in der Zeit, als ich oben war beim Vater vom Herbert, beim Franz oben auf seinem Berg. Er war nun einmal nur in den Bergen zu haben. Aber trotz all der Berge ringsum, bei ihm war ich *daheim,* denn da hatte er mir das mit dem *Aufhängen* noch nicht gesagt. Das kam erst später, da war ich schon etwa sechzehn, kurz bevor er mich zu meinem Vater begleitet hat, war das, zu der Zeit, als ich diese Panikattacken hatte, in der Dracula mich täglich besuchte und ich nur noch geblutet habe innen und außen, da sagte er mir aus heiterem Himmel, plötzlich und unvermittelt mitten ins Gesicht hinein sagte er zu mir, *Heinz, du hängst dich auf. Dein Onkel hat sich auf-gehängt. Und du machst das auch.* Das habe ich lange mit mir herumgetragen. Einen *Versuch* hatte ich ja schon hin-ter mir, als ich mir den Schädel spalten wollte mit zwölf. *Wenn sich einer aufhängt in einer Familie, dann hängt sich auch noch ein Zweiter auf,* sagte er.

Franz Jäger stammte aus Hohenems. Im Ersten Weltkrieg wurde er verschüttet von einer Lawine, irgendwo in Italien wurde er verschüttet, und da hat ihn ein junger Mensch ge-funden in diesen Schneemassen, nach einer längeren Zeit, und hat ihn ausgegraben, und an diesem Franz Jäger war dann viel kaputt, sehr viel. So hat er es selber erzählt. Es war um die Weihnachtszeit, als das mit der Lawine passiert ist. Um diese Zeit hat er immer geweint. Zu Weihnachten hat er geweint und von der Zeit damals erzählt. Ich habe ihm zugehört, als Einziger habe ich ihm zugehört, alle anderen mochten seine Geschichten nicht hören, nur ich mochte sie hören, ich konnte gar nicht genug bekommen von seinen Geschichten und vom Erzählen überhaupt, bei mir zu Hause wurde ja nur geschwiegen.

Die Berge mochte ich nur, solange er das mit dem *Auf-hängen* nicht gesagt hat. Hinterher, nachdem er das gesagt hatte, von da an hatte ich ein gebrochenes Verhältnis zu ihm. Ich weiß noch, die Mutter vom Herbert saß dabei, die Milli. Die hat wunderbar singen können, die Milli, und die sagte dann noch, komm, sag ihm doch nicht so etwas. Da war es aber schon gesagt. Jahrelang war das wie eine

Impfung, habe ich wirklich gedacht, irgendwann wirst du schon hängen, irgendwann ist es so weit.

Als ich das dann meiner Halbschwester, der Tochter vom Halbsleben, gesagt habe, vierzig Jahre danach, mehr als vierzig Jahre später, vorher wusste ich ja nichts von ihrer Existenz, habe ich sie danach gefragt, nach dem Selbstmord von meinem Onkel. Da war sie ganz wütend. Das stimmt nicht, bei uns hat sich niemand aufgehängt. Du hast überhaupt keinen Onkel. Ich weiß bei der Ingrid auch nie, was wahr ist und was nicht. Von dieser ganzen Familie weiß ich es nicht.

Ich traute ihm nicht mehr über den Weg. Und doch war er es, der mich zu meinem Vater geführt hat. Ich war sechzehn, als er zu mir sagte, *ich bin von Hohenems, und ich kenne den ja, deinen Vater.*

Und einmal, wieder war ich bei ihm auf der Hütte, die Tiere waren versorgt, wir saßen in der Stube und hatten es uns gemütlich gemacht, er zündete eine Kerze an, und ich dachte, er würde eines seiner Lieder anstimmen, aber er machte die Kerze aus und fragte ins Dunkel hinein: Deinen Vater, deinen *wirklichen* Vater, willst du den nicht kennenlernen? Jetzt, wo der Fritz nicht mehr ist, wäre doch der Weg dafür frei. Und ich sagte, ja, wenn es ihn gibt. Gibt es ihn denn, fragte ich.

Und ob es den gibt. Ich kenne ihn. Und ich denke, es ist Zeit, dass du ihn kennenlernst.

Schon am nächsten Tag waren wir unten im Tal und auf dem Weg ins Reich meines *leibhaftigen* Vaters. Ich hatte ja schon mein Moped damals, einen *Sissy-Roller,* wie die Christl Singer einen hatte. Er saß hinter mir, mit den Fingern tippte er jeweils in die Richtung, in die die Fahrt gehen sollte. In Hohenems lehnte er sich plötzlich enger an mich und sagte, gerade sind wir vorbeigefahren an dem Haus, du kannst es dir noch überlegen. Ich tat, als hätte ich ihn nicht gehört, und er dirigierte mich weiter zum Bahnhof. Dort machten wir halt.

An diesem Bahnhof war meine Mutter angekommen, als sie von Norwegen herunterkam. So hatte es auf ihrem *Lebensborn-Fahrplan* gestanden. *Bahnhof Hohenems* war die Endstation ihrer Reise von Kirkenes herunter, das heißt, das Ende der Reise hätte es sein *sollen,* hätte die Geisterfahrt durch ihr weiteres Leben nicht gerade hier erst begonnen. An diesem Ort war sie angekommen, hier sollte sie abgeholt werden. Und an diesem Ort war jetzt auch ich, zusammen mit meinem Freund, den ich seit so vielen Jahren kannte und der meinen Vater, meinen sogenannten *richtigen* Vater schon kannte, als der meine Mutter noch nicht gekannt haben konnte, als ich noch nicht geboren war, als meine Mutter noch nicht geboren war, hatte er den schon gekannt.

Dass er mir das alles *jetzt* anvertraute, *warum erst jetzt,* dachte ich. Und dass ich mich umbringen würde, warum sagte er das.

Meine Mutter war wohl nicht abgeholt worden, zumindest nicht in der Art, wie sie sich das in Norwegen ausgemalt hatte. Und so holte eben *er* mich ab, jetzt, sechzehn

Jahre danach, um mich in die Geschichte mit meinem Vater zu führen, die auf diese Weise wohl hätte beginnen können vielleicht. Aber vielleicht war ja auch alles ganz anders, denn *dass* er meinen Vater kannte, hieß ja noch nicht, dass er diese ganze Zeit über *gewusst* hatte, dass dieser Mensch, zu dem er mich führen würde, mein Vater war. Er hatte nur gesagt, *den kenne ich, deinen Vater, der ist aus Hohenems, wie ich ja auch*, mehr hatte er nicht gesagt.

In der Kaiser-Franz-Josef-Straße deutete er mir in Höhe eines Gasthofs, anzuhalten, und während ich noch eine Zeit auf dem *Sissy-Roller* sitzen blieb, ging er vor mir und vor diesem Gasthof auf und ab, um mir von Menschen zu erzählen, von denen ich nie gehört hatte, wodurch ich jetzt merkte, wie wenig Ahnung ich von ihm in all den Jahren gehabt hatte, denn obwohl er mir so viel erzählt und beigebracht hatte, über derartige Geschichten hatte er mit mir nie gesprochen.

In dem Haus hier hat während des Krieges ein Heilpraktiker seine Praxis gehabt, ein Luxemburger, sagte er. Er war ein guter Praktiker und sehr beliebt, von überall her sind die Menschen gekommen, sein Wartezimmer war immer voll. Während des Wartens ist man ins Reden gekommen, und geredet wurde auch über den Krieg. Zu der Zeit sind die ersten Bomben in der Gegend heruntergekommen. Und einmal ist eine Frau aus Bregenz dazugekommen, eine Geschäftsfrau, die hat in diesem Vorraum mit einer Zweiten darüber gesprochen, wie furchtbar es ist, dass es diese Bombenabwürfe jetzt gibt, und hat wohl gesagt, die Deutschen sind selber schuld an dem Krieg, und daran, dass diese Bomben jetzt fallen, auf unsere Gegend und überhaupt. Die Deutschen sind schuld und werfen die Bomben vielleicht sogar selber, vielleicht sind es ja die Bomben der Deutschen, die in der Gegend vom Himmel herunterfallen.

Ich konnte mir nicht erklären, warum er mir diese Geschichte erzählte und was er mir damit zu sagen versuchte, jetzt, wo wir doch auf dem Weg zu meinem Vater sein sollten.

Eine dieser Frauen in dem Warteraum hat das dann gemeldet und angezeigt, sagte er. Die Frau, die diese Bemerkung gemacht hat, ist in *Gestapohaft* gekommen. In Bregenz war sie im Gefängnis, in der Oberstadt. Wegen Krankheit ist sie entlassen worden, doch dann hat man sie noch einmal geholt und wieder eingesperrt. Wegen *Wehrkraftzersetzung* ist sie in Wien geköpft worden. Sie ist daran umgekommen, sagte er. Und hier, in dem Haus hier ist das passiert.

Ich legte meine Hände an die Schläfen, um besser ins Haus hineinsehen zu können. Doch er wies mich im Spiegel des Fensters auf das Haus auf der anderen Seite der Straße hin, auf das Haus in unserem Rücken, das ich bis dahin gar nicht wahrgenommen hatte. Er zeigte nicht direkt auf das Haus, sondern klopfte mit dem Finger auf das Spiegelbild im Fenster dieses Gasthofs.

Es ist das Haus vis-à-vis, sagte er. Da drin wohnt er.

Was soll ich denn tun, fragte ich.

Es ist eine Metzgerei. Geh hinein und kauf ein Paar Würste. Dann wirst du ja sehen.

Ich drehte mich um und ging über die Straße. Erst jetzt nahm ich das Haus richtig wahr. Es war größer als die anderen Häuser in der Gegend. Er hatte recht, es war eine Metzgerei. Der Eingang vorne zur Straße hin. Ich ging die Treppe hinauf und trat ein. Gegenüber der Tür eine Theke, eine Vitrine. In der Vitrine Wurstwaren und Fleischstücke verschiedener Größe. Auf der Vitrine ein großes Gurkenglas.

Hinter der Vitrine schnitt eine Frau mit einer Maschine eine dicke Wurst in dünne Scheiben und legte sie neben sich auf ein Papier, behutsam machte sie das und wie in Gedanken, ein jedes für sich, Stück für Stück legte sie die Scheiben auf das Papier und das Ganze dann auf einen Teller, den stellte sie zu den anderen belegten Tellern und Platten in die Auslage der Vitrine. Nachdem das alles geschehen war, blickte sie auf. In dem Augenblick öffnete sich hinter ihr eine Tür, und ein Mann kam in den Raum, mit zwei großen Fleischstücken auf den Schultern, die aus ihm herauswuchsen wie Flügel. Als ein riesiger Vogel stand er vor mir. Er sah mich an und stutzte, so kam es mir immerhin vor, und baute sich vor mir auf, mit diesen klobigen Flügeln, die er vor mir aufrichtete und ausbreitete. So stand mir jetzt der Mann gegenüber, der mich in meinen Fantasien so oft besucht hatte, wenn die Decke sich auftat und er sich an meinen Hals legte und von meiner Mutter zu erzählen begann, um mich dann doch nur nach ihr auszufragen jedes Mal. Ich hatte ihn also gefunden, jetzt hier in seinem Schloss, in dieser Metzgerei, auf dem Weg vom Schlacht- in den Kühlraum hatte ich ihn aufgespürt in seinem Versteck. Es war helllichter Tag. Er würde so schnell nicht zu Asche zerfallen, auch das wusste ich jetzt.

Ich betrachtete ihn und sah, er betrachtete mich. Er *muss* mich erkannt haben. Ich war blond. Wie meine Mutter. Fast weiß. Das war nicht zu übersehen. So viele Blonde gab es dort nicht. Und er wusste ja, dass ich existiere in Lustenau.

Er sah mich eindringlich an, fragend eigentlich, zögerlich, eine ganze Weile starrte er so. Doch schon mit der nächsten Bewegung schwang er sich auf mich zu, ich stand im Weg, und im Weg zu stehen, darin war ich geübt, er stoppte, sah mich an und ging weiter, das heißt, er ging durch mich durch, ohne Widerstand ging er durch mich hindurch, als stünde ich da nicht, mitten im Weg, als wäre ich gar nicht vorhanden, ging er durch mich hindurch, und ohne mich umzudrehen, konnte ich sehen, wie er sich hinter mir bückte, nachdem er mich wieder verlassen hatte, wie er sich bückte und sich aufrichtete und mit seinen Schweinshälftenflügeln wild um sich schlagend verschwand.

Er war fort. Aber ich war noch da. Und die Frau war noch da, liebevoll lächelte sie in meine Richtung und reichte mir das in Papier eingepackte Paar Würste, das ich noch gar nicht bestellt hatte. Mit einer Holzzange holte sie eine Gurke aus dem übergroßen Gurkenglas und hielt sie mir über die Vitrine hinweg entgegen, und damit bin ich dann hinaus aus dem Schloss meines Vaters, die Treppe hinunter und über die Straße, wo mich mein Freund auf dem Moped sitzend erwartete.

Als ich Anton Halbsleben das nächste Mal über den Weg lief, war ich sechzig. Er wollte es vorher nicht. Nachdem ich ihm in seiner Metzgerei begegnet war, habe ich ihm geschrieben. Dann kam ein Brief. Nicht von ihm, sondern von seinem Anwalt. Ich solle ihn in Ruhe lassen, *sonst würden andere Schritte unternommen.* Das wollte meine Halbschwester auch nicht hören, vierzig Jahre danach. Aber ich habe diesen Brief bekommen. Da war ich sechzehn. Das habe ich ihr auch gesagt, weißt du von diesem Brief? Natürlich nicht. Ich würde ihn gerne kennenlernen, habe ich geschrieben. Dann kam dieser Brief. Und dann kam nichts mehr. Bis ich sechzig war, war es das dann für uns zwei.

Nach einer Zeit habe ich meiner Mutter von der Begegnung erzählt. Sie war unheimlich wütend. Ich soll ihn in Ruhe lassen, und ob ich noch nicht kapiert habe, dass er nichts von mir wissen will.

Sage ich, ja, das habe ich kapiert. Trotzdem wollte ich ihn einmal sehen.

Sie wollte es ja auch, sie wollte ihn auch einmal sehen. Und es kam ja auch nie zustande. Sie hatten sich verabredet. In Dornbirn. Im *Roten Haus.* Und da stand sie dann wohl ganz alleine, und niemand ist gekommen. Das war dann für sie auch endgültig, für sie auch das endgültige Aus.

Ich dachte ja, jetzt, nach dem Tod vom Fritz, der sie nur gedemütigt hatte, würde sie *aufleben* wie ich auch und wie wir alle. Aber so war es nicht. Eine Zeit lang war sie vollkommen verstummt. Erst nach und nach hat sie wieder mit dem Reden begonnen, wenn auch auf Norwegisch, und weil niemand da war, der sie verstanden hätte, fing sie wohl wieder damit an, *mit sich selber* zu reden. Das hatte sie auch früher getan, schon immer hatte sie fast unhörbar vor sich hingemurmelt. Als Kind hatte ich mich oft gefragt, was dieses Flüstern wohl jeweils zu bedeuten hätte, ob es vielleicht auch Verwünschungen sein könnten, mit denen sie ihre Umgebung bedachte. Immer häufiger entdeckte ich sie jetzt im Gespräch mit sich selbst. Es waren intensive und kontroverse Gespräche, dabei wechselten die Stimme und das Verhalten, die Lautstärke, als redete sie gegen jemanden an, der sie von etwas zu überzeugen versuchte, wogegen sie sich heftig zu wehren hatte. Und, in all den Jahren, in denen ich meine Mutter bewusst wahrgenommen hatte, hatte sie nie so häufig gelächelt oder gelacht wie in dieser Zeit. Plötzlich und unvermittelt brach dieses Lachen aus ihr heraus, in einer Stärke, dass ich immer wieder erschrak. Meine Geschwister und ich gingen darüber hinweg, denn immer wieder hatte dieses Lachen auch etwas Bedrohliches, das man nicht mutwillig herausfordern wollte. Ich wusste nicht, wie ich damit umgehen sollte. Auf meine Fragen hatte sie immer geschwiegen, oder sie lag schon am Boden, noch ehe eine Frage gestellt war. So habe ich nie gelernt, auf *richtige* Weise zu fragen, und konnte auch jetzt nicht damit anfangen, den Mut dazu hatte ich nicht.

Es gab niemanden, dem sie sich auf diese Weise mitteilen konnte, und so redete und lachte sie eben mit oder über sich selbst, dachte ich, und wenn sie wieder *zu uns* zurückkam nach einem solchen *Auslandsgespräch,* war sie noch stiller als sonst, und verschlossener auch. Dann lächelte sie vor sich hin, stundenlang, aber auf eine Art, als führe sie etwas im Schilde, als bereite sie etwas vor, das sie nur noch nicht preisgeben wollte, aus welchen Gründen auch immer.

Im Ausland war meine Mutter auch bei sich selbst. Dort, wo sie herkam, war sie längst nicht mehr daheim. Und doch, eines Tages kam mir der Gedanke, was wäre, wenn sie es vielleicht doch noch einmal mit ihrer norwegischen Familie versuchen wollte, und vielleicht wollte sie ja auch uns dorthin mitnehmen, ihre Kinder, es hätte ja sein können, und ganz falsch war ich mit meiner Vermutung nicht gelegen, denn bald darauf war sie mit meinen Geschwistern *auf der Reise.*

Ihre Familie hatte sie verstoßen, weil sie sich mit einem Deutschen eingelassen hatte. Und jetzt wollte sie dorthin zurück. Kontakt zur Familie gab es nicht. Oder kaum. Ab und zu war ein Brief von ihrer ältesten Schwester gekommen, von Tante Jördis, aber sonst, *wenn* in all den Jahren etwas aus Norwegen gekommen war, dann Todesanzeigen, eine nach der anderen und Jahr um Jahr.

Man hatte sie von dort weggejagt. So hatte es sich in mir festgesetzt. Nichts deutete darauf hin, dass sich an ihrer Lage dort etwas geändert hätte, und doch war sie in Gedanken wohl schon längst *auf dem Weg,* wie ja auch ich über Jahre *auf dem Weg* gewesen war, wenn ich über den *Alten Rhein* geschwommen war, ohne ihr davon zu erzählen. Über Jahre hatte ich mir ja vorgenommen, mit ihr gemeinsam dorthin zu gehen, woher sie gekommen war, woher *wir beide* gekommen sind eigentlich. Aber diese Pläne waren inzwischen anderen Überlegungen gewichen, ich war in der Fabrik und war dabei, mich endlich dort einzuleben, wo ich nun einmal war.

Für sie wiederum stand fest, dass diese Reise zu machen war. Vielleicht wollte sie auch nur eine Klärung mit ihrer Familie erreichen, auf welche Art auch immer. Deshalb war es ihr wohl auch so wichtig, meine kleinen Geschwister mit dabeizuhaben, als *Beweis* dafür, anderswo Wurzeln geschlagen zu haben, oder doch immerhin den Anschein danach zu erwecken, zumindest dachte ich das, denn *mich,* der ich ja die Ursache dafür war, dass sie von ihnen wegmusste, hatte sie in ihre Reisepläne gar nicht erst eingeweiht. Es war auch nicht die Rede davon, dass ich sie auf der Reise begleiten sollte. Sie erklärte sich nicht, es hatte einfach zu geschehen, sonst *würde* etwas geschehen mit ihr und mit uns allen.

Eines Abends, ich war gerade von der Arbeit gekommen, erwartete sie mich auf der Treppe vor dem Haus wie an jedem anderen Tag, und doch war etwas anders als sonst. Sie begleitete mich auch nicht ins Haus, wie sie es immer getan hatte, nachdem ihre Zigarette geraucht war.

In der Küche waren meine Geschwister am Packen. Der Bruder wollte seinen Fußball mitnehmen, der aber nicht in den Koffer zu bringen war, und ohne den Ball würde er ganz sicher nicht fahren, keinesfalls. Vor ihren Köfferchen saßen und redeten sie aufgeregt miteinander. Auf Norwegisch. Als ich fragte, was das alles zu bedeuten habe, warf mir die Schwester ein norwegisches Wort entgegen, was sie zuvor nie getan hatte, und noch eins und noch eins, und mein Bruder, der wohl gemerkt hatte, wie sehr mich das alles verstörte, klärte mich auf, dass es nun für eine Weile nach Norwegen gehen würde.

Wie lange sie da oben waren, ich weiß es nicht mehr, auch nicht, *wer* sie dann wieder zurückgebracht hat, von da oben herunter, sie war ja nicht mehr in der Lage zu reisen. Wie auch immer es gewesen sein mag, sie kam aus Norwegen zurück und war *völlig* verrückt.

Wie oft war sie in der *Valduna,* oft genug, denn auch in ihrer Angst davor war sie ja dort. Alle, die an den Nerven schwach waren, *nervenkrank,* kamen an diesen Ort, Schlaganfallgeschichten oder eben Epileptiker. Es war ein altes Kloster, das man umgebaut hat. Dort war meine Mutter jeweils. Es sieht anders aus jetzt. Und es ist wohl auch anders jetzt dort. Alles umgebaut, niedergerissen und neu aufgebaut. Aber diese alte Burg, diese Klosterburg, schon als Gebäude war die furchtbar damals.

Zum einen gab es die *Wohltätigkeitsanstalt,* und zum anderen gab es die *Irrenanstalt.* Manchmal ist man von der *Wohltätigkeitsanstalt* in die *Irrenanstalt* und von der *Irrenanstalt,* dann, wenn der Zustand sich gebessert hatte, in die *Wohltätigkeitsanstalt* gekommen. Wann genau die Mutter dort war, und wie oft, ich weiß nur, dass wir Kinder immer Angst davor hatten, dass man sie wegholt von uns. Und diese Angst hieß immer *Valduna.*

*Valduna, mach die Tore auf, die Mutter kommt im Dauerlauf, sie
legt sich gleich ins erste Bett und meldet sich als Oberdepp.*

Das haben mir die Kinder auf dem Schulweg immer
nachgerufen.

In der *ersten* Zeit, nachdem sie von Norwegen heruntergekommen ist, 1942, gleich nach meiner Geburt, als wir
getrennt wurden und sie für ein paar Jahre verschwunden
ist, da ist sie wohl nicht in die *Valduna* gekommen, denn
im Jahr zuvor war die *Psychiatrische Abteilung* geräumt
worden, um Platz zu machen für ein Lazarett. Aber bis
dahin wurden dort die Patienten gesammelt. Die *Valduna*
war das Zentrum. Von überall her hat man die Menschen
geholt und eingefangen wie Tiere.

Besonders einen hat es gegeben, einen Psychiater,
Doktor Josef Vonbun, der hat sie alle ans Messer geliefert. Seine eigene Tochter wurde mit einer *Spritze* getötet. Die war behindert, ein kleines Mädchen. Doktor
Vonbun war der Leiter der Anstalt. Mit seinem eigenen
Auto ist er den *Bregenzer Wald* abgefahren, um sich die
Altersheime und die Armenhäuser anzusehen, die Menschen, die er dabei *ausgesucht* hat, hat er gleich selbst mitgenommen.

Die Patienten wurden nach Hall in Tirol deportiert, in
die dortige *Irrenanstalt,* und von dort weiter nach Hartheim. In Hartheim hat man sie dann vergast. Oder sie
wurden direkt von der *Valduna* nach Hartheim gebracht.
Um die sechshundert Menschen sind auf diese Weise von
der *Valduna* weggekommen, etwa dreihundert wurden er-
mordet.

Wenn man versucht hat, jemanden aus diesen Anstalten *herauszuholen,* ist das immer wieder gelungen. Wenn sich jemand *dagegen*gestellt hat, wurden die Menschen gerettet, es ist eine Ausrede, wenn man sagt, man konnte nichts machen. In Altach war ein Bürgermeister, ein Nazi, aber ein freundlicher Mensch, der hat dabei geholfen, dass eine Frau ihre Schwester *herausgebracht* hat aus der Anstalt in Hall, so dass sie *nicht* umgebracht wurde. Oder der Feldkircher Amtsarzt Müller, auch der hat geholfen und immer wieder jemanden *herausholen* können.

Und meine Mutter, *einmal* war sie wohl dort, da lag auch ich am Boden in der Küche. Da kamen ein Psychiater und ein Arzt, den ich mochte, der Doktor Gunz. Wie alt war ich da, auf jeden Fall war ich schon in der Stickerei. Mein kleiner Bruder war zu diesem Doktor Gunz gerannt, der hat ihn geholt. Den mochte auch meine Mutter. Er hat ihr geholfen, auch mir hat er immer wieder geholfen. Neben mir lag sie und zappelte in ihrem Wahn. Dann sagte der Psychiater, *sollen wir ihn auch mitnehmen?*

Nein, der bleibt hier, der ist stabil. Hätte der Doktor Gunz etwas anderes gesagt, wer weiß, vielleicht wäre ich heute noch in der Anstalt. Diese Sätze haben sich mir eingekerbt. *Der ist stabil, den nehmen wir nicht mit,* sagte er und gab mir eine Spritze in den Bauch. Das hat mich beruhigt. Dann fragte er noch, ob ich für meine Mutter etwas einpacken kann, *irgendwas zum Mitnehmen.* Und ich habe gesucht und gesucht und endlich doch irgendwo eine Jacke gefunden. Die Mutter sah damit noch verrückter aus als sonst, eine weiße Jacke war das, ein Kleidungsstück von Norwegen, noch aus dem Krieg, eine Felljacke, aber Fell war es nicht, eine dicke Winterjacke. Es war mitten im Sommer. Die haben sie ihr angezogen.

Ich bin, glaube ich, in der Küche geblieben. Dann sind sie mit ihr hinaus, sie sah immer nach mir, und sie gingen zum Auto, es waren ja nur ein paar Schritte, und immer noch höre ich diesen Satz von ihr, *ich möchte meine Kinder nicht verlieren, ich möchte meine Kinder nicht verlieren,* hat sie immer wieder gesagt.

Während meiner Zeit auf der Schauspielschule habe ich als Krankenpfleger gearbeitet, da habe ich dieses Elend auch mitbekommen. Die letzte Frau, die ich gepflegt habe, die hatte fünf Kinder. Ein Autounfall. Ihr Mann lag einen Stock höher. Es war nur *so* viel frei an ihrem Körper, dass ich den Puls messen konnte. Und eine Ecke am Mund. An dieser Frau war nichts mehr ganz. Und immerzu fragte sie, *ob ich mich um ihre Kinder kümmere, ob ich mich um ihre Kinder kümmere,* immerzu fragte sie das. Wie sollte ich das machen? Wie sollte ich mich um die fünf kleinen Kinder kümmern?

Ich möchte meine Kinder nicht verlieren, ständig hörte ich den Satz meiner Mutter aus dem Mund dieser Frau. Deswegen, meine Mutter hat oft mit dem Gedanken gespielt, uns alle drei umzubringen, uns Kinder. Weil sie ja auch niemanden hatte, der sich um uns gekümmert hätte, wäre etwas mit ihr geschehen.

Mit einem Krankenwagen hat man sie abgeholt. Das war wohl der erste dramatische Aufenthalt. Aber es hat auf jeden Fall noch einen zweiten gegeben, nachdem sie aus

Norwegen zurück war, nachdem sie mit meinen *Geschwistern* in Kirkenes gewesen war. Nicht lange danach kam mein Bruder zu mir in die Fabrik, ich soll etwas tun, *die Mutter tut nicht mehr recht.* Als wir beim Haus ankamen, stand sie im ersten Stock oben *im* Fenster und hielt eine Rede an ihre norwegische Familie, die sie offenbar ein weiteres Mal verstoßen hatte.

Diesmal habe ich sie in die Anstalt begleitet, gemeinsam sind wir dorthin.

Was dann kam, ihren *Krankenbericht* habe ich vor Kurzem erst in einem Buch wiedergefunden, in den *Raubrittergeschichten* von Karl Valentin war er als eine Art *Lesezeichen* eingeklemmt, als ein *Lebenszeichen* eigentlich. Seitdem trage ich ihn immer bei mir.

Name des Kranken: ... F r i t z Gerda .... Blatt Nr. 1
Aufn. Nr. 15913/90/64

22. 2. 1964. Kommt um 14.30 Uhr in Begleitung ihres ältesten Sohnes mittels Taxi als psychiatr. Patientin zur Aufnahme.
Spitalseinweisung: Dr. Ludwig Gunz, Lustenau: Epilept. Dämmerzustand? Schizophrenie. In den letzten Tagen gehäufte Anfälle, heute Nacht äußerst erregt, spricht verwirrt.

Aufnahme: Gut genährte, kräftig gebaute 45-jährige Patientin. Haut und sichtbare Schleimhäute gut durchblutet. Puls 130/ Temperatur nicht erhöht. Lunge o. B. Patientin macht einen etwas jammerigen Eindruck, sagt

gleich, sie werden mich doch nicht umbringen, gibt auf
gestellte Fragen rasch Auskunft. Erklärt, sie sei im Jahre
1942 nach Österreich gekommen, sie stamme aus Kirkenes,
betont immer, sie sei ja klar, nur die Leute behaupten, sie
spinne. Sie sei schon einmal da gewesen, zu Weihnachten,
höchstens auf 3–4 Tage. Heute sei der 17.3.1946.

Angaben des begleitenden Sohnes: Er ist der älteste Sohn
und ist ein lediges Kind seiner Mutter, und zwar von
dem Vater, der die Pat. im Jahre 1942 nach Österreich
mitgebracht hat. Es kam dann nicht zur Heirat, weil alle
Verwandten des Vaters gegen die Pat. Stellung genommen
haben. Nach Kirkenes durfte die Pat. auch nicht zurück,
weil sie dort verstoßen worden ist, weil sie mit einem
deutschen Soldaten nach Österreich gefahren ist. Erst im
vergangenen Jahr durfte sie einen Besuch in Kirkenes bei
ihren Verwandten abstatten. Der Dep. rechnet es seiner
Mutter hoch an, daß sie ihn immer bei sich behalten hat,
obwohl sie oft Gelegenheit hatte, ihn wegzugeben. 1946
heiratete sie einen anderen Mann, mit diesem lebte sie
verhältnismäßig gut, obwohl auch dessen Verwandte der
Pat. gegenüber feindselig eingestellt waren und auch der
Mann selbst den Hetzereien vonseiten fremder Leute oft
Gehör schenkte und sie oft schlug. Vor vier Jahren ist der
Stiefvater gestorben, und nun führte sie allein zu Hause
den Haushalt. Sie leidet oft unter starkem Heimweh, und
in solchen Zuständen trinkt sie dann Wein oder Bier. Sie
braucht aber nicht viel zu trinken, höchstens ein Viertel
Wein, dann bekommt sie schon einen gehörigen Rausch.
Gestern Morgen fing sie verwirrt an zu reden, sprach bald

norwegisch, bald deutsch. Sie glaubte, ihre Mutter lebe
noch.
Weil die Pat. laut sprach und unruhig war, erhielt sie für
die Nacht Truxal.
23. 2. Begann auch in der Früh wieder laut zu werden
und redete allerlei unsinniges Zeug zusammen. Bekam
wiederum Truxal.

24. 2. _Angaben der Patientin:_ Sie sei Witwe Fritz, aus
Kirkenes gebürtig. In ihrem zerfahrenen Gerede ist
auffällig, daß sie optische und akustische Halluzinationen
hat. Sie habe Erscheinungen, hört auf dem Gang ihre
Tochter, sagt unvermittelt: »Sie dürfen mit mir spinnen«,
redet daneben »sie spielt doch mit«, schaut zur Decke
und ruft: »Hannelore, Du mußt nicht lachen«, »Ich sehe
Bilder«, »Ihr seid alle so schön«. Hat die Menses. Gibt
ihr Alter mit 45 Jahren an, das Geburtsjahr mit 1919. Das
Datum erfahren wir nicht, sie ist zu zerfahren. Redet von
Glühlampen. Es stimme nicht, daß sie kein anständiges
Mädchen gewesen sei. Sie bemerke es am Lachen und
Verhalten der anderen, dass man so etwas annehme.

Ergebnis: Schizophrenie? Epilepsie
Therapie: ES begonnen.

4. 3. Nach den ersten 2 ES gebessert, sieht auch ein, daß
ihr diese Behandlung guttut. Ruhig, geordneter als
vorher, aber noch nicht krankheitsfrei. Liegt im Bett.
Schockbehandlung geht weiter.

13.3. Die nach den ersten Behandlungen (Elektroschock) sich gezeigte Besserung hat nicht angehalten. Pat. ist zerfahren, mitunter sehr abweisend, kann nur mit Medikament schlafen, ist aber doch ruhiger als früher.

22.3. Während des Besuches der Söhne Auftreten eines leichten epileptischen Anfalls. Erst jetzt erfahren wir, daß diese Anfälle bei Pat. seit 20 Jahren auftreten, früher im Monat mehrmals große Anfälle gehabt.
Auch vor der Aufnahme gehäufte Anfälle und verdämmert eingewiesen worden. Elektroschocks werden abgesetzt.
31.3. Eine mürrische Verstimmung ist eben abgeklungen. Mit 3x1 Epilan sind keine weiteren epileptischen Anfälle mehr beobachtet worden.

Zusammenfassung: Frau Gerda Fritz, geb. 1919, war vom 22. 2.–9. 4. 1964 in stationärer Beobachtung und Behandlung. Bei der Aufnahme verworren und nicht völlig klar, hatte man die Außenanamnese aufzunehmen übersehen. Erst später erfuhren wir, daß Pat. seit 20 Jahren an Epilepsie leidet, und die folgenden mürrischen Verstimmungen mit Gereiztheit sowie auch typische große Anfälle haben es auch bewiesen. Wir stellten sie auf Epilan ein, erzielten damit eine Besserung und entließen Pat. auf eigenes Drängen nach Hause. Der Sohn wurde von der Wichtigkeit der Tabletteneinnahme überzeugt.
Diagnose: Epilepsie

Und dann kam der Moment, als ich *oben* war bei ihr in der Anstalt und sie geschüttelt habe. Plötzlich machte sie die Augen auf und sagte, *Heinz, du musst Schauspieler werden. Du musst weg von hier und musst Schauspieler werden,* hat sie immer gesagt. Um sie herum, um das Bett herum standen Krankenschwestern und ein Arzt und *noch* ein Arzt, und die staunten und staunten, dass meine Mutter wieder aufgewacht ist. Sie war ja im Koma gelegen. Ich habe sie geschüttelt. Und sie machte die Augen auf.

Und dann bin ich nach *Hause.* Und war wieder bei ihr. Und wieder und wieder. Und habe mich mit einem Arzt unterhalten. *Ja, so wie es aussieht, können Sie sie jetzt holen.*

Was möchtest du anziehen, wenn ich dich hole?
Komm mit dem blauen Kleid, sagte sie.

Um zur *Valduna* zu kommen, fährt man von Rankweil aus in ein Tal. Die *Eisenbahn* fährt von Feldkirch nach Rankweil. Eine Bahnstation liegt auf dem Weg, *Amberg* heißt die. Ein Waldweg führt von der *Valduna* zu dieser Station, und es hieß, dass diese Menschen dann, die Patienten, wenn sie weggebracht wurden von der *Valduna,* über diesen Weg zur Bahnstation gebracht wurden.

Sagt einer, jetzt habe ich dich ein Jahr lang nicht gesehen, und dann bist du so blass, wo bist du denn gewesen?
In der *Valduna* bin ich gewesen.
Du sollst nicht sagen, *in der Valduna,* sag, du bist *in Amerika* gewesen, das klingt besser.

Dann kommt er zum Nächsten. Ja, wo bist du gewesen das ganze Jahr?

In Amerika.

In Amerika bist du gewesen? Wie bist du denn dorthin gekommen?

Ja, mit dem Zug bis Rankweil und von dort mit dem Bus nach hinten hinein.

Von dort hinten habe ich sie dann geholt. Es war ein warmer Frühlingstag, und der Weg führte *über die Dörfer.*

Von Lustenau aus, meist kam ich ja aus der Fabrik, wenn ich mich zu ihr auf den Weg machte, von dort ging es über Götzis nach Klaus und weiter durchs *Vorderland.* Weiler, Röthis, Rankweil. Die *Valduna* liegt abseits, daher war das der nähere Weg, der natürlichere, der direkte Weg eigentlich. Eine liebliche Gegend und eine geschützte Gegend, die Obstbäume blühen dort früher als sonst wo im Land. Röthis, ein Ort, den ich mochte. Nach Röthis kommt Sulz. Und dann kam man an einen Bach, der heißt Frutz. *Nach der Frutz beginnt Rankweil.* Dort begann für mich das eigentliche *Valduna-Gebiet,* aber wir waren ja alle, das ganze Land war *Valduna-Gebiet.*

Über Rankweil, da thront diese Kirche, die *Liebfrauenkirche,* auf dem *Liebfrauenberg.* Und gleich danach, nach dem *Liebfrauenberg* kam die Abzweigung hinauf zur *Valduna.*

Von dort habe ich sie geholt. Diesen Weg ging es jetzt wieder zurück. In ihrem blauen Kleid saß sie hinten auf dem Moped und winkte den Leuten zu, als hätte sie die alle während ihrer Zeit in der Anstalt kennengelernt. Von *Amerika* ging es direkt nach Rankweil und in Rankweil zu diesem Berg, zum Liebfrauenberg. Wie die *Valduna* war auch die Liebfrauenkirche eine Burg. Und die wollte sie sehen, das erste Mal, dass meine Mutter mit mir in eine Kirche gehen wollte. Über einen steilen Serpentinenweg stiegen wir den Berg hinauf. Von dort oben sahen wir auf das Land ringsum. Diese Kirche war für mich ein *markantes* Zeichen auf dem Weg zur *Valduna*. Rankweil *ist* diese Kirche. Wenn man an Rankweil denkt, *denkt* man an die *Liebfrauenkirche* und an die *Valduna* gleich *hinter* Rankweil. Das war ja der Begriff: *hinter Rankweil*. Jedes Kind hat gewusst, was gemeint war.

In der Kirche gibt es ein wundertätiges Kreuz und einen Gebetsstein, auf dem kniend man sich etwas wünschen kann. Der Legende nach war der heilige Fridolin in einer Bedrängnis gewesen und hatte sich auf diesem Stein an Gott gewandt, und der Stein wurde zu Wachs, und Fridolin sank darin ein, sein Flehen wurde erhört, er bekam den Rat und die Hilfe, um die er gebeten hatte. Seither knien sich Gläubige auf diesen Stein und bitten um die Erfüllung eines Anliegens.

Eine ganze Weile war mir, als würde sie sich im nächsten Moment hinknien, aber sie tat es doch nicht, und wir fuhren weiter über die Dörfer. Immer wieder machten wir halt und liefen über die Felder wie Kinder, und endlich kamen wir auf einer kleinen Anhöhe zu einer Kapelle direkt an der Straße. *Arbogast.* Auf der Rückreise von der Anstalt hatte ich an der Stelle immer wieder Rast gemacht, und auch mit ihr hielt ich jetzt dort.

Arbogast. Auch dieser Ort ist ein berühmter Wallfahrtsort. Überall hingen Votivtafeln an den Wänden der Kapelle, als Dank für erhörte Gebete. Wir gingen davor auf und ab und lasen uns von einer Krankengeschichte und von einer Danksagung zur nächsten. An der Außenwand der Kapelle lag ein großer Stein, ein Gebetsstein wie der *Fridolinstein* in der *Liebfrauenkirche*. Auch in diesen Stein konnte man sich *hineinknien,* um so an Leib und Seele gesund zu werden, und besonders, um sich einen Mann oder eine Frau fürs Leben zu erbitten. Diesmal setzte sie sich auf den Stein, wohl nicht, um sich etwas zu wünschen, sondern aus Erleichterung, denn beide meinten wir, jetzt würde es gut. Wie auch immer, ich sah sie dort auf diesem Stein sitzen und dachte an den heiligen Arbogast. *Heiliger Arbogast, gib mir, was du hast, ob mager oder feist, wenn es bloß Männle heißt.* Den Spruch sagte ich ihr leise ins Ohr. Sie nickte mehrmals, dann schüttelte sie den Kopf und sah mir dabei lachend in die Augen, und ich nickte und lachte mit ihr, denn beide dachten wir wohl an den Fritz. Und an den Halbsleben dachte ich auch. An ihnen beiden war sie nicht erstickt. Eine Danksagung wert war das allemal.

Viele Jahre später gab es noch einmal eine Reise nach Norwegen, und diesmal war ich mit dabei. Die Mutter war gerade bei mir in Saarbrücken, da rief ihre Schwägerin an und sagte, *wenn ihr kommen wollt, dann kommt bald, wir werden alle nicht jünger.* Es ging um einen Onkel, der sehr krank war und der sie wohl noch einmal sehen wollte. *Und nun kommt doch bald.*

Die Mutter war glücklich. Sie fühlte sich eingeladen, und das war sie ja auch, man hatte sie förmlich geholt und gebeten darum. Das nahm sie als Anlass, es noch einmal mit ihrer Familie zu versuchen, und diesmal zusammen mit mir.

Ich habe ein Auto gekauft, einen alten *Opel Rekord,* habe die Mutter eingeladen, sie brauchte anderthalb Plätze und saß hinten in der Mitte. So hatte ich sie immer im Blick, im Rückspiegel. Dann sind wir los. Deutschland, Dänemark, Schweden, Norwegen. Als wir durch Schweden fuhren, das war an der *östlichen* Seite, durch diese vielen Birken-wälder, alles so dünne Bäume. Sie saß hinten und sagte nur immer, *diese Zündhölzli, diese Zündhölzli.* Sie hat sich *so* gefreut. Bis auf die Momente, in denen es ihr *nicht* so gut ging. Dann mussten wir anhalten und irgendwo bleiben.

Ich sehe uns diese *ewig* lange Straße hinauffahren, *Schwe-den,* und dann das große Stück Norwegen. Finnland. In die-ser extremen Mitternachtssonne. Wir wurden nicht müde, und die Mutter wurde immer redseliger, je weiter wir hi-naufkamen, desto mehr kam sie ins Erzählen, wie vorher nicht und wie nachher nie mehr, aufgeregt, wie wahnsin-nig eigentlich, alles auf einmal, durcheinander, und doch klar wie sonst nie. Und dann, das war die letzte Strecke der Reise, ein Fjord lag vor uns, bald darauf kamen wir in Kir-kenes an, in dieser Mitternachtssonne, die nicht aufhörte zu scheinen, es war vier Uhr morgens, die Menschen wa-ren auf den Straßen, auch für uns war an Schlaf nicht zu denken, diese Sonne kam durch *alle* Ritzen. Und die Mutter, *nicht* zu beruhigen, vor Freude kam sie fast um.

Die ganze Fahrt über hatte sie die Namen ihrer Geschwis-ter vor sich hingesagt und überlegt, wer lebte denn noch und wer nicht, ein Singsang an Namen und Geschichten, eine Litanei der Menschen ihrer frühen Jahre, ein Kanon eigentlich, in den ich irgendwann einstimmte, was nicht leicht war, denn ständig korrigierte sie sich, wer zu wem gehörte oder eben doch nicht, wer wann geboren war oder gestorben, die Lebenden und die Toten, eine scheinbar endlose Aufzählung, eine Auflistung all der Menschen, die sie mir vorstellen würde, mit denen wir *zusammengehörten,* aus denen wir kamen und zu denen wir jetzt heimkehren würden. Eine Ahnenreihe aus Menschen und Zahlen, Jahreszahlen, Geburtsjahren und Sterbejahren und den dazugehörigen Geschichten.

Schon beim Fritz waren es zwölf Geschwister gewesen. Auch bei ihr waren es zwölf, *mindestens* zwölf. Von ihnen und von deren Geschichten erzählte sie jetzt. Alle diese Geschichten waren mit dem Jahr 1942 an ihr vorläufiges Ende gekommen, zumindest ihre Erzählung kam mit diesem Jahr an ein Ende jeweils. Die Geschichten waren weitergegangen, nur die Erzählung darüber konnte nicht weitergehen, weil meine Mutter, abgesehen von den Todesanzeigen, vom Fortgang dieser Lebensgeschichten abgeschnitten gewesen war.

Zwölf Geschwister. Die Älteste, Tante Jördis, war Jahrgang '98, der Jüngste Jahrgang '22. Meine Mutter war Jahrgang '19, sie war die Zweitjüngste. Und einer ihrer Brüder sagte gleich zum Einstand, als wir dort ankamen um vier Uhr morgens, *warum kommst du mit der Nazi-Hure?* Alle standen sie aufgereiht in dieser Mitternachtssonne, er kam auf mich zu, und während er mir die Hand schüttelte, sagte er mir ins Ohr, *hau ab mit der Nazi-Hure.* Und dann kam der Ronnie, ein Cousin, der noch sehr jung war,

· 127 ·

der nahm mich zur Seite und sagte, *komm, ihr könnt bei mir übernachten*. So war es dann auch.

Ronnie, mit dem ich mich sehr gut verstanden habe, hat auf einer Bohrinsel gearbeitet. Er war der Sohn von Onkel Fred, wegen dem wir hinaufgefahren sind. *Wenn ihr ihn noch sehen wollt, dann kommt bald.* Der ist vor den Nazis geflohen, nach Russland ist er geflohen und hat auch in Russland studiert. Schließlich war er im Norwegischen Bundestag. Als Kommunist hat er es ins norwegische Parlament geschafft. Mit Russland hat er Geschäfte gemacht und den *Lenin-Orden* bekommen. Diesen Onkel hat es auch gegeben in dieser Familie.

Am nächsten Tag kam die Frau von Onkel Fred, die uns eingeladen hatte, und hat uns zu ihm geführt. Aufrecht saß er in einem tiefen Sessel, aufgerichtet und sehr gezeichnet von seiner Krankheit. Links und rechts von ihm ein Stapel Zeitungen. Vor ihm auf dem Tisch ein Aschenbecher mit dem *Lenin-Orden* darin. Er nahm uns aufmerksam wahr, hat auch noch etwas gesagt, eine Art Gruß, denke ich, ganz leicht und schnell bewegten sich seine Lippen, unhörbar flüsterte er sich auf uns zu. Dann hat er den Mund nicht mehr aufgemacht. Es war eine Begegnung nur mit den Augen, freundlich und intensiv, ein langer Augenblick, es strengte ihn an, spürte ich. Es war ihm wohl ein Bedürfnis gewesen, meine Mutter noch einmal zu sehen. Eine ganze Weile saßen sie sich noch gegenüber und sahen einander an. Er war schon weg, spürte ich, hellwach und doch wie schon nicht mehr vorhanden.

Dann ging es darum, ihre Lieblingsschwester zu besuchen. Die hatte eine Hütte irgendwo an einem See, ganz versteckt, mitten im Wald. Mir wurde beschrieben, wie wir dorthin kommen würden. Wir fuhren und kamen zu diesem See. Aber dort gab es nichts, keine Hütte, kein Boot, keine Tante, nur Wald. Einen Wald voller Mücken. Und diese Mücken machten sich über uns her, als hätten sie seit 1942 darauf gewartet. Beinahe hätten wir uns gegenseitig erschlagen beim Versuch, einander vor diesen Tieren zu schützen. Und die Mutter, irgendwann konnte sie einfach nicht mehr, auf einem Baumstrunk saß sie da mitten im Wald, und ich bin allein weiter. Ich wusste, die Tante hatte ein Boot, sie fuhr mit einem Boot dorthin jedes Mal. Nach einer Zeit habe ich diese Hütte *gefunden,* auch das Boot, und ihre Schwester und ich haben sie dann mit dem Boot abgeholt.

Dann gab es das Wiedersehen. Die Lieblingsschwester und meine Mutter. Einen ganzen Tag lang haben sie geredet und noch einen Tag und noch einen, Nächte gab es ja nicht. Vom Nebenzimmer aus hörte es sich an, als wäre ich bei einem ihrer *Selbstgespräche* mit dabei. Wer dabei wen wovon zu überzeugen versuchte, das war nicht zu sagen. Tante Jördis war wohl die Einzige in dieser großen Familie, die in all den Jahren immer zu meiner Mutter gehalten hatte.

Von der Tante Jördis habe ich noch einen Löffel. Der ist aus Kirkenes, davon gab es zwölf, für jedes Kind einen. Tante Jördis hat ihn in diesem Wald damals meiner Mutter geschenkt. Mit *diesem* Löffel hat meine Mutter gegessen als Kind. Und ich füttere jetzt hier mit diesem Löffel die Tiere.

Was ich in diesem Wald festgestellt habe: *Das* war meine Mutter. Das heißt, das war sie *auch*, nur hatte ich sie *so* noch nicht erlebt. Sie war mir fremd und auch nicht, auf eine neue Art fremd immerhin und auf neue Art auch vertraut. Vielleicht waren wir ja beide *anders* an diesem Ort. Sie jedenfalls war ein anderer Mensch, *gelöst*, wie ich sie nie gekannt hatte, kindlich fast, zutraulich und eben direkt, ohne die schützenden Schichten um sich herum. Ich merkte immer mehr, wie sie *auflebte*. Nur in unserer ersten Zeit, nachdem sie wieder in mein Leben gekommen war, hatte ich sie *in guten Momenten* so fröhlich und unbeschwert erlebt. In der ersten Zeit, in der wir noch *zu zweit* waren in Lustenau und von einem Loch zum nächsten gezogen sind.

Hier sah sie den Teil ihrer Familie, der ihr gewogen war, und auch die anderen würde sie sehen, denen es sich zu erklären galt. In allem aber ging es darum, *endlich anzukommen*. Und immerhin, zum ersten Mal hatte ich das Gefühl, *hier gehörte sie hin*. In diesem Wald voller Mücken spürte ich zum ersten Mal, dass sie überhaupt irgendwo hingehörte. *Hier sind wir zu Hause, hier hätten wir sein können, Heinz, von Anfang an*, sagte sie und nahm mich in ihre zerstochenen Arme. Es war das erste und einzige Mal, dass wir einander umarmten, meine Mutter und ich. Dabei sprach sie von den *Möglichkeiten*, die es in Norwegen für uns gegeben hätte *damals*, und insgeheim wohl auch von ihrem Wunsch, *jetzt* hierzubleiben und neu anzufangen.

Und doch. Hier verstand man zwar ihre *Sprache*. Aber was sie zu sagen versuchte, das hat man auch auf Norwegisch nicht verstanden oder *wollte* nicht verstehen, was sie getan hatte damals, indem sie sich mit einem Deutschen eingelassen und sich auch noch *zu ihm bekannt* hatte, vielleicht war es ja das, was man ihr nicht verzeihen konnte, dass sie sich zu diesem Halbsleben bekannt hatte, nachdem der Blitz eingeschlagen hatte und sie schwanger war und weg*musste*. Auch auf Norwegisch hörte man weg, so schien es mir immerhin, ich konnte ja immer nur ahnen, was gerade gesagt wurde. Und sie selbst war ja nicht anders, auch sie hörte weg und sah weg, darin war sie geübt, anders hätte sie wohl nicht überlebt, dort oben nicht und in Lustenau nicht. Aber nach und nach merkte auch sie, dass vieles nicht so war, wie es hätte sein sollen.

Ein paar Tage blieb sie noch bei ihrer Schwester im Wald. Ich war bei meinem Cousin, beim Ronnie, und der klärte mich auf.

Nicht nur meine Mutter hatte sich mit einem Deutschen eingelassen. Auch ihr Vater hatte mit den Deutschen zu tun. Er war ja der Bürgermeister. Von den Kameraden, die mit meinem Vater dort waren, und es waren einige aus Hohenems und aus Lustenau mit ihm in Kirkenes, habe ich dann später immer wieder zu hören bekommen, ja, wir haben deinen Großvater gekannt, den Bürgermeister, ganz gut haben wir den gekannt, haben die immer gesagt. Und so habe ich es nun auch von Ronnie gehört. Ständig waren die bei dem im Haus. Die Nazis haben sich ja selber eingeladen bei der Familie Hörvold, sagte er. Bitte, Heinz, geh. Geh mit ihr, so schnell du kannst. Da habe ich den Wagen gestartet, und weg waren wir.

Die Rückfahrt war schrecklich. Aufgewacht ist sie erst wieder in Saarbrücken, im Stück *Das weite Land* von Arthur Schnitzler. Der Intendant kannte meine Geschichte. Ich hatte ihm erzählt von meiner Mutter, von der Reise, und er sagte, *wenn ihr zurückkommt, dann nimmst du sie mit ins Theater.* Das habe ich gemacht, und dann war sie lange bei mir in Saarbrücken. In jeder Spielzeit hatten wir zwei *Filmstars* auf der Bühne, und ein solcher war Joachim Hansen im *Weiten Land. Hofreiter* heißt die Rolle, er mochte mich, und ich schwärmte für ihn. *Den* hat meine Mutter kennengelernt und schmolz nur so dahin. Sie kannte seine Filme, *Via Mala, Hunde, wollt ihr ewig leben, Die Brücke von Remagen* oder *Operation Walküre,* in der er der Hitlerattentäter Graf Stauffenberg gewesen war.

Und dann, wir hatten *Freilichtspiele* im Schlosspark in Saarbrücken, stieß Claus Wilcke zu uns. Durch die Serie *Percy Stuart* war er eine Kultfigur damals, er war auch die deutsche Stimme von Elvis Presley, von Omar Sharif und Richard Burton, und die Mutter war in ihn *vernarrt* wie vorher nur in Charlton Heston.

Im *Weiten Land,* da gibt es einen Bergführer, der begleitet eine Gruppe von Touristen ins Gebirge, und die kommen in einen Steinhagel. Eine kleine Rolle. Die Szene spielt in Südtirol, aber wir haben überlegt, kann ich das nicht auf Lustenauerisch spielen, und zwar so: Jo, und dänn sind mar uffe. Oan heat's erschlaga. Mi hätt's ou bald erschlaga, und do sind mir in a Stürmi ko. Han i gset, jetz muoß ma renna, sus sind mir alle hia. Das war die *ganze* Rolle. Bei der ersten Probe, Joachim Hansen hat sich halb kaputtgelacht, *ich versteh kein Wort, aber es ist lustig,* und meine

Mutter, sie war enttäuscht von meiner kleinen Rolle. Aber es waren noch andere Stücke auf dem Spielplan, wo sie mich in größeren Rollen gesehen hat, in *Nachtasyl* habe ich den *Satin* gespielt, oder eben mit dem Claus Wilcke, den *Don Juan* hat er gespielt, und da gibt es einen Jungen, einen Bauernjungen, der immer ein wenig stört und sich auch an die Frauen heranmacht. Und irgendwann packt mich dieser *Don Juan* und verprügelt mich, er wirft mich gegen eine Steinwand, wieder und wieder wirft er mich an diese Wand. Und *das* hat meine Mutter beeindruckt, *dass ich das ausgehalten habe.* Mich irgendwo an eine Wand werfen zu lassen, wie ich als Kind kleine Katzen gegen die Wände ge-schmissen habe, das hat mir nichts ausgemacht.

Das war diese schöne Zeit in Saarbrücken. Und irgend-wann wollte sie nach Hause, und ich konnte nicht mit.

Der Weg zu ihr in die Anstalt war mir von meinen Fahr-ten zum Theater vertraut, die *Valduna* lag auf der Strecke. Damals hat das begonnen, und so ist es auch geblieben, unabhängig vom Ort und von den Orten, an denen ich gelebt und gespielt habe, eine Abzweigung in die Anstalt lag immer am Weg. Das *Ziel* war die *Studiobühne Feldkirch.* Lustenau, Götzis, Klaus, Weiler, Röthis, Sulz. Rankweil. Und *nach* Rankweil, *hinter Rankweil* dann *nicht* die Abzwei-gung zur *Valduna* hinauf, sondern geradeaus weiter nach Feldkirch. Die Stücke, das Spielen und vor allem der Lei-ter dort waren *die Rettung* für mich. Eugen Andergassen war ein bekannter Lyriker damals. Walter Fenz hat den Kontakt hergestellt, der *U-Booter,* der *ewige Krieger,* mein Freund aus der Stickerei, der kannte meine Sehnsüchte,

· 133 ·

der kannte ihn und hat an ihn geschrieben. Und dann kam Post, ich wäre herzlich willkommen, man würde den Lustenauer Heinz gern empfangen.

Mit dem Walter habe ich ja *Pompelusisch* geredet. *Adiehala hadierscht* hat er immer gesagt. Er hat mir aber nie verraten, was das heißt. *Adiehala hadierscht*. Damit hat er mich begrüßt, und damit sind wir auseinandergegangen jeweils. Mit diesem Spruch hat sich die Tür zu Andergassen für mich aufgetan. Bei ihm habe ich aber nicht *Pompelusisch* gelernt, er hat mir das Sprechen überhaupt beigebracht, er hat mich zur Sprache gebracht eigentlich. Durch meinen Dialekt, durch mein Lustenauerisch war ich ja schon im Nachbardorf nicht mehr zu verstehen, und so verstand man mich nun immerhin auch im Nachbardorf.

Dann wurde geprobt. Auch dabei hat mein Chef in der Stickerei wieder sehr geholfen, der Oskar. Ich hatte ja an der Maschine zu stehen, *dort* war mein Platz, meine Aufgabe, und darüber hinaus konnte es nach der Doppelschicht nicht mehr viel geben. Wenn du proben musst, stellst du die Maschine ab und gehst hin, hat Oskar gesagt, später holst du es wieder nach.

Geruhen Prinzessin Rosenblüt tief Luft zu holen! Mein *erster* Auftritt in einem *richtigen* Theaterstück. Bis dahin hatte ich nur meine eigenen kleinen Sachen gemacht bei dem Kaplan unten im Keller, der mir sein Akkordeon geschenkt hat.

Drei Säcke voll Lügen hieß das Stück und erzählte die Geschichte einer Genesung. Einen Hofmedikus habe ich gespielt. *Geruhen Prinzessin Rosenblüt tief Luft zu holen!* Prinzessin Rosenblüt ist schwer erkrankt, sie leidet an der *Langeweile,* einer Krankheit, die nur in den *allerhöchsten Kreisen* vorkommt, wie ich als Hofmedikus vermute, obwohl *ich* es vom wirklichen Leben her besser wusste, denn auch meine Mutter war von dieser Krankheit befallen. An einer Art von *Langeweile* hat sie immer gelitten, am *Heimweh,* an der *Sehnsucht* nach etwas, das es nicht gab, nicht für sie. Nicht *hier* sein wollen und woanders *nicht* hinkönnen, auch das habe ich von ihr.

Als Hofmedikus hatte ich immer ein Hörrohr bei mir, das ich der kranken Prinzessin ansetzen konnte. Die Requisiten wurden von uns selber gemacht. Ich hätte das nicht gekonnt, und so hat Walter dieses Hörrohr für mich gemacht, aus Silberpapier, mit dem man auch Christbaumschmuck gemacht hat damals. Es war sehr stabil und bestimmt einen halben Meter lang, und vor allem, man konnte gut hören damit. Nach jeder Vorstellung habe ich es mit nach Hause genommen. Requisiten gehören ins Theater, aber dieses Hörrohr wollte ich immer bei mir haben, überall trug ich es mit mir herum, und jeden habe ich damit abgehört, der sich nicht dagegen wehrte. *Geruhen Prinzessin Rosenblüt tief Luft zu holen!*

Mit meinen Künsten als Medikus konnte ich der Prinzessin nicht helfen, wie die Ärzte meiner Mutter nicht helfen konnten, ihre Anfälle sind ja wiedergekommen, diese Anfälle, die hören nicht auf. Sie haben es ja versucht, aber die Schocks haben nichts genützt. Hinterher habe ich das erst erfahren, von einem Patienten, einem Lustenauer, Hermann hieß der, und der hat gesagt, Heinz, die Schockerei hat deiner Mutter nicht geholfen, und mir noch viel weniger.

Wer der Prinzessin aber schon helfen konnte, Hans, ein Schweinehüter hat ihr geholfen, seine *Prinzäpfel* machen sie wieder gesund. Nach diesen *Zauberäpfeln* habe ich immer gesucht, um die Mutter von ihrem *Heimweh* zu erlösen. Aber außerhalb der Stücke waren die nicht zu haben.

In Lustenau gab es einen Zahnarzt, einen Dentisten eigentlich, der mit dem Halbsleben in Norwegen war, auch *der* hat für mich Schicksal gespielt. So oft ging man damals nicht zum Zahnarzt, aber ein paarmal war ich eben doch bei ihm, eine Wurzelbehandlung hatte es nötig gemacht, und eine Wurzelbehandlung war es in jedem Sinn.

Jedes Mal, wenn er das Röntgenbild, das er von meinen Zähnen gemacht hatte, gegen die beleuchtete Scheibe neben sich klemmte, deutete er mit einem Schaber oder einer Spatel darauf, als käme ihm gerade in diesem Moment etwas in Erinnerung, denn dann lächelte er kurz und sah auf und über mich hinweg, und mir war, als wollte er mir etwas sagen, aber er tat es doch nicht. Dann schüttelte er leicht den Kopf, immer gleich, sein Mund wurde streng, und mein Stuhl kippte und schwebte nach hinten unten, und jedes Mal wieder aufs Neue schien er sich jetzt in eine Art Trance hineinzubohren, als bohrte und stocherte er in einer Erinnerung, die ihm hier die Zähne zeigte. Bis in meine norwegischen Wurzeln hinein bohrte er sich dabei durch, die er freilegte und wieder verschloss.

Dann ließ er von mir ab und klappte mich wieder hoch, liebevoll und behutsam jetzt, immer gleich, und nachdem er das Ergebnis seiner Arbeit betrachtet hatte, sagte er über mich hinweg, *er soll sich schämen,* sagte er dann, ohne zu erklären, wer sich schämen sollte wofür. Den Mut zu fragen hatte ich nicht. *Er soll sich schämen.* Das gab er mir mit auf den Weg jedes Mal, auch später noch, in Gedanken, bei jedem Biss dachte ich daran, eine Zeit.

Auf einem kleinen Tischchen in seinem Wartezimmer lag *eine* Zeitschrift, nicht ein Stapel davon, sondern eben nur diese eine. *Für Sie.* Darin habe ich geblättert, während ich zu warten hatte. Dabei bin ich auf eine Anzeige gestoßen. *Wiesbadener Konservatorium und Schauspielschule.* Mit zittrigen Fingern riss ich die Annonce aus dem Heft, und eine ganze Weile trug ich sie mit mir herum, ehe ich sie in der Stickerei auf die Maschine legte, an der Walter gerade arbeitete und die ich mit Öl zu versorgen hatte. Im *Ölgraben* vor der Maschine hatte ich mit einer Ölkanne auf und ab zu gehen und so die Maschinen am Laufen zu halten, dabei legte ich den Fetzen Papier vor ihn hin, wie nebenbei, denn wie ernst es mir damit war, davon hatte auch er keine Ahnung. Als ich das nächste Mal mit meiner Kanne bei ihm vorbeikam, hatte er sich schon gefangen. *Dann werden wir dorthin schreiben.* Die wichtigen Briefe in meinem Leben haben andere für mich geschrieben. Einen Tag später war der Brief auf dem Weg, ein paar Tage später kam Antwort, ich soll mich auf den Weg machen.

In Bregenz fuhr der Zug aus dem Bahnhof. Walter hatte mich hingebracht. Meine Freundin, die Christl Singer, war da schon nicht mehr dabei, sie wollte nicht mit nach Wiesbaden, und die Schauspielerei, sie mochte das alles nicht. Aber meine Mutter, die hat sich gefreut. Bitte geh, geh, geh, sagte sie, *ich* wollte Schauspielerin werden, und jetzt machst es *du*.

Walter hat mich zum Bahnhof gefahren mit seinem weißen VW, einen schneeweißen VW hatte er, und ganz besondere Handschuhe hatte er an, Glacé-Handschuhe, wie die Rennfahrer damals. Keine Sekunde hat er mich im Stich gelassen. Und jetzt war ich es, der wegging.

Dann klopfte ich an die Tür in Wiesbaden, in der Nähe vom Staatstheater war das, am Kurpark, ein freundlicher Herr öffnete. Ja. Was ich möchte.

Das bisschen Deutsch, das ich beim Andergassen gelernt hatte, war in dem Moment alles vergessen. Der Mann hat kein Wort verstanden von dem, was ich ihm zu sagen versuchte, richtig Angst bekommen hat er und gemeint, ich solle am nächsten Tag wiederkommen.

Und dann war es Abend, und ich saß auf einer Bank, mit meinem Koffer saß ich auf dieser Bank, es war der Koffer, den ich von meiner Mutter genommen habe. Mit dem Koffer ist sie eingezogen damals von Norwegen herunter, und mit dem zog ich jetzt wieder aus.

Kommt eine Frau auf mich zu. Wie es mir ginge. *Es geht schon, es geht.*

Kommen Sie, kommen Sie mit, sagte sie. Und da ging sie und lief sie mit mir durch die Stadt, rannte nur so dahin, und ich rannte mit ihr, und nach einer Stunde oder noch mehr standen wir vor einer Tür. Sie klingelte. Ein zierlicher Mann öffnete, der wurde ganz blass, als er mich sah. Kommen Sie mit, sagte er und führte mich durch das Haus, machte eine Tür auf, und noch eine, und endlich standen wir in einem verwunschenen kleinen Zimmer. Von da an war ich dort dreieinhalb Jahre. Bei dem Mann habe ich dann gewohnt, und diese Jahre mit ihm, das war die schönste Zeit.

Ziemlich bald hat er mir Fotos gezeigt von seinem Sohn, der im Krieg umgekommen war, und da habe ich gesehen, der Junge hätte mein Bruder sein können. Die Frau hat das erkannt, als sie mich auf der Parkbank gesehen hat. Sie arbeitete bei ihm im Haus. Ein paar Monate vorher hatte er seine Frau verloren. Er hat erzählt, und ich habe erzählt, und er kannte dann meine Geschichte, und ich kannte die seine. Er wusste auch, was *Lebensborn* bedeutete, das wusste er alles, und von meinen beiden Halbgeschwistern wusste er. Ich war dann für ihn wie sein Sohn, der wieder auferstanden ist, und er war *der* Vater, wie ich ihn mir gewünscht hätte.

Sehr bald hatte ich dann auch Arbeit als Pfleger beim Städtischen Krankenhaus. Als Hilfspfleger. Dort habe ich mein erstes *Fremdwort* gelernt, von einem anderen Pfleger. Dieser Pfleger war ein *Riese,* und dieser Riese war auch auf der Schauspielschule. Fleischmann hieß der, in den Klassikern hat er die großen Männer gespielt, *Herodes* und *Cäsar.* Aber er ging dann plötzlich weg von der Schule, kommst du mit, sagte er, ich gehe nach Amerika, Amerika braucht junge Männer. Das kann ich nicht, sagte ich, ich habe noch eine Familie zu Hause, das geht nicht. Sonst wäre ich

· 139 ·

vielleicht mitgegangen. Ich habe nie mehr von ihm gehört, aber manchmal dachte ich, er wäre dieser Bösewicht in einem James-Bond-Film, *der Beißer*. Einen *Finsterling* gibt es ja immer, und diesmal war es eben *der Beißer*, der konnte alles kaputt beißen, sogar Stahl konnte der zerbeißen. Und dieser Fleischmann – er *war* es nicht, aber er hätte es sein können.

Eines Tages, während einer Probe, mitten im Spiel, in einem Dialog, den ich mit ihm zu führen hatte, brach er plötzlich ab und sagte, ich kann diese Szene nicht mit dir spielen, ich kann nicht diesen Satz zu dir sagen und dich gleichzeitig vor Augen haben, so wie du nun einmal bist. *Ja, warum denn nicht?* Weil ich dich anspreche, als wärst du *das blühende Leben,* aber das blühende Leben, das bist du nun einmal nicht. Dich müsste man ausstellen, erst ausstopfen und dann ausstellen, so *nekrophil* siehst du aus. *Nekrophil.* Ich wusste nicht, wie umgehen damit. *Nekrophil.* Am nächsten Tag bin ich in eine Buchhandlung gegangen und habe mir ein Fremdwörterbuch besorgt, ein ganz kleines, das kleinste, das sie hatten, das hatte ich von da an immer bei mir. Und das sagte mir dann, was ich war. Mein erstes Fremdwort sagte mir etwas über mich, oder es *meinte* mich überhaupt. *Nekrophil. Zum Tod hingezogen. Todessüchtig.* Und es stimmte, dieser Fleischmann hatte ja recht, er hat mich richtig gesehen und erkannt.

Nebenher hat er am *Städtischen Krankenhaus* gearbeitet, als Pfleger. Könntest du mich da vielleicht unterbringen, fragte ich ihn eines Tages, ich muss Geld verdienen. Auf die Gefahr hin, dass sie dich gleich dortbehalten, als *Pflegefall*, meinte er, versuchen können wir es. Er nahm mich mit, und ich hatte Glück. Der Mann, dem er mich vorstellte, stellte mich ein. Dieser Mann sorgte auch dafür, dass ich auf allen Stationen sein konnte, aber die meiste Zeit war ich doch auf der *Psychiatrie*. Dabei habe ich zwar meine Psyche nicht in den Griff bekommen, aber ich konnte sehen, wie viele arme Teufel es gab. Da war einer, der sagte immer: *Steigen Sie ein, fahren Sie mit nach Berlin, steigen Sie ein, fahren Sie mit nach Berlin.* Dabei ging er immer hin und her, auf und ab und von einem Zimmer zum nächsten, Tür auf, Tür zu, *steigen Sie ein, fahren Sie mit nach Berlin, steigen Sie ein, fahren Sie mit nach Berlin.* Oder einer, der sagte immer, *vor Ihnen fürchte ich mich, Sie sind Richard der Dritte.* Ich wusste, ich war *nekrophil*. Aber wer war *Richard der Dritte?*

Drei Jahre war ich auf der Psychiatrie. Von morgens um sieben bis um zwei Uhr nachmittags. Auf diese Art war ich immer auch in der Nähe der Mutter, denn auch wenn ich nicht bei ihr in Lustenau sein konnte, besuchte ich sie doch jeden Tag. Wann immer ich die Tür in ein Zimmer hinein aufmachte und mich eine Frau darin ansah, war mir, als wäre es sie, die auf mich gewartet hatte, um mit mir *einzusteigen* und *nach Berlin zu fahren* oder gemeinsam die Angst vor *Richard dem Dritten* loszuwerden.

Valduna hatte die Tore aufgemacht, ich kam zwar nicht *im Dauerlauf* und legte mich auch nicht *ins erste Bett*, aber von morgens um sieben bis um zwei Uhr nachmittags war ich dort, jeden Tag, und dann, von drei bis nachts um neun war ich auf der Schauspielschule. Auch dort war mir, als käme ich *zu ihr,* um mit einem *Riesen* und einigen *nekrophilen* Zwergen wie mir auf der Bühne zu stehen.

Die erste Rolle, die man mit mir einstudiert hat, das war der *Valentin* im *Faust,* der Bruder vom *Gretchen* ist meine erste Rolle gewesen. Meine Schwester ist schwanger und ihre Ehre dahin. Das ertrage ich nicht und stelle den *Herrn Doktor* zur Rede, und damit ist es auch schon um mich geschehen, denn *Mephisto* führt ihm die Hand und den Degen. In meinen letzten Zügen werfe ich der Schwester noch vor, dass sie schuld daran ist, dass ich jetzt hier verkomme.

In meinem Kopf spielte die Szene in Kirkenes und in Hohenems und in der *Desser-Siedlung* in Lustenau, in der Holzmühlestraße, und am besten hätte meine Mutter gleich selbst mitgespielt. *Du bist doch nun einmal eine Hur,* sagt Valentin der Schwester ins Gesicht. Der Heinz in mir dachte an eine andere *Hur,* der er dankbar war, denn die hatte ihn immerhin nicht ertränkt gleich nach seiner Geburt, wie *Gretchen* das aus Verzweiflung mit ihrem Kind getan hat.

Du fingst mit einem heimlich an, bald kommen ihrer mehre dran. Da war einmal der *heimliche* Halbsleben, mit dem es ja tatsächlich angefangen hat in Kirkenes damals. Und da war der heimliche, der *verheimlichte* Russe, der dann ertrunken ist irgendwo. Danach kam der Fritz. Und *nach* dem Fritz, nachdem der Fritz nicht mehr war, da gingen die Gerüchte erst recht wieder los in der *Desser-Siedlung* in Lustenau, *und wenn dich erst ein Dutzend hat, so hat dich auch die ganze Stadt.*

Dann hat man mit mir einstudiert, im *Woyzeck*, da gibt es einen Handwerksburschen, zwei Handwerksburschen gibt es im *Woyzeck*, den *ersten* habe ich gespielt. *Ich hab ein Hemdlein an, das ist nicht mein; meine Seele stinkt nach Brandewein.* So fängt er an, und wohin führt es, *lasst uns noch übers Kreuz pissen*, schreit er im Suff in die Runde. *Zum Beschluss, meine geliebten Zuhörer, lasst uns noch übers Kreuz pissen, damit ein Jud stirbt!* Den habe ich gespielt, und der war ich *leibhaftig*, vom ersten Satz bis zum letzten war ich dieser Mensch. In meinem *früheren* Leben. In diesem Handwerksburschen habe ich mich wiedergefunden, und den habe ich dann auch vorgesprochen bei der *Eignungs-prüfung*, die musste auch sein, irgendwann. Vier, fünf schwarz gekleidete Menschen, Männer, Frauen, saßen im Dunkeln unten auf ihren Stühlen, und ich habe den *Valentin* vorgesprochen und diesen *Handwerksburschen* mit der nicht nur nach Branntwein stinkenden Seele.

Der Abschluss war eine *Improvisation*, das wollte man damals, und die habe ich aus mir selber geholt, aus dem, was ich erlebt habe in Lustenau. Ich habe ihnen gesagt, meine Mutter wollte auch Schauspielerin werden, sie hat mir die *Ase* aus *Peer Gynt* vorgelesen, *Peer Gynts* Mutter, wie sie *in den Himmel fährt*, und während ich das erzählte, wurde ich zu meiner Mutter, die mir die *Ase* vorspielt. Die *Ase* wurde ich auch und *Peer Gynt*, in dieser Szene spricht sie ja mit ihm, der war ich dann auch, die *Ase* und *Peer Gynt*, meine Mutter und ich. Die Szene, in der sie sich ver-abschiedet und ihm noch etwas mit auf den Weg zu geben versucht. Vor ihrem leblos gewordenen Körper bleibt er sitzen wie ein herrenlos gewordenes Tier.

Ihr Sterben habe ich als einen Anfall gespielt. Ein Anfall war ja meine erste Theatererfahrung. Wenn ich daran denke, immer noch sehe ich sie, wie sie mir, ich war vier, und sie war gerade erst wieder in mein Leben gekommen, ich sehe sie, wie sie mir in der *Post,* in der kleinen Wohnung im obersten Stock, unterm Dach, wo wir eine Zeit einquartiert waren, wie sie mir die steile Wendeltreppe herunter *entgegengeflogen* kam, schwerelos, unverwundbar, ihr Flug schien kein Ende zu nehmen, ihre Arme flatterten über das Geländer hinweg auf mich zu und über mich hinweg, auch nachdem sie gelandet war, flatterten sie noch eine Zeit. Als sich ihre Augen öffneten, lächelte sie und versuchte, was eben geschehen war, zu einem Scherz oder zu einem Kunststück zu erklären. *Das habe ich doch gut gespielt.* Die eigene Krankheit zum Spiel erklären, zur Schau stellen oder eben so tun als ob, ein Spiel machen aus dem, was nun einmal mit ihr spielte, das hat sie gekonnt, und wenn sie merkte, dass ich ihr diese *Kunst zu fliegen* nachzumachen versuchte und mich eine Treppe hinunterstürzte, zogen wir in die nächste Behausung. Auch ebenerdig hatten wir einander nicht sicher. Diese Versuche zu fliegen haben wir zeitlebens nicht aufgegeben.

Meine erste *Rolle* war die Darstellung eines Anfalls. Als sie wieder einmal am Boden lag und sich verrenkte und zappelte und dann nur noch dalag, legte ich mich zu ihr hin, neben sie, dann bewegte ich mich, wie ich es von ihr abgeschaut hatte, und wurde still und *geisterte aus* und lag reglos neben ihr und wartete, ob sie wieder aufstehen würde. Und wenn sie sich dann aufrichtete und ihr

Kleid glatt strich und einen Scherz machte über ihr Fallen oder über ihr Liegen, sagte sie, das habe ich doch gut hingekriegt, sagte sie dann jedes Mal.

Ob sie tatsächlich nur *gespielt* hatte, war oft nicht zu sagen. Und wenn ich es ihr nachmachte und dalag und es auch für sie nicht mehr zu entscheiden war, ob *gut gespielt* oder *wirklich gefallen,* aus einer Not heraus, nicht aus Spaß, wenn ich es zu arg trieb und tat, als würde ich diesmal und jetzt eben nicht wieder *zurückkommen,* dann meinte sie, es wäre jetzt gut, und vor allem, es *wäre* gut gespielt, und ich hätte *gewonnen.* Wenn ich es dann weiter genoss, diesen Schrecken in ihr zu erzeugen, begann sie mich am ganzen Körper zu kitzeln, um mich so wieder ins Leben zurückzuzwingen und uns beide in ein befreiendes Lachen hinein zu erlösen. Dann lagen wir, lange lagen wir nebeneinander, erschöpft, aber am Leben, und atmeten und hörten uns atmen, und es war gut.

Nichts anderes machte ich jetzt *hier,* als ich ihnen den Tod von der *Ase* als einen Anfall der Mutter vorspielte und dann aufstand und lachte, wie sie immer gelacht hat. Dann zeigte ich auf die sich unsichtbar erhebende Mutter und sagte, *und hier: Gerd Hörvold Fritz.* Genau so habe ich es gesagt. *Gerd Hörvold Fritz.* Und dann, die Männer und Frauen saßen ja noch immer dort unten im Dunkeln, und einer sagte, ja, es hat einen Sinn, dass du Schauspieler wirst.

An Ort und Stelle habe ich einen langen Brief an die Mutter geschrieben. Und sie schrieb zurück. Das war der einzige Brief, ich denke nicht, dass ich noch einen zweiten von ihr bekommen habe. Der war zum Teil norwegisch, zum Teil so wie sie eben gerade denken und schreiben und zeichnen konnte, wie glücklich sie sei darüber, dass ich es geschafft habe. Sie hätte eine Dauerkarte fürs Kino, und ich würde jetzt auf Dauer am Theater sein. Ein bisschen wäre ich ja auch *für sie* aus dem Käfig herausgekrochen, und das Türchen, das stünde immer noch offen, für einen von uns und damit für uns beide.

Beide lebten wir auf. Es war eine Zeit, in der wir nicht *kränker* geworden sind. Und doch. Als ich von Lustenau wegging, hatte ich ihr gesagt, ich würde wiederkommen, zu ihr und zu den Geschwistern, und so war es ja auch. *Sie* war der Grund, einen anderen gab es nicht, in all den Jahren nicht mehr. Sie selbst hatte mich weggeschickt, *ich* war fort, aber *sie* saß noch immer dort fest. Ich hätte sie – sie hätte mich *immer* gebraucht, ich hätte *nie* auf die Schauspielschule dürfen, ich hätte nicht wegdürfen von ihr, das spürte ich jetzt umso mehr. Aber damit war ihr nicht geholfen.

Zum Beschluss, meine geliebten Zuhörer, lasst uns noch übers Kreuz pissen, damit ein Jud stirbt. Durch diesen Handwerksburschen brach jetzt einiges noch einmal auf, die Sätze des Stiefvaters waren mir wieder im Kopf, wie ein fauler Geruch, der einmal *mein* Geruch war. Und mit *diesem* Satz habe ich jetzt meine *Eignungsprüfung* gemacht.

Aber auch die Erinnerung an einen Film wurde damit wieder wach. *Das Urteil von Nürnberg.* Wie diese beinahe schon toten Menschen aus den Baracken herauskommen, die Verbrennungsöfen, die Haufen von Schuhen und Brillen, die Kisten voll Zahngold und dieser riesige Bagger, ein Bulldozer, der einen ganzen Berg aus nackten, toten Körpern über einen Platz hinweg in eine Grube hinunterschiebt – Aufnahmen, die nach der Befreiung der Lager von den Alliierten gemacht wurden. *Weißt du, Heinz, viel zu wenige Juden hat man vergast.* Ich war zwölf, als ich das zum ersten Mal gehört habe. Das hatte ich im Kopf, und das lag mir ja selbst auf der Zunge mit zwölf und mit dreizehn, mit vierzehn, und später noch, Tag und Nacht habe ich das gehört in dieser Zeit damals. Und jetzt hier mit neunzehn habe ich gesehen und *begriffen*, was tatsächlich geschehen ist. Eine *Ahnung* davon hatte ich jetzt immerhin.

Die Anklage bittet um den Zeugen Rudolph Petersen. Mit diesem Satz betritt der Zeuge den Gerichtssaal. Es geht um die *Sterilisation*, die zwangsweise an ihm durchgeführt wurde. *Die Anklage bittet um den Zeugen Rudolph Petersen.* Den Film habe ich so oft gesehen, dieser Satz ist *mein* Stichwort für die Auseinandersetzung mit der Geschichte meiner Mutter geworden.

Montgomery Clift spielt diesen Menschen, der kastriert worden ist. Auf das Stichwort hin betritt er als Zeuge der Anklage den Saal. Eine starke Verunsicherung ist ihm anzusehen. Er tritt in den Zeugenstand und wird vereidigt. Sein Vater war Kommunist, sagt er, und auf Aufforderung hin erzählt er, 1933, unmittelbar *vor* der Machtergreifung durch die Nazis war er in eine Schlägerei mit SA-Männern verwickelt, die in die Wohnung der Eltern eingedrungen waren, um seinen Vater zu holen. Zusammen mit seinen Brüdern war es ihm aber gelungen, die Schläger zu vertreiben. Bald darauf, nachdem die Nazis an der Macht waren, musste der Mann zum Amt, um einen Führerschein zu beantragen. Dort begegnete er in einem der Beamten einem der Schläger von damals. Dieser Beamte setzte eine *Überprüfung* in Gang, die mit der *Sterilisation* des Zeugen geendet hat. Der Richter, der den *Eingriff* veranlasst hat, sitzt als Angeklagter im Saal.

Nach dem Ankläger nimmt der Verteidiger den Zeugen ins Verhör. Dabei versucht er, ihn als *geistig unterentwickelt* erscheinen zu lassen und damit die Tat seines Mandanten zu rechtfertigen, der für den *Erlass* über die *Sterilisation von Schwachsinnigen* verantwortlich war. Die Aufgabe des Gerichts sei es nun einmal gewesen, die *Sterilisation von Schwachsinnigen* zu beschließen. Er befragt den Zeugen nach dessen Mutter, woran die gestorben sei, ob sie *eines natürlichen Todes* gestorben sei. An schwachem Herzen sei sie gestorben, sagt der Zeuge. Als der Verteidiger behauptet, die Mutter habe an *erblichem Schwachsinn* gelitten, bricht der Zeuge zusammen, denn gerade diese behauptete Diagnose hatte damals als Handhabe für seine Sterilisation gedient.

In seiner Not holt er ein Foto aus der Jackentasche, ein Porträt seiner Mutter, und zeigt es allen rundum, dem Verteidiger, den Angeklagten, und weil keiner von ihnen reagiert, wendet er sich an den Richter und will von ihm wissen, ob seine Mutter nun *schwachsinnig* war oder nicht. *War sie es?*

Ich sah den Zeugen mit dem Bild seiner Mutter und dachte an den Doktor Gunz, der mich nicht mitgenommen hat damals, als ich mit der Mutter in der Küche auf dem Boden gelegen habe, der ist stabil, der bleibt hier, hat er gesagt. Daran dachte ich jetzt, während der Zeuge das Bild seiner Mutter allen im Raum entgegenhielt. Am Ende hat er es *mir* entgegengehalten. Es war das Bild *meiner* Mutter, das er mir dabei gezeigt hat, das Bild aus ihrem Koffer, *unser* Bild. *Sagen Sie mir, ob sie schwachsinnig war. War sie es?* Nichts anderes hatte ich mich immer wieder gefragt, wenn sie geholt wurde und dann verändert zurückkam, denn dass es nicht nur an den Anfällen liegen konnte, das dachte ich ja auch.

Meine Mutter wäre eine *Kandidatin* gewesen für den Doktor Vonbun, der sie alle nach Hall und nach Hartheim geschickt hat. Seine Schwiegermutter war Patientin in der *Valduna* gewesen, auch die hat er *auf Transport* geschickt. Die Tochter ließ er wegen *erblichem Schwachsinn* in München ermorden, und kurz vor Kriegsende sollte auch seine Frau noch vergast werden. Als Epileptikerin wäre meine Mutter auch eine Kandidatin gewesen. Sie hatte nur das Glück, dass sie weg war in den Jahren nach meiner Geburt, denn wäre es anders gewesen, dann wäre sie auch *weg gewesen,* oder sie wäre eben eine *andere* gewesen als die, als die ich sie gekannt habe. Sie wäre nicht mehr in mein Leben zurückgekommen oder eben *sterilisiert* zurückgekommen, und einen Bruder und eine Schwester, meine Halbgeschwister hätte es nicht mehr geben können.

1942 war sie nach Hohenems gekommen. Da hatte Vonbun in der *Valduna* und im Land ringsum bereits *aufgeräumt,* 1941 hat er die Patienten *auf Transport* geschickt. Aber die privaten Reisen ins Umland hat er weiterhin unternommen, das hatte sich herumgesprochen, seine *Visiten* in den

Pflege- und Altersheimen waren bekannt und gefürchtet. Immer wieder liefen Menschen aus den Heimen davon, aus Angst, abgeholt zu werden. Vielleicht hatte sich das bis zu meiner Mutter durchgesprochen, und vielleicht war ja auch *das* ein Grund dafür, dass sie abgetaucht ist gleich nach meiner Geburt.

Hier konnte ich sehen, was mit ihr geschehen wäre, wovon sie bedroht war, und gleichzeitig war es auch ein Beispiel dafür, wobei sie *mitgemacht* hat, worauf sie sich eingelassen hat, als sie sich mit dem Halbsleben und auf den *Lebensborn* eingelassen hat. Sie war ja auch *untersucht* worden, in Norwegen, als es darum ging, in den *Lebensborn* aufgenommen und als *rassisch und ideologisch wertvoll* eingestuft zu werden. Ohne diese *Bewertung* hätte sich der *Lebensborn* nicht für sie eingesetzt.

Epilepsie hat sie bei dieser *Untersuchung* nicht angegeben. Die Anfälle, die sind erst später gekommen, nach dem Unfall in Berlin, auf dem Weg von Oslo herunter, dort ist das passiert. *Seit damals bin ich so, wie ich bin*, hat sie immer gesagt, *seit damals kann ich fliegen, und seit ich fliegen kann, bekomme ich die Füße nicht mehr auf den Boden.*

Wieder und wieder habe ich mir den Film angesehen. Bei jeder Vorstellung dieser *Gerichtsverhandlung* war ich mit dabei. Und immer habe ich mir dabei Montgomery Clift angesehen, wie er dieser Rudolph Petersen *gewesen* ist. Sein *Zeuge* war so *real*, wie die Anfälle meiner Mutter *real* waren. Montgomery Clift ist mein erstes Vorbild gewesen.

Was dieser Film in mir ausgelöst hat, das wollte auch ich auslösen können, oder zumindest hinweisen können darauf, und in einem Film, in einem Stück könnte das möglich sein, dachte ich.

Und dann, Jahre später spielte ich in so einem Stück. An einem kleinen Theater, mit dem wir viel herumgereist sind. *Kennen Sie die Milchstraße?* von Karl Wittlinger. Ein *Heimkehrerstück,* wie man damals sagte. Ein Mann kommt aus dem Krieg zurück, nach mehr als zehn Jahren kommt er wieder in sein Dorf, doch dort wird er behördlich nicht mehr *geführt.* Es gibt ihn nicht mehr. Er ist für tot erklärt, sein Besitz aufgeteilt, und man will ihn dort nicht mehr haben, er stört die neue Ordnung, die sich während seiner Abwesenheit ergeben hat. Er gehört nicht mehr dazu.

Ein Stück für zwei Personen. Ein Arzt. Ein Patient. Eine Anstalt.

Ich war der Patient, für den es kein Heimkommen gibt. Ich komme von einem anderen Stern. Zumindest behaupte ich das. Und meinen Psychiater, den Arzt und alle anderen Rollen, die hat mein Partner gespielt, Michael, der sich dann das Leben genommen hat. Auch er war von einem anderen Stern. Er war der einzige Schauspieler, den ich kennengelernt habe, der auch so eine Geschichte hatte wie ich. Wir ahnten es voneinander, ohne dass wir uns darüber ausgetauscht hätten. Eines Abends, nach einer Vorstellung sprach er mich darauf an. In der Garderobe. Er saß vor seinem Spiegel und war dabei, aus der Rolle zu schlüpfen. Mit den Worten *meines* Heimkehrers sprach er mich darauf an, mit einem Satz, den *ich* eine

Stunde zuvor auf der Bühne zu ihm als meinem Psychiater gesagt hatte. *Ihr Lebenslauf – der hat mich auf die Idee gebracht. Wie ich den so durchgelesen habe, da dachte ich mir: Das ist auch einer, der nicht dazugehört – so wie ich.* Und als mein Arzt setzte er hinzu: *Wichtig schien mir nur, dass solche unerfreulichen Fälle immer wieder vorkommen – dort unten, im Nebel: Dass einer vor der Zeit gehen muss, nur weil ihn ›die anderen‹ nicht wollen.*

Ich bin halber Norweger, sagte ich. Und ich halber Pole – vielleicht –, sagte er. Bei ihm war es so: Die *Mutter* war von Berlin. Aber ob er die *richtige* Mutter hatte, die eigenen Eltern, das wusste er nicht. Vielleicht war er auch ein *geraubtes* Kind, das man irgendwo in Polen oder einem anderen besetzten Gebiet aus einer Familie herausgeholt und nach Berlin zu dieser *Mutter* gegeben hat, *zum Eindeutschen,* wie es geheißen hat damals. Einmal, während einer Vorstellung, am Ende einer Szene, hinter vorgezogenem Vorhang, hat er eine Andeutung in diese Richtung gemacht. *Daheim* war ich vielleicht einmal in Polen, in der ganz frühen Zeit, sagte er. Dort hat man mich ausgegraben und neu eingepflanzt. Umgetopft, sagte er. Aber der Garten, aus dem man mich gestochen hat, die Familie dort, dieselbe Erde war es dann eben nicht mehr. Mehr wusste oder mehr sagte er nicht. In jedem Fall aber hing er an dieser Frau aus Berlin.

Um als dieser Heimkehrer mein Auskommen zu finden, verdinge ich mich auf Jahrmärkten und Rummelplätzen. Als *Todesfahrer.* Die gab es damals, *zwei* Männer waren es meist, die auf Motorrädern in einer großen Röhre ihre Runden gedreht haben oder auf einem Seil über die

Köpfe der Zuschauer hinweggefahren sind. Bei einer dieser *Vorstellungen* komme ich beinahe um, weil ich es wohl darauf angelegt habe und es nicht gelingen will, irgendwo auf Dauer Fuß zu fassen.

Michael kannte das auch. Die Szene des sich abzeichnenden Unfalls nahm ihn jedes Mal mit. Auch wenn er einen rauen Kerl zu spielen hatte, diesen zweiten *Todesfahrer,* der kein Gefühl zeigen darf, war doch zu spüren, dass es ihm zu schaffen machte. Eines Tages sagte er, ich muss für eine Weile aussetzen. Und gar nicht so lange danach gab es den Michael dann nicht mehr.

Zwei weitere Norwegerinnen lebten in unserer Gegend, denen es wohl ähnlich ergangen ist wie meiner Mutter, zwei Frauen, von denen ich weiß. Eine war in Nenzing. Und eine in Dornbirn. Beide lebten nicht mit dem leiblichen Vater der Kinder zusammen, wegen dem sie von Norwegen heruntergekommen waren. Die Kinder waren *Stiefkinder.* Es waren *Stiefväter,* mit denen die lebten. Aber es gibt auch *Stiefgeschichten,* die gut ausgehen.

Zu der Frau in Nenzing sind wir immer wieder mit dem Zug hingefahren, die Mutter und ich, eine aufregende Reise für mich jedes Mal. Sie ist früh gestorben, diese Norwegerin. Sie war aus *Südnorwegen.* Von der anderen weiß ich es nicht, aber die war auch eher aus dem Süden. Vom *Norden* war wohl nur meine Mutter.

Der Mann von der Frau in Nenzing war Fußballer. *FC Nenzing.* Diese Mannschaft gibt es noch immer. Auch den Fußballplatz gibt es noch. Gleich nebenan hat sie gewohnt. Sie war wohl die beste Freundin meiner Mutter damals.

Ihr Mann war ein feiner Mensch. Sie alle waren noch jung zu der Zeit. Ich war ein Kind. Und diese Norwegerin, für die Spieler hat sie immer die Wäsche gewaschen. Ich sehe sie nur beim Wäscheaufhängen. Die Mutter hilft ihr dabei. Hinterm Haus, die ganze Mannschaft hing dort auf der Leine. Immer, wenn wir gekommen sind, hatte sie gerade *große Wäsche* gehabt. Und während sich die beiden auf Norwegisch unterhielten, habe ich mich unter diese Hemden und Hosen gelegt, die über mir im Wind flatterten, und habe das eine und das andere Tor *geschossen* oder *bekommen,* in den eingebildeten Spielen, die es in der Wirklichkeit für mich damals nicht gab.

Die Frau in Nenzing hatte einen Sohn. Mit dem verstand ich mich gut. Plötzlich war er verschwunden. Er ist sehr früh ausgewandert. So wie ich in Lustenau, hat er es in Nenzing nicht mehr ausgehalten. Er ist weggegangen, da hat seine Mutter noch gelebt.

Und in Dornbirn, die andere Norwegerin, zu der sind wir nicht hingefahren, die hat uns besucht. Sie hatte eine Tochter, die war in meinem Alter. Wann war das, ich war zwölf. Als ich dreizehn war, vierzehn, waren die schon nicht mehr vorhanden. Die sind nach Kanada ausgewandert. Und das heißt, dass meine Mutter sehr schnell alleine war in Vorarlberg, *als Norwegerin,* meine ich. Als sie gestorben ist, habe ich ihnen einen Brief geschrieben, da hatte ich noch ihre Adresse. Es kam aber keine Post mehr von dort.

Ob diese Tochter auch ein *Lebensborn-Kind* war, kann ich nicht sagen. Jedenfalls war sie eine *Stieftochter.* Und ihre Mutter, stundenlang hätte ich sie ansehen können, dunkle, *riesige* Augen, ich konnte mich nicht sattsehen. Und die Tochter, die hatte die Augen der Mutter.

Auch in Hohenems gab es eine Norwegerin. Von der habe ich aber erst erfahren, als ich in Lustenau *Die Milchstraße* gespielt habe. Auch dort bin ich als dieser ungewollte *Heimkehrer* noch einmal *eingekehrt*, im Rathaus haben wir gespielt.

Nach der letzten Vorstellung wurde ich von einem Mann angesprochen, der sich als ein Verwandter vorstellte, als ein *Wahlverwandter*, und mir etwas über meine Mutter erzählen wollte, der er als Kind begegnet war, wie er sagte. Er hätte eine frühe Erinnerung an *die Norwegerin*, die er gern mit mir teilen würde. So trafen wir uns am Tag darauf vor dem Sägewerk dieses Mannes in Hohenems, mitten im Wald, an der Straße nach Emsreute hinauf. Das alles war *transsilvanisches Gebiet* für mich, das Gebiet meines Vaters, das wusste ich, und das spürte ich auch, entsprechend unwohl war mir zumute.

Auf dem Vorplatz seiner Säge wartete der Mann schon auf mich. *Unsere Familiensäge*, sagte er, noch ehe er mir die Hand reichte, schon um 1500 hat hier eine Mühle gestanden, und aus der Mühle sind mit der Zeit eine Mühle und eine Säge geworden. Nur der Bach ist derselbe geblieben.

Von dem Platz aus sah ich zu einem vereinzelt stehenden Haus an einem steil abfallenden Waldhang hinauf und erinnerte mich, über dieses Haus hatte man immer wieder gemunkelt, dass darin ein Heim gewesen sein könnte, ein *Lebensborn-Heim*. Und als hätte er meinen Gedanken erkannt, sagte er, nein, so ein Haus war das nicht. Ich bin ja ein direkter Nachbar, hier im Haus nebenan habe ich meine Kindheit verbracht, da hätte ich so etwas schon mitbekommen. *Einfirst* heißt das Haus, sagte er. Eine Zeit lang waren kranke oder behinderte Kinder dort untergebracht, aber das war *nach* dem Krieg. *Während* des Krieges, von '39 an, war der *Einfirst* bewirtschaftet. Bis zur Besatzung war das so. Es war ein Gasthaus. Renoviert. Schöne Aussicht. Dass hier ein Heim gewesen wäre für solche Kinder, im Krieg, für den *Lebensborn,* das wäre mir neu, sagte er. Obwohl, während des Krieges sind immer wieder Kinder aus Köln und aus Essen zu uns gekommen, durch die *Kinderlandverschickung.* Aber die waren hauptsächlich in der *Post* und im *Kreuz* untergebracht.

Unser *Familiensitz* im Haus meines Großvaters war ein großes und ein offenes Haus, sagte der Sägewerksbesitzer. Durch das Baugeschäft, das er führte, war hier ein reger gesellschaftlicher Verkehr. Schon in den ganz frühen Zeiten sind die Leute zum Telefonieren gekommen, denn in dem Haus war das erste und lange das einzige Telefon im ganzen Viertel. Dazu kam noch die große *Verwandtschaft.* Sie müssen wissen, mein *Großvater,* der hatte drei Frauen, sagte er. Mit der ersten Frau gab es zwei Kinder, einen Sohn und die Tochter. Diese Frau ist früh gestorben, woran, wissen wir nicht. Von der zweiten, da waren sechs Kinder. Die ist auch gestorben. Er hat noch einmal geheiratet. Mit der dritten Frau gab es noch einen Sohn. *Mein* Vater war von der *zweiten* Frau der Älteste, sagte er. Der Großvater war der Familienmittelpunkt. Er war das Zentrum. Am Sonntagnachmittag traf man sich bei ihm im Haus. Mein Vater hatte eine Säge, dieses Sägewerk hier hat vor mir meinem Vater gehört, sagte er. Die anderen Verwandten hatten eine Baumaterialienhandlung, und so traf man sich, um Dinge zu besprechen, die in der kommenden Woche vielleicht zu erledigen waren. Und in diesem *Kreis,* da war auch *Ihr* Großvater, sagte der Mann, in diesem Kreis war auch Anton Halbsleben senior mit dabei. *Mein* Vater war der Taufpate vom *Anton junior,* also von *Ihrem* Vater, sagte er. Der Senior Halbsleben, *Ihr* Großvater, war Lohnmetzger. Das war aber nur eine Saisonarbeit, die *Hausschlachtungen* in den kleinen landwirtschaftlichen Betrieben haben hauptsächlich im Herbst stattgefunden. Da hat das Schwein, das man im Frühjahr als *Kleines* gekauft hat, die drei, vier kleinen Ferkel hatten ihre Schlachtreife im Herbst, und über den Winter wurde dann hier im Haus der Proviant gemacht für das nächste Jahr, der Speck und die Würste und vieles andere auch. *Ihr* Großvater war aus der Hohenemser Reute, dort war er der *Hausmetzger.* Hier bei uns hat er seine Maschine im Winter eingestellt, die Wurstmaschine, mit der er die Hauswürste gemacht hat. Und *unterm* Jahr, ich kann mich erinnern, dass er im Frühjahr oder über den Sommer, wenn die Arbeit als Metzger darniederlag, dass er auch zur Holzarbeit gegangen ist hier bei uns. Wir haben eine eigene Waldung, so nannte er es, *eine eigene Waldung,* und im Sägewerk hat auch der Anton senior gearbeitet. Der stammt aus Ebnit. Von Ebnit kommen die Halbsleben her. Dann sind sie in die Emser Reute gezogen, von dort dann herunter ins Tal.

Das war alles *verzahnt bei uns,* geschäftlich und familiär, und daher war man auch immer über die Familienangelegenheiten informiert. Zu Weihnachten oder Neujahr war der Anton junior bei uns im Haus. Es war üblich, dass die Patenkinder am Neujahrstag zu ihrem Paten gegangen sind, um ein gutes *Neujahr zu wünschen*. Vom Paten bekam man ein Neujahrsgeschenk, meist war es ein Milchbrot, ein Zopf, und am Neujahrstag war dieser Zopf eben ein Kranz. Mit Begeisterung hat man sich diesen Kranz umgehängt und ist damit stolz nach Hause gegangen. Wenn man dann älter wurde, mit den Jahren hat sich das mit dem Kranz aufgehört. Aber als Patenkind, am Neujahrstag ist man zum Paten gegangen, bis zur Hochzeit, und bei der Hochzeit war der Pate noch einmal mit einem Geschenk zur Stelle, zum Abschied, sozusagen. Ich kann mich gut erinnern, am Neujahrsmorgen kamen die Patenkinder der Reihe nach zu uns ins Haus. Auch der Anton ist gekommen, am Morgen war er beim Vater und hat gratuliert. Es war ein Kommen und Gehen. Die Älteren bekamen ein Gläschen Likör, das Zopfbrot wurde aufgetischt und der *Zusammenhalt* für das nächste Jahr ausgerufen.

Und dann, während der Kriegszeit, ich war ja noch klein, ich bin Jahrgang '32, sagte der Sägewerksbesitzer – *wann war Norwegen?*

1940, habe ich gesagt, im Dezember '42 bin ich geboren.

'42 also, sagte er. Ja, ich war zehn, und ich kann mich erinnern, dass man draußen im *Familiensitz* über den Anton gesprochen hat, dass *der* in Norwegen eine Frau oder Freundin gefunden hat. Dann hat es geheißen, *sie kommt*. Und man hat seine *Erwartungen* kundgetan im Familienkreis, eine *Norwegerin*, das war schon etwas Besonderes, für mich als Kind immerhin war es das, sagte er. Und dann hat es geheißen, *sie ist da*. Ich weiß noch genau, wo ich

· 158 ·

sie das erste Mal *gesehen* habe. In dem kleinen Vorraum, gleich hinter der Haustür war ein kleiner Vorraum mit Aufgang ins Obergeschoss, vor der Stube. Da stand sie vor mir, unverhofft. Die Stube war voller Menschen, die alle gewartet haben auf *die norwegische Frau,* und *sie* stand da in diesem Vorraum, allein. Gegen die Wand gelehnt stand sie da. Es war niemand bei ihr. Gerade wie die Wand hinter ihr stand sie vor mir. Eine große, eine stattliche, eine sehr schöne Frau, aus meiner Sicht als Zehnjähriger, sagte der Mann. Das muss ganz am Anfang gewesen sein. Ich weiß noch, die Stube war voller Menschen. In die Gespräche der Älteren wurde man damals nicht einbezogen als Kind. Wenn die Erwachsenen redeten, hatte man als Kind still zu sein, sagte er, und so hatte ich mir angewöhnt, bei solchen Gelegenheiten hinter einer Tür zu verschwinden und von dort aus den Gesprächen zuzuhören, das war meine Art damals, und das war *mein* Ort, zwischen der Wand und der Tür, sagte er, mein Versteck. Und wenn ich *ins Geschehen* zurückwollte, drehte ich die Tür in den Raum hinein, um mich unbemerkt unter die anderen zu mischen. So war es auch damals, als ich die *Norwegerin* zum ersten Mal gesehen habe, sagte er.

Immer redete er von der *Norwegerin,* obwohl er wusste, dass er von meiner Mutter sprach, nannte er sie immer nur *die Norwegerin.* Ich stand in diesem Gang, hinter der Tür an die Wand gelehnt und hörte den anderen zu, sagte er, im Glauben, ich wäre allein. Und als ich hinter der Tür hervorkam, stand sie mir auf der anderen Seite des kleinen Ganges gegenüber, mit geschlossenen Augen, und als sie die Augen öffnete, schien sie zu erschrecken, wohl,

· 159 ·

weil sie nicht wusste, wie lange ich sie schon beobachtet haben mochte. Eine ganze Weile standen wir so, ohne ein Wort, und dann lächelte sie und nickte mir zu und führte sich einen Finger an die Lippen, und im selben Moment klingelte es an der Tür, und beide wurden wir durch den Lärm und durch die Freude der anderen erlöst.

Für mich war sie eine *Erscheinung,* wie ich sie noch nicht gesehen hatte, sagte der Mann. Bis heute sehe ich sie dort stehen. Eine stattliche, eine große, eine sehr schöne Frau. Und an den Silberfuchs, den sie getragen hat, erinnere ich mich. Fuchspelze waren gerade in Mode. Beim Kirchgang, es war ja Winter damals, da hatten die Frauen diesen Fuchs umgehängt. Deshalb ist mir das wohl so sehr aufgefallen, die große Frau mit dem schönen Pelz.

Unsere Soldaten, ich kann ja sagen, *unsere* Soldaten, die in Norwegen stationiert waren, sagte er, die haben ihren Bräuten oder Frauen so einen Pelz zum Geschenk gemacht, einen *Silberfuchs,* hat man gesagt. *Halb Hohenems* hat am Sonntag so einen *Silberfuchs* in die Kirche getragen. Und die andere Hälfte, die Männer, die waren in Norwegen oben. So einen *Silberfuchs* trug auch die Norwegerin.

Das war mein *erster* Eindruck, sagte er. Ich habe sie dann, nicht oft, aber immer wieder einmal habe ich sie bei der Familie und bei uns hier im Haus gesehen, und hier wie dort war sie gern gesehen. Hier ist sie *willkommen* gewesen. Wie man sie in der Familie *Halbsleben* aufgenommen hat, das weiß ich nicht, aber wahrscheinlich wohl eher – *mit Vorsicht,* sagte er jetzt und sah mir direkt in die Augen. Was war sie denn für eine *Gläubige?*

Evangelisch, sagte ich. Den Papieren nach war sie evangelisch.

Das war dann wohl eben das Schwierige, *damals,* sagte er. Aber das muss ich Ihnen nicht sagen, Sie sind ja hier aufgewachsen. Aber dann, durch die Trennung von der Norwegerin hat sich das Verhältnis der Familie zu Ihrem Vater abgekühlt. Auch sie war dann nicht mehr so oft im Haus des Großvaters, und auch bei uns war sie nicht mehr zu sehen. *Zur Sprache gekommen* ist sie erst wieder, als der Anton aus dem Krieg zurückgekommen ist. Wie sich das alles entwickelt hat, *die Trennung,* davon weiß ich nichts, sagte er, aber dass man ihm das nicht gut angeschrieben hat, *das* weiß ich. Man hat es ihm übel genommen. Er hat sie von da oben *heruntergebracht,* aus ihrer Heimat weggeholt, *warum eigentlich,* hat man gesagt. Aber dann war der Krieg zu Ende und damit war es wohl auch mit der Norwegerin an ein Ende gekommen. Und sie *wollte* auch nicht mehr zurück, nach dem Krieg, sagte er, vielleicht war es ja wie bei den *Zwangsarbeiterinnen* hier bei uns, bei den *Ostarbeiterinnen,* die hier ihre *Verbindung* gefunden haben, die konnten auch nicht mehr zurück, nach dem Krieg, weil sie dort geächtet worden wären als Braut eines Deutschen. Oft genügte ja schon, dass sie *für den Feind* gearbeitet haben, um in einem Lager zu verschwinden, oder dass man ihnen die Kinder weggenommen hat.

Nach der Trennung hat sich das Verhältnis verändert von meinem Vater zu seinem Patenkind, alle haben wir das gespürt, sagte er. Die Trennung und dann die *neue* Verbindung, die Verheiratung, das hat sich ausgewirkt. Erst, als die Kinder von der *anderen* Frau dann schon größer waren, hat man ihn wieder eingeladen. *Die Norwegerin* ist dann verschwunden. Auch in den Erzählungen war sie nicht mehr vorhanden. Man wusste nur, dass sie in Lustenau war irgendwo, das hat man schon gewusst, und mehr wollte man vielleicht auch nicht mehr wissen.

Die *Mutter* meines Vaters, sagte ich jetzt, die Mutter vom Patenkind *Ihres* Vaters, *sie* soll die Ursache dafür gewesen sein, dass *er* sich *von der Norwegerin* getrennt hat. Von der Mutter vom Halbsleben rede ich, sagte ich.

Von *Ihrer* Großmutter, ja, gekannt habe ich sie, sagte er, aber ihre *Einstellung,* darüber könnte ich nichts sagen, aber – *möglich* wäre es schon, dass das nicht leicht war für sie, damals, meine ich. Darum früher meine Frage nach der *Konfession.* Bis zum Zweiten Weltkrieg, also bis zu dieser Zeit waren die *Evangelischen* hier fast so verhasst wie die *Juden.* Es gab das Sprichwort: *Utter fressen d' Luther. Utter* ist das Euter von einer Kuh. Das ist das Letzte, das man *genießen würde* bei Tisch. Der Spruch kam wieder auf, gegen Kriegsende, als die Fleischrationen immer kleiner wurden. Dann wurde auch *Euter* wieder angeboten. Geräuchert. Da kam dieser Spruch wieder auf. *Utter fressen d' Luther.*

Eine *Lutherische* war also die *Norwegerin,* sagte er und sah hinauf zu einer kleinen Ansammlung von Häusern über uns droben im Wald. Die Bewohner von der Parzelle da oben am Hang, sagte er, es ist ja nicht weit bis dorthin, aber die waren doch *separiert.* Auch im Glauben. Die waren noch viel *katholischer* als die herunten im Tal. Da war der *Judenhass* tief verwurzelt, der kirchliche Antisemitismus, und die Mutter vom Anton war davon sicher auch

· 162 ·

sehr geprägt, sagte er, ich denke, dass sie aus einer streng katholischen Familie gekommen ist. Diese Glaubens-Sache, eigentlich ist es *unvorstellbar* gewesen, dass jemand eine *Lutherische* in die Familie gebracht hat. Es war wie bei der *Flamme*, sagte er, es gab den Verein *Die Flamme,* den gibt es immer noch, und auch die Katholiken, die zur *Flamme* gegangen sind, waren ortsbekannt und entsprechend geächtet. Bis 1929 hat man noch jeden exkommuniziert, der sich verbrennen lassen wollte.

Andererseits waren diese Frauen auch eine *Blutauffrischung,* die mit unseren Soldaten aus Norwegen oder aus Deutschland und aus den anderen Ländern gekommen sind, nach den Arbeitern, die um 1900 mit ihren Frauen aus dem Trentino heraufgekommen sind. Auch einige von den *Zwangsarbeiterinnen* sind nach dem Krieg hiergeblieben. Und Zwangsarbeiterinnen hat es hier viele gegeben, sagte er und zeigte in Richtung der alten Mühle neben der Säge. Gleich da oben, im Fabrikgebäude, seit den ersten Kriegsjahren waren belgische *Kriegsgefangene* darin untergebracht, dann auch französische, serbische und russische, nacheinander. Und *dann* waren hier die *Zwangsarbeiter,* ukrainische Zwangsarbeiter. Die Männer und die Frauen waren landwirtschaftlich eingesetzt, im Altersheim und in der Landwirtschaft. Hier oben waren sie durch die Firma *Otten* beschäftigt, sagte er, in der Fabrikation der sogenannten *Volksgasmaske.* Jeder Bewohner sollte ja für den *Endkampf* mit einer *Volksgasmaske* ausgerüstet sein, wie es geheißen hat. Diese *Masken* wurden dort oben erzeugt, aus gummiertem Stoff, nur die Maske, die hat man dort ausgestanzt, und dann wurden die *Augen*, wie eine *Brille* hat man die eingefügt. Der *Filter*, also das Entscheidende, kam dann später noch dazu. Hier wurde nur die *Maske* erzeugt. In ein kleines Holzkistchen kam die, mit Deckel und Gebrauchsanweisung. Das alles wurde hier produziert, in der *unteren* Fabrik, sagte er. Die *Volksgasmaske* wurde von Zwangsarbeitern gemacht. Die einen haben dort oben geschuftet, in der Fabrik, die anderen waren im Armenhaus oder im landwirtschaftlichen Betrieb von der Gemeinde beschäftigt. Am Morgen wurden sie geholt mit dem Traktor vom *Rheinhof*, und am Abend hat man sie wieder zurückgeführt. Schöne Stimmen hatten die, sagte der Sägewerksbesitzer, ihre ukrainischen Lieder haben sie auf dem Wagen gesungen. Drangsaliert wurden sie nicht, nicht da oben, davon hat man nie etwas gehört. Als Kind hat man auch gewusst, dass die Ukrainer immer Sonnenblumenkerne in der Hosentasche haben, sagte er, Sonnenblumenkerne haben die genug bekommen scheinbar, denn uns Kindern haben sie auch hie und da welche zugesteckt. Und ihren eigenen Tabak haben sie gehabt, *Machorka*, ein furchtbares Kraut.

Im Ort hat auch ein nationalsozialistisch angehauchter Bäckermeister gewohnt, der das Brot für die Zwangsarbeiterinnen und Zwangsarbeiter geliefert hat. Dieser Bäcker hat immer, der Mann, der das Brot als Bub hinaufgetragen hat, von dem habe ich das, sagte er, der hat ihm immer ein paar Wecken zusätzlich gegeben für die Zwangsarbeiter, damit sie keinen Mangel haben. Der hat riskiert, dass er festgenommen wurde, denn die Regeln, wie man sich diesen armen Menschen gegenüber zu verhalten hatte, die waren sehr streng. Wenn man mit ihnen überhaupt nur *geredet* hat, wurde das oft schon geahndet. *Nicht in die Augen schauen,* hat man uns immer gesagt, *schau denen nur ja nicht in die Augen.* Und natürlich hat man diesen Menschen erst recht in die Augen gesehen.

Aber so wie dieser Bäckermeister sind nicht alle gewesen, sagte er, in Dornbirn gab es einen Großbauern, der viele von diesen Zwangsarbeitern beschäftigt hat, der hat sie kurzgehalten und ausgenutzt. *Der Russenbauer.*

Bei Kriegsende hat sein Haus dann gebrannt.

Die Frauen, die Ukrainerinnen, als die nach dem Krieg wieder zurückkehren konnten oder zurück *mussten* eigentlich, einige haben ihre Kinder hier zurückgelassen, aus Angst, dass man sie ihnen zu Hause wegnehmen würde. Einige von diesen *Ostarbeiterinnen* sind hiergeblieben, nach dem Krieg, sagte er, manchen ging es hier besser, als es ihnen in der Ukraine ergangen wäre. Sie hatten ja *für den Feind gearbeitet.*

Wissen Sie denn auch von anderen Frauen, die *durch eine Beziehung* von Norwegen heruntergekommen wären, fragte ich den Sägewerksbesitzer, ich denke, meine Mutter war die Einzige, die aus Norwegen nach Hohenems gekommen ist. Oder wissen Sie noch von einer anderen?

Gader, sagte er. *Gader.* Der hat auch eine Norwegerin heruntergeholt damals. Auch diese Frau ist von Norwegen gekommen. Und hiergeblieben. Johansson.

Auch ein *Silberfuchs,* fragte ich. Auch ein *Silberfuchs,* ja.

Im Anschluss an die Begegnung mit dem Sägewerksbesitzer machte ich mich auf die Suche nach dem Haus der

Norwegerin, von der er gesprochen hatte. Dabei kam ich auch an der Metzgerei vorbei, an der ich mit sechzehn auf der Suche nach meinem *Vater* vorbeigekommen war, und erinnerte mich, wie der wortlos mit seinen Schweinshälftenflügeln durch mich *hindurchgeflogen* war. So stand ich jetzt wieder vor diesem Haus, von dem ich mich über die Jahre hinweg angezogen und abgestoßen gefühlt hatte, nachdem ich ihm darin begegnet war. Für einen Moment überlegte ich, hineinzugehen und es noch einmal mit ihm und mit uns zu versuchen, und sei es auch nur, um vielleicht wieder nur mit einem Paar Würsten und einer Gurke herauszukommen wie beim ersten Mal. Aber ich ging doch weiter zum Haus der Norwegerin. Die Frau lebte nur wenige Schritte vom Halbsleben entfernt, sah ich jetzt. Sicher wurde auch sie einmal *willkommen geheißen*, dachte ich, und an *die Euter fressenden Lutherischen* dachte ich, und daran, wie oft sich diese Geschichte auch um uns herum abgespielt haben mochte.

Wenn noch etwas zu erfahren war, dann war es von Menschen wie diesem Sägewerksbesitzer zu erfahren, die dabei waren und doch nicht *ganz* dabei waren, nicht im innersten Kreis, und die vielleicht gerade dadurch freier waren im Reden. So hat es auch meine Halbschwester gesagt, Ingrid aus Hohenems, als ich ihr erzählte, was ich durch diesen *Wahlverwandten* über meine Mutter in Erfahrung gebracht hatte und über die Rolle, die die Mutter *ihres* Vaters, *unsere* Großmutter, gespielt haben mochte.

Ingrid sagte mir nur, was ich schon wusste. Meine Oma hat deine Mutter gehasst, sagte sie, euch beide hat sie weghaben wollen, und deshalb seid ihr dann auch verschwunden. Das haben wir *erst kürzlich* von Nachbarn erfahren, sagte sie, aus dritter Hand sozusagen. Bei meinem Vater war es schwierig. Die Antworten, das wusste ich, die werden nicht kommen. Aber ich habe noch eine Tante gehabt, meine Patin, und die habe ich gefragt, schon als Kind und über die Jahre hinweg, immer wieder, und dann, nachdem ich dich kennengelernt habe, da habe ich es wieder versucht, aber es ist nichts gekommen von ihr. Ich habe mich wirklich um Antwort *bemüht* und hätte es lieber von den eigenen Leuten erfahren, aber solche Dinge kommen immer von außen. Ich denke, dass manchmal *die anderen* mehr wissen als die Betroffenen selbst.

Das alles betrifft diese erste Zeit in Hohenems. Ich sei ja in Hohenems auf die Welt gekommen scheinbar. Auch das habe sie *erst vor Kurzem* durch Leute aus der Umgebung erfahren und sei enttäuscht, dass niemand bereit war, den Mund aufzumachen, damals und seither, bis jetzt, vor allem die Schwester ihres Vaters, ihre Tante, die ja auch *meine* Tante gewesen wäre. Die müsste viel gewusst haben, sagte sie, sie wohnte in Hohenems, war verheiratet und hatte selbst drei Kinder. Ich hatte ein sehr gutes Verhältnis zu ihr, sie war eine hilfsbereite Frau, und ich habe sie sehr geschätzt.

Mein Vater hat sie halt mitgebracht, diese Frau, *deine* Mutter. Zu uns hat er immer gesagt, er wollte sie damit retten, sie wäre sonst – *verloren* wäre sie gewesen. Auf jeden Fall wäre es für sie nicht gut ausgegangen. Aber so ist es natürlich auch nicht gut ausgegangen.

Meine Großeltern habe ich nicht gekannt, sagte sie, aber man hat doch eine *Vorstellung* davon, wie sie gewesen sein könnten, und sieht sie eher nicht in *so* einem Licht. Nach dem, was man mir erzählt hat, war die Großmutter immer ein Opfer. Sie ist halb gestorben, weil mein Vater im Krieg war. Als einziger Sohn. Sie hat, denke ich, sehr gelitten und ist ja auch gleich gestorben nach dem Krieg. Aber dass sie *das* gemacht hat, ich bin ja selbst Mutter und habe zwei Söhne, und kann mir nicht vorstellen, dass man so umgeht mit einer Schwiegertochter, die, ja, sehr arm ist, weil sie von weit her kommt und die Sprache nicht versteht und ausgeliefert ist eigentlich. Ich kann es nicht verstehen, sagte sie, aber ich hätte es gern von den eigenen Leuten gehört. Ich glaube sogar, dass es in Hohenems fast jeder wusste. Andeutungen habe ich immer wieder gehört. Seltsam ist nur, dass von *den* Menschen, die damals gelebt und das auch miterlebt haben, nur ganz wenige etwas gesagt haben. Und die *jetzt* etwas sagen, das sind schon deren Kinder, die haben es von den Eltern und geben es nun an uns weiter.

Aber *dann*, sagte Ingrid, bevor *wir* uns zum ersten Mal gesehen haben, vor unserer ersten Begegnung, knapp davor wurde ich von einer Frau angesprochen, von einer Hohenemser Frau. Es täte ihr leid, aber sie müsse in einer schwierigen Mission zu mir kommen, ich wüsste es vielleicht gar nicht, aber ich hätte noch einen Bruder in Innsbruck. So *vorsichtig* ist sie auf mich zugekommen, sagte Ingrid, für mich war das komisch, denn ich wusste das doch schon immer. Für mich war das nichts Neues. Wir haben das immer gewusst. Bei uns zu Hause, es ist nicht verheimlicht worden, aber die Tatsachen sind eben auch nicht *gesagt* worden.

Ein paar Tage *vor* unserer ersten Begegnung hatte meine Halbschwester Ingrid mit mir Kontakt aufgenommen und gesagt, *ihr Vater würde mich gerne kennenlernen.* Mit sechzig war das, ich war gerade von Münster nach Innsbruck gezogen und dort auf den Rudolf Radtke gestoßen, den Theaterportier, der ja aus Hohenems stammt und der zu mir sagte, ich wäre nicht vom Halbsleben, sondern *von einem Russen, der ertrunken ist.* Seine Frau oder wer auch immer hatte Ingrid wohl auf mich angesprochen damals, denn so hatte er es ja gesagt, die kenne ich und die spreche ich an.

Daraufhin hatte Ingrid sich bei mir gemeldet. Bis dahin hatte es keinen Kontakt gegeben zu meinem Vater, sechzig Jahre lang nicht. Für dieses erste Kennenlernen, für die erste Begegnung habe ich Ingrid das Foto geschickt von meiner Mutter und mir. Sie hat es dann ihrer Mutter gezeigt. Die war da schon krank, sagte sie, sie war bettlägerig, und wir haben sie gepflegt, da habe ich ihr dieses Bild gezeigt. Der Vater war auch dabei. Und dann hat sie herzhaft lachen müssen. Sie war schon sehr krank und hat nur noch selten gelacht. Aber da hat sie lachen müssen. Mein Vater und du, ihr wart *ein* Gesicht. Das hat die Mutter gesehen. Und gelacht, sie konnte gar nicht aufhören damit und war wie befreit. Ich glaube, das sollte heißen, er hätte es nicht abstreiten müssen. Er hätte dazu stehen sollen. Mein Vater hat meine Mutter *nach* dem Krieg kennengelernt. Und die beiden, ich glaube, das war eine große Liebe. Er hat sie umsorgt und sie bis zu ihrem Tod betreut. Sie war zehn Jahre jünger als er. Eine große Liebesgeschichte, so haben wir es als Kinder erlebt. Meine Mutter war eine sehr offene Frau, sagte sie. Meine Mutter wäre die Letzte gewesen, die nicht auch dich noch aufgenommen hätte. Hätte sie nur gewusst, wie es dir da in Lustenau geht. Aber man sieht, wenn man *nicht* kommuniziert, hat man auch keine Möglichkeiten, etwas zu ändern. Wenn man es nicht *weiß*. Oder nicht wissen *will*. Im Fall meiner Eltern muss man sagen, vielleicht haben sie es auch nicht wissen *wollen*. Die Eltern haben geschwiegen, und dann will man sie nicht verletzen durch Fragen. Aber damals als *Kind,* sagte sie, es wäre mir gar nicht in den *Sinn* gekommen, dass es dir nicht gut gehen könnte. Ich wusste, dass du existierst. Für mich hattest du eine so gute Familie wie ich, anders kannte ich es ja nicht. Für uns war das einfach nicht präsent. Du warst da. Du hast existiert. Aber nicht in unserer Welt.

Wohin ihr dann gekommen seid, wohin es euch verschlagen hat, wieweit *meine Tante* das gewusst hätte, das wüsste ich natürlich auch gern. Bei *ihr* warst du jedenfalls nicht. Das wäre doch einmal zur Sprache gekommen. Sie hatte schon drei kleine Kinder und einen Mann, der war noch einer von dieser Zeit. Ich glaube kaum, dass der bereit gewesen wäre. Aber *dann* seid ihr zu einer Nachbarin gekommen, sagte sie, drei, vier Häuser entfernt von dort, wo die Großmutter gewohnt hat. Da warst du bei einer Frau, die hieß Mina. Die habe ich auch noch gekannt. Die hatte einen Bruder. Beide waren ledig, beide waren nie verheiratet. Diese Mina soll die Norwegerin mit dem Kind aufgenommen haben, so sagen es jetzt die Nachbarn, und ich muss ihnen glauben, denn sie sagen es unabhängig voneinander.

· 170 ·

Wie *lange* ihr bei der Mina und ihrem Bruder gewesen seid, wohl nicht allzu lang, denn die waren sehr arm, die hatten wirklich gar nichts. Der Vater hat ihnen immer wieder geholfen.

Ich wohne nicht mehr in dieser Gegend, sagte Ingrid, aber meine Schwester wohnt immer noch dort. Sie hat nachgefragt bei den Nachbarn, und die haben gesagt, sie wissen nicht, was *nachher* geschah, nachdem ihr von der Mina weg seid, *alle* wissen es nicht, auch diese Leute nicht, die jetzt reden.

Wie sind Sie denn auf mich gekommen, fragte ich den Mann aus Hohenems, der eines Nachmittags vor meiner Tür stand und etwas über den Weg meiner Mutter von Norwegen herunter und über den *Lebensborn* überhaupt in Erfahrung bringen wollte.

Ich war im Stadtarchiv, sagte der Mann, da hat *ein Historiker aus Hohenems* gesagt, *sein Bruder* sei in Innsbruck bei einer Theateraufführung mit einem Mann zusammengekommen, der angeblich ein *Lebensborn-Kind* sei, und nun suche er das Heim, in dem der gewesen sein könnte. Wir haben gesagt, im Archiv, so ein Heim kennen wir nicht. Doch der Gedanke daran hat mich nicht mehr losgelassen, so habe ich gesucht und mich auf den Weg gemacht. Und jetzt stehe er eben vor mir.

Dieser Archivar, vielleicht könnte er *die dritte Hand* sein, von der Ingrid gesprochen hatte, diese Hilfe von außen, was die verschwiegenen Dinge angeht, dachte ich, und so verabredeten wir, uns in Hohenems zu treffen, allerdings, worum ich gebeten hatte, *auf neutralem Gebiet,* wenn es ein solches auch nicht geben konnte, zumindest nicht an diesem Ort.

Er erwartete mich in einem Café in der Bahnhofstraße, und beim Eintreten erinnerte ich mich, wie ich mit meinem Freund Franz Jäger auf der Suche nach meinem Vater mit dem *Sissy-Roller* auch an diesem Café vorbeigekommen war. Wir waren zum Bahnhof gefahren damals. Dort hatten wir kehrtgemacht, in Gedanken hatte ich die Mutter aus dem Zug geholt und zusammen mit ihr die Reise zur Metzgerei des Vaters fortgesetzt. Auf diese Weise war sie auch diesmal mit dabei.

Vor ihm auf dem Tisch lag ihr *Reiseplan* von Oslo nach Hohenems, den ich ihm bei der ersten Begegnung mitgegeben hatte.

Um dieses Dokument bin ich sehr froh, sagte der Mann, es ist der erste Hinweis auf einen *Lebensborn-Fall* hier in Hohenems und in Vorarlberg überhaupt. Es ist vielleicht öfter vorgekommen, aber in den Akten scheint es bisher nicht auf. Die Schrift musste erst wieder sichtbar gemacht werden. Der Brief ist so abgewetzt, so zerschlissen, dass er kaum zu entziffern ist. Jemand muss ihn lange mit sich herumgetragen haben. Für mich ist das auch deshalb interessant, sagte er, weil wir noch ein anderes Dokument im Archiv haben in einem ähnlichen Zustand, durchscheinend fast, es stammt von einem Hohenemser, der 1944 hingerichtet wurde, weil er im *Schweizer Radio* eine Churchill-Rede gehört hat. Der schreibt, heute um 17 Uhr werde ich umgebracht, und so wird jetzt ein Hohenemser seine Freude haben, denn der habe ihm ständig nachgestellt und ihn schließlich ans Messer geliefert. Auch das ist ein Brief aus

· 172 ·

dieser Zeit, sagte der Archivar, er hat ihn an einen Freund aus Dornbirn geschrieben, und der hat ihn zwanzig Jahre lang in der Jackentasche mit sich herumgetragen. Dieser Reiseplan fasziniert mich, weil er eine so genaue Anleitung ist für die Reise und für das Denken dieser Leute überhaupt, für die Abläufe im System, sagte er. Inzwischen habe ich in Hohenems nach weiteren Quellen gesucht, wobei die Frau im Pfarrarchiv, in der Pfarrstelle, sehr genau auf den Datenschutz achtet. Ich habe gebeten, in den Taufbüchern den Eintrag zum 9. Dezember 1942 sehen zu dürfen. Da muss sie etwas abdecken, hat sie gesagt, da darf man etwas *nicht* sehen. Nur diese eine Stelle habe ich nicht, aber alle anderen Daten über Ihre Mutter habe ich hier, sagte der Archivar. Es ist alles geprüft. Darüber hinaus gibt es in der Gemeinde keine Aufzeichnungen über sie.

Aber zum *Vater* des Kindes – der hat das Kind anerkannt – es besteht kein Zweifel daran, Meldung, Feldpostnummer, es liegt alles auf. Interessant ist, dass dann diese Verleugnung gekommen ist. Die Geschichte mit dem Russen, der ertrunken sei.

Die Unterlagen hatte er vor sich auf dem Tisch. Auch Fotos und Kopien alter Stiche von der *Valduna* waren darunter, sah ich jetzt.

Bei der Suche nach dem Heim können wir Ihnen nicht helfen, weil es ein solches Heim *wahrscheinlich* nicht gibt, in ganz Vorarlberg nicht. Aber *Lebensborn* – das ist eindeutig, sagte er und klopfte mit beiden Händen auf den Fahrplan. *Der Höhere SS- und Polizeiführer beim Reichs-Kommissar für die besetzten Norwegischen Gebiete, Abteilung Lebensborn –* das ist völlig klar, sagte er. Meine Überraschung war nur, dass die sich auch für Leute eingesetzt haben, die *nicht* bei der *SS* waren, sondern auch für die *einfachen* Wehrmachtssoldaten. *Sie* dachten vielleicht, Ihr Vater sei bei der *SS* gewesen, für die es ursprünglich wohl gedacht war, aber die haben das für alle Soldaten gemacht, weil sie ja *wollten,* dass die Norwegerinnen herunterkommen, vorausgesetzt, dass die ihren *Kriterien* entsprachen. Mir ist es wichtig, dieses Dokument in Händen zu halten, sagte er. Wie akribisch das alles geplant und gemacht ist, der Anschluss, die Abfahrt der Züge und die Anweisungen an die unterschiedlichsten Stellen, die dieser Frau auf ihrem Weg behilflich sein sollten. Ihre Mutter wäre da oben *nicht* sehr gut angenommen worden.

Ich weiß, sagte ich. Mein Vater hat sie *aus Mitleid* von da oben heruntergeholt, ganz so, wie man es mir hier ständig einzureden versucht.

Er wird gedacht haben, dass sie hier gut aufgenommen wird, sagte der Archivar. Mit der Ablehnung der eigenen Mutter wird er nicht gerechnet haben. Es hat sich dann offensichtlich so abgespielt, dass die Mutter, dass *Ihre* Großmutter das nicht wollte. Sie hat sich einer Verheiratung entgegengestellt. Aber die *Gründlichkeit,* mit der das alles geregelt wurde, diese Akribie, die hat mir Eindruck gemacht, sagte er. Allein diese Umsteige-Pläne. Nach diesem Schriftstück ist Ihre Mutter am 5. Oktober 1942 auf die Reise gegangen. Bis 8. Oktober hat die Reise gedauert, und am 9. *Dezember* sind Sie in Hohenems auf die Welt gekommen. Da war nicht viel Zeit, sagte er und las weiter im Plan. *Fräulein Gerd Hörvold befindet sich auf der Reise von Oslo nach Hohenems. Der Zeitplan ist wie folgt.*

· 174 ·

5. 10. 42 Oslo-Ostbahnhof ab 16.10 Uhr. Schlafwagen, Fähre. Umsteigen, übernachten, umsteigen, umsteigen, übernachten. *Lindau ab 13.14 Uhr, Hohenems an 14.21 Uhr,* sagte er mehr zu sich selbst, und wie um es sich noch einmal zu bestätigen, las er Wort für Wort vor sich hin. *Die Dienststellen der NSV und des Roten Kreuzes bitte ich, Fräulein Hörvold beim* Umsteigen *vom Schiff in den Zug, Devisenwechsel und Beschaffung der Lebensmittelreisemarken behilflich zu sein.*

Die Ortskommandantur in Kopenhagen bitte ich, falls Fräulein Hörvold den Anschlusszug 11.00 Uhr nicht erreicht, für Übernachtung zu sorgen.

Die Dienststelle in München der NSV wird gebeten, ebenfalls für Übernachtung zu sorgen. Telegramm geht gesondert zu.

Die Dienststelle in Hohenems wird gebeten – falls Frl. Hörvold in Berlin nicht ihren Verlobten, Obgefr. Anton Halbsleben, getroffen hat –, sich ihrer anzunehmen, bis sie von ihren Schwiegereltern, Familie Anton Halbsleben, Defreggerstraße 28 abgeholt wird, welche von der Ankunft durch Telegramm in Kenntnis gesetzt worden sind.

Defreggerstraße 28. Dort muss sie gewohnt haben, sagte der Archivar, zumindest bis zur Zeit der Geburt, ist wahrscheinlich von dort ins Krankenhaus gekommen und dann ziemlich bald weggegangen.

Alle Dienststellen der Wehrmacht, Partei, NSV und des Roten Kreuzes bitte ich, Frl. Hörvold beim Erreichen ihres Reisezieles mit Rat und Tat zur Seite zu stehen.

Wie umsichtig das alles gedacht ist, sagte er, und wie freundlich, ja beinahe liebevoll es formuliert ist – *bitte ich, wird gebeten, bitte ich* – die Freundlichkeit dieser Leute im

· 175 ·

Umgang miteinander irritiert mich jedes Mal wieder aufs Neue, immerhin handelt es sich um ein Schriftstück der SS.

Die Dienststelle der NSV in Hohenems, von der hier die Rede ist, fragte ich, wo war die, und vor allem, wer war es, der mit diesen Worten konkret angesprochen wurde?

Die Dienststelle in Hohenems wird gebeten – falls Frl. Hörvold in Berlin nicht ihren Verlobten, Obgefr. Anton Halbsleben, getroffen hat –, sich ihrer anzunehmen. NSV. Nationalsozialistische Volkswohlfahrt. Das war damals der Bürgermeister selbst, sagte der Archivar, nachdem er lange überlegt hatte, der Bürgermeister war gleichzeitig Ortsgruppenleiter der NSV.

Und wenn alles ein Irrtum ist, sagte ich, wenn meine Mutter dort nie angekommen wäre, in dieser Straße nicht und nicht in diesem Haus?

Es handelt sich um die Angaben *Ihrer Mutter*, sagte der Archivar. Bei der Geburt *muss* man eine Adresse angeben. In ihren Unterlagen ist diese Adresse angegeben, zu der wir dann auch hingehen können. Und hier auf dem Plan ist diese Adresse und sind dieselben Namen angegeben. Und *dann* wird sie weggegangen sein. *Nach* der Geburt.

Defreggerstraße 28. Vor dem Haus standen wir jetzt. Eine ruhige, gepflegte Gegend, und kein Zweifel, ich war hier zum ersten Mal. So fühlte es sich immerhin an. Aus den Gärten ringsum waren spielende, lachende Kinder zu hören. Eine Frau trat aus dem Haus und ging, ohne uns zu beachten, an uns vorbei in die Richtung, aus der wir gekommen waren.

Hier wohnen jetzt ganz andere Leute, sagte der Archivar, mit dieser Geschichte haben die nichts zu tun.

· 176 ·

Jetzt sah ich auch, woher das Lachen gekommen war. Im Garten des Nachbarhauses liefen zwei kleine Kinder über eine Margeritenwiese zu einer Schaukel, die inmitten dieser Wiese über dem Gras hin und her wippte. Ihre Köpfe ragten kaum aus dem Gras.

Eine ganze Weile standen wir vor dem mit Schindeln gedeckten und liebevoll renovierten Haus. Durch dieses Tor musste die Mutter gegangen sein. Auf der Bank daneben könnte sie gesessen haben mit ihrem Silberfuchspelz. Ich versuchte mich zu erinnern. Es gelang mir nicht. Meine Halbschwester hatte ja recht, an diese Zeit *kannst* du keine Erinnerung haben, da wärst du ja noch nicht ein Jahr alt gewesen, hat sie immer gesagt, wenn die Rede auf diese erste Zeit in Hohenems kam. Sie konnte gar nichts von dem nachvollziehen, was ich ihr an Vermutungen und Fantasien erzählte, die ich mit dieser Zeit verband, ohne sagen zu können, weshalb ich diese Bilder und Gedanken in mir hatte, wie eben auch die Empfindung, *geschaukelt* zu werden, von einer Frau, die mir fremd war und doch nicht. Daran *kannst* du dich nicht erinnern können, sagte Ingrid dann jedes Mal. Und doch war es so, und wie sollte es auch anders sein, ich habe es *erlebt*. Ich erinnerte mich, dass mich eine Frau geschaukelt hat, die nicht meine Mutter war. Das kam mir jetzt wieder in den Sinn, vor diesem Haus, in dem die Mutter mit mir gelebt haben soll, wenn es nach ihren eigenen Aussagen ging, wenn die stimmten, und warum sollte sie etwas Falsches angegeben haben damals. Der Plan war ja, dass sie wenigstens eine Weile dort mit mir bleiben könnte, in dieser Straße, in diesem Haus. Das war aber so gut wie nicht geschehen, und so war und ist meine Vermutung, dass die Frau, die das Heim geleitet hat, dieses Heim, das es offenbar nicht gegeben hat und in dem ich aber doch war, dass diese Frau mich *geschaukelt* hat. So habe ich es in mir, und die Vermutung ist, dass diese fremde und doch nicht fremde Frau die Schwester war von dem Bauern, der mich immer gebrannt hat. *Von wo ist deine Mutter, von wo?* Dieser Bauer hatte eine Landkarte an der Wand hängen, die ganze Wand machte die aus. Die sehe ich vor mir. *Heinz, wo ist Kirkenes, wo?* Immer hat er seine Zigarre zwischen den Fingern. Nimmt meinen kleinen Finger. *Dort ist Kirkenes.* Ich sehe es vor mir. Ich stehe vor ihm, auf dem Stuhl, auf dem Tisch, je nachdem. Er beugt sich zu mir und nimmt mich und hebt mich hoch. Dann drückt er mich, drückt er mich an sich, eine Zeit. Und dann reckt er mich von sich weg, mit gestreckten Armen hält er mich von sich weg, und wir fliegen, *wohin fliegen wir,* lacht er und dreht sich und dreht sich im Kreis, endlos fliegen wir so durch den Raum und die Wände entlang über die Länder hinweg die Strecke hinauf bis nach Kirkenes und wieder herunter und wieder hinauf. Und dabei immer – *von wo ist deine Mutter, von wo* – fliegt er mit mir seine Runden und hebt mich nach oben und unten, und von Runde zu Runde denke ich, jetzt wirft er mich ab, jetzt wirft er mich gegen die Wand. Ich verstand nicht, was hier geschah, doch ich wusste, was kommt, dann fasst er meinen Finger, im Flug, im Anflug auf Kirkenes nimmt er meinen Finger und fliegt damit über das Land, und in Kirkenes hat es dann gebrannt. *Von dort ist deine Mutter, von dort.*

Daran dachte ich jetzt, vor diesem Haus in der De-freggerstraße, das für meine Mutter und mich das Ende der Reise von Kirkenes nach Hohenems bedeutet hat.

Wir setzten unsere Wanderung fort. Ein paar Häuser weiter machte mich der Archivar auf eine Frau aufmerksam, die aus einem der Fenster im ersten Stock zu uns herübersah. Beide Arme auf ein Polster gestützt, beobachtete sie die Gegend ringsum. Ich wandte mich ab, noch ehe unsere Blicke sich treffen konnten. Sagt Ihnen der Name Mina etwas, fragte der Archivar.

Auch hier können wir nicht lange gewesen sein, sagte ich.

Dann sollten Sie vielleicht noch das Krankenhaus sehen, sagte er, wir gehen den Weg über das *Jüdische Viertel*. Und – *zu dieser Zeit damals* – vieles von dem, was es *im Reich* gegeben hat, hat es auch in Hohenems gegeben, vielleicht sogar noch verstärkt, wenn man bedenkt, dass es nur fünftausend Einwohner waren, die hier lebten. Wir hatten eine jüdische Gemeinde. Es waren nur noch einzelne Juden da, nur ganz wenige. Aber durch die Nähe zur Grenze haben noch viele versucht, hinüberzukommen. Der Bürgermeister hat alles unterbunden. Es war strengstens untersagt, diese Menschen zu beherbergen oder ihnen sonst wie behilflich zu sein.

Und die *Pogromnacht?*

Da war in Hohenems nicht viel los. Zu dem Zeitpunkt wohnten die alten Nazis längst in den Häusern der Juden. Schon Jahre zuvor war es ihnen gelungen, sich darin einzunisten, nachdem die Besitzer das Land verlassen hatten. Die Synagoge sollte angezündet und gesprengt werden.

Die Besitzerin vom *Gasthof Habsburg* hat erzählt, dass um die Synagoge herum schon die Strohballen ausgelegt waren zum Anzünden. Aber das haben sie dann doch nicht getan, sie wollten nicht riskieren, dass die eigenen Häuser vielleicht mit abbrennen. Der Bürgermeister hat in München anfragen lassen, ob es möglich wäre, die Synagoge in der *Kristallnacht* zu verschonen, *aus Rücksicht auf die Parteigenossen,* die in den Judenhäusern gewohnt haben. Dem Ersuchen wurde entsprochen. So viel zum Umgang dieser Leute mit ihresgleichen, sagte der Archivar. Und was den Umgang mit anderen angeht, da denke ich an Frieda Nagelberg, eine Jüdin, auf die es der Bürgermeister ganz besonders abgesehen hatte. Er hat ihr persönlich den *Judenstern* ins Armenhaus zugeschickt, wo sie gearbeitet und gewohnt hat. Wo immer er konnte, hat er ihr zugesetzt, über Jahre, und wollte auch noch den Fahrschein bezahlen für ihre Deportation. *Ich lege größten Wert darauf, dass auch diese letzte Jüdin das Land Vorarlberg verlässt, und wenn die Übersiedlung nach Wien an der Tragung der Fahrtkosten scheitern sollte, wäre ich bereit, dieselben zu übernehmen.* Das hat er geschrieben, und er hat es erreicht, Frieda Nagelberg wurde *zwangsumgesiedelt.* Wie die anderen auch. Wie die Elkans, die Letzten, auch die sind nach Wien in diese Sammelstelle gekommen und von dort weiter nach Theresienstadt. Keiner von ihnen hat überlebt. Dieser Bürgermeister jedenfalls war der Mann, der Ihrer Mutter bei der Ankunft hätte behilflich sein sollen, wenn es nach dem *Lebensborn* in Norwegen gegangen wäre. An ihn als Leiter der örtlichen *NSV-Dienststelle* war diese *Bitte* gerichtet.

Die Gasse, durch die wir gegangen waren, öffnete sich jetzt in einen Platz hinein. Auch diese Häuser vor uns sind ehemalige Judenhäuser, die von den Nazis besetzt waren, sagte der Archivar und deutete auf ein Haus an der Ecke des Platzes, das Haus mit den grünen Läden, sagte er, darin hat eine nationalsozialistische *Kernfamilie* gewohnt, eine große Familie, auch der Spitalsverwalter, der Vorgesetzte von Doktor Neudörfer, hat hier gewohnt. Doktor Neudörfer, fragte ich, der Name sagte mir nichts, doch er ging nicht darauf ein und zeigte auf ein anderes Haus. Und hier, zwei Nummern weiter, das Haus, darin war die *Spionage-Zentrale* untergebracht, sagte er. Von hier aus sind sie in die Schweiz hinübergegangen, etwa, um Aufträge zu bekommen in *Goldach*, um dort die Juden auszuforschen, die hinüberwollten, und so mögliche Fluchtpläne aufzudecken. Da die Schweizer ja immer noch Grundstücke auf der österreichischen Seite hatten, konnten sie herüberkommen und ungehindert hin- und hergehen. Und das wurde eben nicht nur zur Flucht, sondern auch für die Spionage genutzt.

Nach einer Weile kamen wir beim *Gasthof Habsburg* vorbei. Hier sind die abgestiegen, die noch über die Grenze zu kommen versuchten, sagte er. Dieses Haus war der Ausgangspunkt für den Weg über den *Alten Rhein. Habsburg, Landhaus, Alter Rhein,* das war der Weg. Oder weiter nach Lustenau, wo sie es dann beim *Rohr* versucht haben.

Und jetzt hier – das Ende der Reise – oder der Anfang, wie man es nimmt, das Krankenhaus, sagte der Archivar. Es hat damals schon so ausgesehen, wie wir es jetzt sehen. Das *neue* Krankenhaus wurde später daran angebaut, an der Rückseite. Dort, wo die Russenbaracken gestanden haben, war ein Spital für die Zwangsarbeiter, für die Ukrainer, die ja zu Hunderten hier waren. Dorthin gehen wir jetzt.

In Emsreute, das ist eine kleine Ortschaft dort droben im Wald, hat sich Oskar Trebitsch, der berühmte Jurist, der Verfassungsjurist, eine Zeit lang versteckt, bevor er den Weg über den *Alten Rhein* gefunden hat. Trebitsch war ein Sozialdemokrat, Jude, er lebte in Wien und musste fliehen, weil die *Gestapo* schon vor seiner Tür stand. Ihm wurde gesagt, er solle sich in Lustenau an jemanden wenden, wenn er über die Grenze gehen möchte. Aber das hat nicht geklappt, derjenige, der ihn führen sollte, hat sich wohl nicht mehr getraut. So ist er nach Hohenems gekommen und hat es hier noch einmal versucht, sagte der Archivar. In Hohenems hatten wir einen Arzt, Doktor Neudörfer, *Halbjude,* der aber von den Nazis geschützt wurde, weil sie sich alle von ihm behandeln ließen. Hier im Krankenhaus hat er als Chefarzt gearbeitet. Auch bei Hausgeburten wurde er manchmal beigezogen. An diesen Arzt hat sich Oskar Trebitsch gewandt, nachdem es ihm in Lustenau nicht gelungen war, über die Grenze zu gehen. Neudörfer hat ihm gesagt, er könne hier im Krankenhaus übernachten, in einer Badewanne. Das hat er getan, in einer Badewanne im ersten Stock hat er die Nacht verbracht, und am nächsten Morgen, als er das Haus verlassen hat, ist ihm beim Hintereingang ein Pfarrer begegnet, ein Kaplan, Doktor Neudörfer hatte das arrangiert. Der Kaplan hat ihn nach Emsreute hinaufgeführt, wo er als Pfarrer gearbeitet hat, und ihn dort im Haus des Mesners versteckt.

Immer wieder hat er versucht, für den Mann einen Weg über die Grenze zu finden. Er hat ihn aber nicht gefunden, den Weg, und so ist Trebitsch nach einer Zeit auf eigene Faust über den Rhein gegangen, und von dort aus weiter bis nach Australien.

Und Doktor Neudörfer, fragte ich.

Dem ist nichts passiert, sagte der Archivar. Die Geschichte mit Trebitsch war nicht bekannt geworden damals. Neudörfer hat alles versucht, um nur ja nicht als Jude zu gelten. Sein *Vater* war Jude. Und er selbst musste ständig auf der Hut sein, nur ja nirgendwo anzuecken. Er hat auch Geld eingezahlt für das *Winterhilfswerk* und hat sich so, was ich auch getan hätte, *assimiliert,* sagte der Archivar. Und – er war dringend notwendig in Hohenems, weil er ein ausgezeichneter Arzt war. Im *Ersten Weltkrieg* hat er sich freiwillig nach Russland gemeldet. Und während der Nazi-Jahre hatte er einen mächtigen Befürworter, den Doktor Kopf, der war Landeshauptmann-Stellvertreter in Vorarlberg, und der hielt die schützende Hand über ihn. Von Landeshauptmann Plankensteiner, der auch Kreisleiter war, existiert ein Brief, sagte der Archivar, es ging darum, darf der Neudörfer im Jahre 1938 beim *Anschluss* überhaupt wählen – als *Halbjude?* In diesem Brief hat er gesagt, ja, er *darf* wählen, weil der *Vater* Jude ist und nicht die *Mutter.* Und, sagte Plankensteiner, selbst wenn ich *in der Judenfrage* normalerweise keinen Pardon kenne, muss ich sagen, dass Neudörfer geschützt werden muss, sagte der Archivar. Im Jahre '33 war er zum *Ehrenbürger* ernannt worden. Normalerweise hat man alle diese Ehrenbürgerschaften wieder aufgehoben, bei ihm hat man das nicht gemacht. Er hat diesen besonderen Schutz genossen. Er war ein ängstlicher Mensch, vorsichtig und immer auf der Hut, sagte der Archivar, *so* hat er überleben können. Aber nicht, weil er *vorsichtig* war, sondern weil er *notwendig* war, hat er überlebt. Und *einigen* hat er zum Überleben verholfen.

Wo wir jetzt stehen, war damals der *Haupteingang,* sagte er. Wo wir hinwollen, ist der *Hintereingang.* Dorthin gehen wir jetzt.

In einer Art Vorhalle las er einige Namen der Stifter und Unterstützer des Krankenhauses von den Tafeln, die an den Wänden angebracht waren, viele von ihnen jüdische Bürgerinnen und Bürger von Hohenems. Auch einige Deutschnationale haben gestiftet, alle haben zusammen geholfen, sagte er. Nach dem *Ersten Weltkrieg* war hier ein Lazarett. Jetzt ist eine Palliativstation untergebracht. Am Anfang des Ganges klopfte er im Vorbeigehen gegen eine Tür. Hinter dieser Tür war ein Badezimmer, sagte er, und dann auch lange das Sterbezimmer. Und einen Stock höher, im ersten Stock hat Oskar Trebitsch die Nacht verbracht.

Am ehemaligen Sterbezimmer vorbei kamen wir in eine große Halle. Hier ist die Ambulanz, sagte er, die Patientenaufnahme. In dem Saal, der sich vor uns auftat, saßen und standen unzählige Menschen und warteten darauf, aufgerufen und in die verschiedenen Stationen vermittelt zu werden. Die *Ambulanz* – das ist schon der *Neubau,* sagte der Archivar, am *Ausgang,* am damaligen *Hinterausgang* sind wir gerade vorbeigekommen. An dem Ort hat der Kaplan Jakob Fußenegger auf Trebitsch gewartet. Von dort aus

· 184 ·

sind sie in die Emsreute hinauf. Und schon damals soll ihm ein Arzt, der wohl Zeuge der Begegnung geworden war, gedroht haben, *passen Sie auf, Fußenegger, nehmen Sie sich ja in Acht.* So hat es der Kaplan dann später beschrieben. Er stand unter Beobachtung. Ein mutiger Mann. Er ist dann auch in Gestapohaft gekommen und eingezogen worden zum Heer.

Aber warum denn in einer Badewanne, fragte ich.

In einem Bett wäre das nicht möglich gewesen, sagte der Archivar. Es war vielleicht auch keines frei, aber in einer Badewanne war es *ungefährlicher*. Man musste bedenken, dass der Leiter des Krankenhauses ein überzeugter Nationalsozialist war, ein Illegaler, der auch schon im Judenviertel gewohnt hat zu der Zeit, in einem der Häuser, die ich Ihnen gezeigt habe. Der war der offizielle *Leiter* des Krankenhauses. Alles stand unter Beobachtung. Man musste ständig berichten. Jedes Ereignis, der kleinste Vorfall musste gemeldet werden. Da wäre es *unmöglich* gewesen, einen Juden in einem Bett übernachten zu lassen, innerhalb weniger Minuten wäre der Krankenhausverwalter informiert gewesen, sagte der Archivar, und führte mich weiter zu einem Vorplatz auf der Rückseite des Hauses. Das ist also die *Rückseite*, sagte er. Das Haus *dort* in der Mitte des Platzes war die Klausur der Schwestern, der *katholischen Schwestern* von Hall. Das Haus daneben war das *Altersheim* oder das *Armenhaus,* in dem die Jüdin Frieda Nagelberg gelebt und gearbeitet hat. Und *gleich nebenan* haben die Baracken gestanden. Das *Russenspital.* Die Frauen, die Ostarbeiterinnen, die schwanger geworden sind, mussten hier ihre Kinder zur Welt bringen. Oder

· 185 ·

abtreiben lassen. Ich weiß von einer Polin, die Frau war von einem Einheimischen schwanger. Man hatte sie dazu gedrängt, abzutreiben, und so war sie hier, um den Eingriff vornehmen zu lassen. Und dann sei ihr ein Doktor Neudörfer begegnet, der habe ihr *dringend* davon abgeraten, und so hat sie den Abbruch verweigert. Dieses Kind gibt es heute noch, sagte der Archivar.

Eine Zeit lang standen wir uns wortlos auf diesem Platz gegenüber, vor diesen Baracken, die es nicht mehr gab und die es eben doch gegeben hat damals.

Warum sind wir eigentlich hier, sagte ich.

Weil ich annehme, dass Doktor Neudörfer bei *Ihrer* Geburt auch zugegen war.

An diesem Ort war ich also geboren. Am selben Ort ist mein Vater gestorben. Ein paar Jahre zuvor hatte sich meine Halbschwester Ingrid gemeldet, zum ersten Mal, ich hätte einen Vater und drei Halbgeschwister in Hohenems, und ich sei eingeladen, *der Vater* würde mich gerne kennenlernen.

Sie haben den Kontakt nie gesucht, und dort, wo ich es versucht habe, hat er ihn verweigert. *Sonst würden andere Schritte unternommen,* hatte es geheißen. Kontakt haben sie erst aufgenommen, nachdem der Theaterportier ihnen erzählt hat, dass es mich gibt und dass er mich kennt und dass *ich* wiederum behaupte, ich wäre von einem Metzger Halbsleben aus Hohenems. So ist es zu dieser Begegnung gekommen. Er stand nun einmal drin in meiner Geburtsurkunde, und sein Name steht in dem Papier, in dem Reise-Fahrplan. Wäre dieser Portier nicht an meinem

Theater und zufällig auch noch aus Hohenems gewesen, dann wäre gar nichts passiert.

Den Brief hatte ich geschrieben, *nachdem* ich ihm in der Metzgerei begegnet war. *Ich würde ihn gern kennenlernen.* Dann kam der Brief von dem Anwalt. Und dann kam nichts mehr. Bis zu dem Anruf von Ingrid war es dann still. Ich habe ihr das Foto geschickt, *Mutter mit Kind,* und das *Lebensborn-Papier. Lebensborn* war für sie etwas, womit sie gar nichts anfangen konnte. Auch davon hatte er nie erzählt.

Ich soll kommen. Der Vater möchte mich kennenlernen. Ich bin mit dem Auto hingefahren. Bin ausgestiegen. Die Straße war leer, bis auf dieses eine Auto, das dort stand, nicht am vereinbarten Ort, aber doch in der Nähe davon. Eine Weile habe ich gewartet, und weil nichts geschah, stieg ich aus, um mich umzusehen und mir die Beine zu vertreten nach der langen Fahrt. Dabei sah ich, in dem Wagen saßen zwei Menschen, eine Frau und ein Mann, ein alter Mann. Sie schienen ins Gespräch vertieft und nahmen von mir keine Notiz, und so ging ich an dem Wagen vorbei und die Häuserzeile entlang bis zum letzten Haus am Ende der Straße. Als ich zu dem Wagen zurückkam und keiner von beiden ausstieg oder ein Zeichen gab, trat ich an das Auto heran und stieg ein. Vorne saß er. Die Frau hat am Steuer gesessen.

Wie meine Mutter auf unserer Norwegenreise saß jetzt *ich* hinten im Wagen. Über den Rückspiegel hatte ich die Augen beider im Blick. Lange saßen wir so. Das Auto rührte sich nicht von der Stelle. Als ich die Tür öffnete, um wieder zu verschwinden, setzte sich der Wagen in Gang. Im Schritttempo ging es jetzt durch die Straßen, die ich durch meine Suche nach ihm ja schon kannte. Aber diesmal machten wir die Reise *gemeinsam,* auf der Suche *nacheinander,* denn immerhin, er wollte mich *kennenlernen,* deshalb waren wir hier. Wohin die Reise gehen würde, wusste ich nicht. Nicht zu ihm, nicht zu mir, nicht nach Norwegen und auch nicht zu dem Bauern, der mich immer gebrannt hat. Dieser Bauer hätte mich damals auch nach meinem *Vater* fragen können, dachte ich jetzt. *Von wo ist dein Vater, von wo?* Zu *ihm* wäre es nicht so weit gewesen wie bis nach Kirkenes, um wie viele *Flugrunden* weniger wären es gewesen, die er mit mir im Arm zu drehen gehabt hätte.

Wie oft war ich auf dieser Reise gewesen, zu meinem *Vater,* und wie oft hatte *er* mich in meinen Träumen besucht, in denen ich wach lag und mich vor ihm fürchtete und ihn doch herbeisehnte, um von ihm über die Mutter ausgefragt zu werden und ihm von ihr zu erzählen. Im Kopf war ich jetzt auf der Reise mit der Mutter nach Norwegen, an den Zündhölzli-Bäumen vorbei, die ihr so gefallen hatten. Als die *Norweger-Hure* war sie von hier weggefahren, als die *Nazi-Hure* war sie angekommen. Und mit demjenigen, der die Ursache war für das alles, auch dafür, dass ich jetzt neben ihm saß, mit dem *Obergefreiten Anton Halbsleben* war ich jetzt auf der Reise. Den *Fahrplan* der Mutter hatte ich bei mir und überlegte, ihn herauszunehmen und ihm zu zeigen und ihn zu fragen, nach dem nächsten *Halt* und wohin die Reise denn überhaupt gehen würde, was er vorhatte, mit mir und mit uns. *Die Dienststelle in Hohenems wird gebeten – falls Frl. Hörvold in Berlin*

nicht ihren Verlobten, Obgefr. Anton Halbsleben, getroffen hat –,
sich ihrer anzunehmen, bis sie von ihren Schwiegereltern, Fami-
lie Anton Halbsleben, Defreggerstraße 28 abgeholt wird, welche
von der Ankunft durch Telegramm in Kenntnis gesetzt worden
sind.

Das Haus in der Defreggerstraße hatte ich im Kopf, als
unsere Augen sich im Rückspiegel trafen. Unsere *Blicke* haben sich dabei nicht getroffen, denn er starrte in die Land-
schaft hinaus und ich starrte in diesen Spiegel, in seine Augen hinein.

Was könnte er mir denn zeigen, von sich zeigen wollen, dachte ich, und umgekehrt, was würde ich ihm von
der Mutter erzählen und damit preisgeben vielleicht. Das
Haus in der Holzmühlestraße hätte ich ihm gezeigt, die
Desser-Siedlung, meine Bühne im Hof, auf der die ersten
Stücke entstanden waren, mit *ihm* als Akteur, auch mit
ihm, ohne dass ich es gewusst hätte, als der allmächtige
Herrscher, den ich darstellte und dem ich doch zu entkommen versuchte in diesen Stücken und mit dessen Hilfe
ich den *Stiefvater* totzuschlagen versuchte, mit den Kräften,
die ich mir von meinem Vater, von meinem *richtigen* Vater
geliehen hatte.

Würde er mir *Emsreute* zeigen, oder *Ebnit*, den Ort, von
dem die Halbsleben herkommen, wie es der Sägewerksbesitzer gesagt hatte? Emsreute, wo sich der jüdische Jurist
Oskar Trebitsch vor den Nazis versteckt hatte, und Ebnit,
wo dann Jahre später der Bürgermeister von Hohenems
versuchte, sich vor den Franzosen zu verstecken. Eines Tages würden sie beide auf dem Friedhof von Hohenems
nebeneinander begraben sein, der Bürgermeister und er.

Wohin würde er mich führen, bei diesem *Kennenlernen*, nach dem ihm nach sechzig Jahren so plötzlich gewesen war, dachte ich jetzt in seinem Auto, in dem wir schweigend und scheinbar ziellos durch die Gegend fuhren.

Vom Bahnhof aus sahen wir beide zum Krankenhaus hinüber, zu dem Ort, an dem *ich* geboren war und an dem *er* sterben würde, ein paar Jahre danach.

Von da an starrte er weiter vor sich hin. Und dann doch, plötzlich drehte er sich um und sah mir direkt in die Augen, und eine ganze Weile, nachdem wir Hohenems hinter uns gelassen hatten, sagte er in die Stille hinein, *du darfst Vater zu mir sagen,* aber ohne mich anzusehen, sagte er das, als hätte er es zu seiner Tochter gesagt, die neben ihm saß, für mich war es so. Und als hätte *die* meinen Gedanken erkannt, *der Vater möchte dir etwas geben,* sagte sie in den Spiegel hinein und schaltete von einem Gang in den nächsten. *Der Vater möchte dir etwas geben.*

Inzwischen waren wir in Dornbirn angekommen, am *Roten Haus.* Ich erinnerte mich, an dem Ort hätte ein *spätes Wiedersehen* stattfinden sollen zwischen der Mutter und ihm, dort hatten sie sich verabredet, fünfzehn Jahre nach ihrer Ankunft. Kurz schien mir, als würden wir halten, um auszusteigen, aber Ingrid hatte nur eine alte Frau über die Straße gehen lassen. Vom *Roten Haus* hatte die Mutter erzählt. Dort sollte die Verabredung sein. Sie war dort, aber er ist nicht gekommen, so habe ich es noch im Ohr, das wenige, das sie mir über ihn gesagt hat. In Oslo habe ich ihn noch gesehen, und dann, im *Roten Haus,* da sollte es noch einmal sein, aber so ist es dann nicht gekommen.

Dornbirn war das Ziel der Reise, und in Dornbirn war

es ein Notar, sah ich jetzt. Im Stiegenhaus dieses Notars, auf der Treppe zu seinem Büro war mir plötzlich, als wären wir in der *Post* damals, Mutter und ich, in unserer ersten Absteige, und als würde sie mir gleich von dort oben entgegengeflogen kommen wie damals, um mich mitzunehmen anderswohin.

Beim Notar saßen wir uns dann gegenüber. Der Notar hat geredet, auf mich eingeredet. Was ich verlangen würde?

Was denn verlangen *wofür?*

Dann schob der Notar einen Zettel über den Tisch mit einer Summe darauf.

Im Anschluss daran sind sie mit mir zur Bank gefahren. Ich bin im Auto sitzen geblieben. Nach einer Zeit kam er heraus aus der Bank, mit einem Umschlag im Arm, den legte er auf den Sitz neben mich. *Pass auf auf das Geld,* sagte er.

Wir haben uns nicht mehr gesehen, bis zu seinem Sterben nicht mehr.

Als es dann so weit war, ich hatte Theaterferien, so muss es gewesen sein, sonst wäre ich nicht in der Gegend gewesen, im *Muttergebiet,* es war Abend, ich hatte Ingrid angerufen, ob sie mich vielleicht treffen möchte, und da sagte die, wenn du *den Vater* noch sehen willst, dann musst du dich beeilen.

In der Nähe war ein Einkaufsladen, dort habe ich ein paar Sachen gekauft, von denen ich dachte, er könnte sie mögen, Saft, Schokolade und Kekse. Dann stand ich vor seinem Bett, ich wusste schon, dass er nicht mehr sprechen kann, er hatte ganz dicke Arme, voll Wasser war er. Mit der einen Hand hing er an den Schläuchen, die Finger der anderen suchten unaufhörlich das Bett ab. Ich habe mich zu ihm gesetzt und meine Hand neben die seine gelegt, in die Nähe gelegt immerhin. Und dann sagte ich, *Vater, ich bin es,* habe ich gesagt. *Irgendwie* hat er sie erreicht, meine Hand, und hat sie gedrückt, an wen auch immer er gedacht hat dabei. Fünf Tage später ist er gestorben, wie auch meine Mutter fünf Tage nach meinem Besuch im Krankenhaus gestorben ist. Auch von *ihrem* Krankenbett bin ich weggefahren, nach Münster diesmal. *Andorra* haben wir gespielt.

Eine Zeit lang war es still geworden um sie, die Halbgeschwister waren erwachsen, ich war in Deutschland, und ihre norwegischen Freundinnen waren nicht mehr vorhanden. Doch eines Tages war es mit der Stille vorbei, denn sie war noch einmal Mutter geworden, *Pflegemutter* diesmal. Und *ihre Kinder* Erhan, Orhan und Öner, der Jüngste, wenn ich heimkam, wann immer ich sie besuchte, konnte ich sehen, wie *sie* all das mit ihr erleben konnten, was *uns beiden* in den ersten Jahren *nicht* möglich gewesen war. Und jetzt, so viele Jahre danach, besuchen mich die drei immer noch, wie sie die Mutter besucht haben, bis zuletzt, und erzählen von der Zeit damals und jetzt.

Die *Zwangsarbeiter,* die *Fremdarbeiter,* wie und warum auch immer die hierhergekommen waren, wenn sie *geblieben* sind, sind sie doch immer *Fremde* geblieben, und ihre Kinder sind die Kinder von Fremden und also Fremde geblieben. Türkische *Gastarbeiter*, die aus ihrer dortigen Not geflohen sind, in der Hoffnung, etwas Geld zu verdienen und schon bald wieder in die Heimat zurückzukehren, die Kinder solcher *Gastarbeiter* hat sie bei sich aufgenommen, und sie selbst wurde dabei noch einmal die junge Frau, die ihr Kind hatte weggeben müssen, aus welchen Gründen auch immer, und die das aufzuholen oder wettzumachen versuchte, indem sie jetzt für diese Kinder da war.

Erhan. Orhan. Und Öner. Sie leben noch immer in Lustenau, haben eine eigene Stickerei, eine kleine Firma, zwei Maschinen, und sind inzwischen selbst Väter geworden.

Mit ihnen war meine Mutter eng verbunden. Als sie dann schon sehr krank war, kamen diese Kinder immer noch bei ihr vorbei und haben sie mitgenommen und Ausflüge mit ihr unternommen, so wie *wir* das mit *ihnen* gemacht haben. Ihr *Verrücktsein* war den Eltern egal. Hauptsache, sie nahm die Kinder. Meine Mutter hat sie genommen, und sie wiederum wurden ihr einziger Halt. Vielleicht war das die größte Freundschaft meiner Mutter, diese türkische Familie.

Anfang der Siebzigerjahre waren ihre Eltern aus der Türkei gekommen. Das Geld für die Reise hatten sie sich von Verwandten geliehen. In Istanbul hatten sie ein Visum bekommen, von dort aus machten sie sich auf den Weg. Eine ganze Woche waren sie unterwegs, sagt Erhan, und schon in Jugoslawien hat die Mutter immer wieder gesagt, lass uns hierbleiben, auch hier ist es schön, hat sie immer gesagt. Dann waren sie in Lustenau, endlich, hier gab es ein altes Haus, das stand leer, darin haben sie eine

Zeit lang gewohnt, aber das war wie ein Stall, dieses Haus, sagen sie. In der Nähe lebten einige Bekannte der Familie aus dem gleichen Ort in der Türkei. Diese Nachbarn haben ihnen geholfen, sie haben Kleider gebracht, alles, was sie brauchen konnten, hat man ihnen gebracht. Nicht nur die Leute aus der Türkei, auch die Lustenauer waren sehr hilfsbereit, besonders der Mann, bei dem sie gearbeitet haben, hat ihnen geholfen, ohne ihn hätten sie es nicht geschafft, sagen sie.

Dann ist mein Bruder Erhan auf die Welt gekommen, sagt Orhan, der Mittlere. In der Pontenstraße ist er geboren, es war Winter, und da haben sie viele Sachen zum Anziehen gebracht, die Nachbarn im Ort. Auch ein Kinderwagen stand eines Tages vor der Tür. So hat es ihre Mutter erzählt, sagen sie.

Auch die Mutter arbeitete in der Stickerei. Für ein Kind war da keine Zeit. So war das Kind *in Pflege* zu geben. Und weil sich niemand für mich gefunden hat, haben sie mich zu den Großeltern in die Türkei gegeben, sagt Erhan, ein ganzes Jahr war ich dort, aber das hielten wir alle nicht aus, und so holten sie mich wieder zurück. Dann hat man die Oma für mich gefunden. Und nachdem ich bei ihr war, von ihr wollte ich nicht mehr fort, sagt er dann. Alle drei sagen sie das, zu den eigenen Eltern wollten sie nicht mehr zurück. Sie hat sich immer gefreut, wenn wir die Tür aufgemacht haben, auf der Treppe vor dem Haus hat sie schon gewartet auf uns, sagt Orhan, und er sagt mir nur, was ich weiß, denn auch bei mir und meinen Freunden ist es nicht anders gewesen.

Oft hat sie von Norwegen erzählt, sagen sie, und ich

höre ihnen zu, in der Hoffnung, mehr von dem zu erfahren, was sie mit ihnen über diese Zeit geteilt hat. Über Norwegen hat sie viel erzählt, sagen sie, aber wir waren klein, und so haben wir nicht alles verstanden. Sie hatten nichts zu essen, das hat sie oft gesagt, sagen sie, wir haben gehungert, da haben wir Hasen geschlachtet, ich selbst habe Hasen geschlachtet, hat sie immer gesagt. Vieles hat sie erzählt, aber wenn man die Menschen nicht kennt, von denen die Rede ist – und Norwegen – wir wussten auch nicht, wo das ist. Jetzt wüsste ich es, aber jetzt ist es zu spät, sagt Öner dann jedes Mal. Wenn es die heutige Zeit wäre, dann würde ich nach Norwegen fahren mit ihr, sagt er. Sie hat gern erzählt, über alles hat sie gesprochen. Wenn wir vieles davon auch nicht verstanden haben, sagen sie. Und gerade deshalb hat sie es wohl auch erzählen können, denke ich, ihren *Kinder-Ohren* konnte sie sich anvertrauen, ohne sich zu verraten oder auszuliefern, im Wissen darum, dass sie es doch nicht verstehen würden.

Wie eine echte Familie waren wir, sagen sie. Wir hatten keine Staatsbürgerschaft, keine österreichische, aber sie hat uns nie als Ausländer gesehen. Für die anderen dort war sie die Norwegerin, aber für uns ist sie unsere Oma gewesen. Und so ist es noch immer, sagen sie. Deshalb treffen wir uns über all die Jahre hinweg, die es sie nun schon nicht mehr gibt. Auf ihre Art sind die drei Brüder auch zu *meinen Geschwistern* geworden, und gleichzeitig sind sie doch auch *meine Kinder* geblieben. Sie sagen *Papa* zu mir. Und wenn ich auch denke, das sagen sie zu jedem alten Mann, der ihnen gewogen ist und den sie mögen, so freut es mich doch jedes Mal.

Ohne ein Wort *Deutsch* waren ihre Eltern angekommen. Geld verdienen, um einen Traktor zu kaufen und ein paar Schafe und Kühe, mehr wollten sie nicht. Dann war der Traktor gekauft, aber sie sind nicht zurückgegangen. Der Vater hat in der Türkei ein Grundstück gekauft. Ein Haus wurde gebaut und wieder verkauft. Mit dem Erlös hat er in einem anderen Ort ein Grundstück gekauft und damit begonnen, ein Haus zu bauen, und als auch dieses Haus gebaut war, sagte er, jetzt ist es so weit, ich gehe mit den Kindern zurück. Und *erst dann* hat unsere Mutter gesagt, nein, die Kinder sind schon zu groß, wir gehen von hier nicht mehr weg, sagte sie. So sind wir alle geblieben, der Vater hat eine Stickerei gemietet und sich selbstständig ge-macht. So sind auch wir Sticker geworden. Gleich nach der Schule, nach der Hauptschule haben wir bei ihm mit der Arbeit begonnen. Zu der Zeit gab es noch viele Möglich-keiten als Sticker, es gab viele Aufträge. Heute ist nur noch Nigeria der Markt, sagt Öner, also fliege ich dorthin, jeden Monat oder jeden zweiten Monat bin ich in Nigeria, sagt er. In Dubai, in London bin ich zweimal im Monat. Ich mache den Verkauf. Wir machen eigene Muster, die biete ich an, und wenn ich den Auftrag bekomme, dann sticken wir hier.

Erhan war der Erste, der zu meiner Mutter gekommen ist. Öner, der Jüngste, war in Feldkirch *in Pflege*. Mein Bruder wollte nie an seinem Pflegeort sein, sagt Orhan, nur *ich* war von Anfang an bei Oma, sagt er. Am Freitag wurde er geholt. Am Sonntag ging es wieder dorthin.

Aber dann bin auch ich zu Oma gekommen und zu meinen Brüdern, sagt Öner. Bis dahin habe ich immer geweint, sagen sie. Davon weiß ich nichts. Mein Gedächtnis war leer. Meine erste Erinnerung ist eine Wiese, sagt er, viele Blumen, große und kleine. In dieser Wiese sitzt Oma, und ich sitze auf ihrem Schoß. Sie zeigt auf die Blumen ringsum und nennt mir die Namen der Blumen, von jeder Blume erzählt sie eine Geschichte. Die Wiese blühte in ihrem Zimmer, an den Wänden ringsum. Inmitten dieser Blumen haben wir gelebt, und Oma hat uns Geschichten erzählt von Norwegen und von den Blumen in Norwegen, von den *Eisblumen* hat sie immer erzählt. Wir sind vor das Haus gelaufen und haben Blumen und Gräser von dort mitgebracht und gefragt, ob es diese Blumen auch in Norwegen gibt. In Norwegen gibt es alle Blumen, hat sie gesagt.

Mit dem Fahrrad sind wir gefahren, alle drei waren wir gleichzeitig mit ihr auf dem Rad. Um das Haus herum haben wir unsere Runden gedreht, und dann weiter ins Ried hinaus und zum Rhein.

Unten im Hof war ein Baum, und unter dem Baum eine Bank, auf der saß sie, und wir zeigten ihr, wie gut wir schon schwimmen konnten. Das Gras im Hof war nie gemäht, weil sie die Blumen so mochte. Sie saß auf der Bank unterm Baum und sah uns dabei zu, wie wir im hohen Gras *geschwommen* sind, *gerobbt* eigentlich, bis zum Haus der Eltern in der Pontenstraße sind wir geschwommen, zur Fabrik und weiter in die Türkei, bis nach Norwegen sind wir so gekommen, von ihrer Bank aus zeigte sie in die Richtung, in die wir zu schwimmen hatten jeweils. Am *Alten Rhein* hat sie uns das Schwimmen beigebracht, sagen sie, und erzählen von einem großen alten Baum, der von einem Ameisenhaufen umgeben war, vor dem sie mit ihr gesessen haben. Ein Stock war an dem Baum festgebunden, sagt Öner, den habe er ständig gegen den toten Baum geschlagen. Das gab ein Geräusch, sagt er, wie eine Trommel klang dieser Baum. *Hört ihr, der Baum redet,* hat sie dann gesagt. Und dann wollten wir wissen – *was redet der Baum –,* und sie hat erzählt.

Wann immer ich nach Hause gekommen bin, sind wir mit den Kindern auf die Reise gegangen. Oft ging es ans Wasser, sie kam ja vom Wasser, so ging es immer wieder auch an den See, an den Bodensee. *An meinen Fjord,* sagte sie. Den ganzen Bregenzer Wald sind wir abgefahren, und dabei fuhren wir in Wahrheit wohl immer auch ihre Vergangenheit ab, die sie uns zeigte, ohne dass wir es merken sollten. Im Nachhinein dachte ich oft, durch diese Reisen könnte sie mir vielleicht Antworten auf Fragen gegeben haben, die ich längst aufgehört hatte zu stellen.

Die epileptischen Anfälle waren mit den Jahren allmählich verschwunden. Sie hatte dann aber *innere* Anfälle. Dabei wurden ihre Augen ganz starr. Sie sah nicht nach rechts, nicht nach links, kein Blinzeln, *gar* nichts. Wie eingefroren. Dann wusste ich, jetzt kommt wieder was. Wenn sie mir dann das Messer an den Hals hielt, ich habe immer nur in ihre Augen gesehen, und dann, ganz langsam ging das Messer herunter.

Die Kinder nahmen es als ein Spiel. Sie wussten, ihre Starre würde eine Weile andauern, erst dann würde sie ihnen nachsetzen. Die Zeit nutzten sie, um sich davonzumachen und von ihren Verstecken aus zu beobachten, wie sie wieder die Fassung zu erlangen versuchte.

Diese *Anfälle* – die Augen bleiben stehen. Mitten im Blick. Keine Bewegung, auch nicht in den Lidern. Der Körper *bewegt* sich. Mechanisch. Marionetten bewegen sich so. Später kam noch ein Zittern dazu. Wenn ich heimkam, auch in der Erinnerung jetzt – sie liegt auf dem Bett, die Hand zittert, anfangs war es nur ein Finger, dann die Hand, dann die andere Hand, es ging immer weiter. Sie lag auf dem Bett, wenn ich kam. Dann steht sie auf und wird wieder lebendig, und wir machen uns auf den Weg. Das Zittern ist stärker geworden, das *Wackeln,* wie sie es nannte, das fing an – sie *lag* auf dem Bett, die Hände im Schoß, der eine Finger begann dann zu zucken, das lief über die Hand, über den Arm, auf die andere Seite, und als ich die letzten Male bei ihr war, da war es schon der ganze Körper und der Kopf. Aber für etwas war auch dieses *Wackeln* noch gut. Mein Bruder hatte sehr spät noch ein Kind bekommen. Und diesen Jungen, der nicht und nicht einschlafen wollte, den wiegte sie mit dem zitternden Arm in den Schlaf. *Nur so schläft er ein,* sagte sie.

Als man sie dann geholt hat, sie ging noch alleine die Treppe hinunter, niemand musste sie stützen, so haben es *ihre türkischen Kinder* erzählt, die begleiteten sie auf diesem Weg.

Zweimal hatte ich im Krankenhaus eine Begegnung mit ihr, sagt Orhan. Das erste Mal war *ich* der Patient, hinter einer dicken Scheibe lag ich in einem Zelt, und sie hat mich besucht. Durch das Glas sah sie zu mir herein. Eine

Hand legte sie an die Scheibe, mit der anderen winkte sie mir zu. Ich wollte, dass sie mich mitnimmt oder dass sie bei mir bleibt, dass sie hereinkommt zu mir. Das durfte sie nicht. Aber jedes Mal, wenn sie fortging, hat sie eine Blume auf die Scheibe gemalt. Eines Tages hat sie mich dann doch abgeholt. Beim Gehen haben wir die Blumen von der Scheibe gewischt. Die nehmen wir mit, sagte sie, aber *unsichtbar* bleiben sie doch hier, für den Nächsten, der in deinem Zelt liegen wird, nur der kann sie sehen.

Beim zweiten Mal, da habe *ich sie* besucht, sagt er, da kam *ich* zu *ihr* ins Spital. Sie konnte nicht mehr sprechen. Aber sie winkte mir zu. Und gelächelt hat sie, das tut sie immer, wenn ich an sie denke.

Orhan hatte mich angerufen, *es sieht nicht gut aus*. Da bin ich losgefahren von Münster, während einer Abstimmung am Theater, ob ich zu meiner kranken Mutter fahren darf oder nicht, bin ich zu ihr gefahren. *Andorra* haben wir geprobt. In dem Stück war ich der Wirt, ich habe mein Wirtshaus zugesperrt und bin zu ihr gefahren. Als ich hinkam, sie lag in einem Flur, elender kann man in einem Flur gar nicht liegen. Ich habe mich zu ihr hinuntergebeugt, ganz leicht nur habe ich sie berührt, an der Schulter.

Bist es du, Heinz?

In derselben Nacht noch bin ich nach Münster zurück. Fünf Tage danach kam der Anruf. Ein junges Paar war gerade bei mir, Nachbarn aus dem Haus, sie waren auf dem Weg in den Urlaub und hatten mir ihre Katze gebracht, auf die ich in der Zeit aufpassen sollte und die ich dann übernommen habe. Die Katze habe ich behalten, die blieb dann bei mir.

Im Frühjahr war sie gestorben. Im Sommer darauf bin ich noch einmal in das Haus in der Holzmühlestraße gekommen und in die drei Zimmer, die ihr noch geblieben waren. Unmengen von Medikamenten überall, die nicht geholfen haben und von denen sie doch abhängig gewesen war. Ein Foto von uns beiden als *Mutter Ase* und *Peer.*

Diese eine Begegnung noch, der Hof und der Garten, der Keller, jeden Tag war ich in einem der Zimmer, jeden Tag war ich an ihrem Grab und habe mich mit ihr unterhalten und mich von ihr verabschiedet oder zu verabschieden *versucht,* denn gelungen ist es ja nicht, *verabschiedet* haben wir uns bis heute nicht voneinander, und es ist gut, wie es ist, ich rede mit ihr, bis heute rede ich mit ihr. Dann sage ich, wenn mir etwas nicht gelingt, ich würde es gerne besser machen, aber ich kann es jetzt nicht, sage ich. Und damals, an ihrem Grab – dass ich lieber *vor* ihr gegangen wäre, habe ich ihr gesagt.

Ich lag dort, wo ich immer mein Bett aufgeschlagen hatte, im hinteren Zimmer. Wenn ich aufwachte, hörte ich sie atmen im Nebenraum. Heute noch, dreißig Jahre danach, ist es so, wenn ich nicht schlafen, wenn ich nicht *einschlafen* kann, atmet sie mich in den Schlaf. *Nur so schlafe ich ein.*

Einige ihrer Sachen habe ich mitgenommen damals, unbedeutende Dinge, und doch bedeutsam für mich. Eine Dose, eine alte Kaffeedose aus der frühen Zeit. In dieser Dose waren im Kaffee versteckt, im *Ersatzkaffee* kamen Figuren zum Vorschein, Cowboys, Indianer, Bären und Löwen, Nilpferde, Echsen und Jäger. *Spielkameraden.*

Was ich noch von ihr habe, eine Einkaufstasche, eine Reisetasche eigentlich, überall, auf der Reise nach Norwegen und in die *Valduna,* nach Saarbrücken und auf jeder Ausfahrt danach mit den Kindern war die mit dabei. In diese Tasche habe ich die Dinge gepackt, die ich mitgenommen habe, Leintücher, Handtücher auch, Bettbezüge. Ihr Geruch ist immer noch in diesen Tüchern, nach dreißig Jahren ist sie darin noch zu finden. Bettwäsche. Handtücher. Und ein Kopftuch, das sie die letzten Jahre über getragen hat. Auch in Form dieser Dinge ist sie noch immer bei mir.

Und dann war da auch noch dieser Fuchspelz, der *Silberfuchs,* mit dem sie der Verwandte vom Halbsleben, der Sägewerksbesitzer, als Zehnjähriger im Haus seines Großvaters gesehen hatte und den ich unter ihren Kleidern gefunden habe. Von der *großen Frau mit dem schönen Pelz* hatte er gesprochen. Mit diesem Pelz hatte *ich* sie nie gesehen. Sie hatte ihn wohl immer versteckt, vor dem Fritz, vor dem Stiefvater, und vor uns allen, immerhin war er ein Geschenk von meinem Vater, ein Geschenk aus der *norwegischen Zeit,* der einzige Gegenstand, der sie beide und damit uns drei noch jetzt miteinander verband. Ich berührte sie beide gleichzeitig, indem ich dem toten Tier durch die räudig gewordenen Haare strich.

Einen Grund wird sie gehabt haben, dieses Fell all die Jahre aufzubewahren. Unsere Ausfahrten mit den türkischen Kindern kamen mir in den Sinn, bei denen sie immer wieder von Norwegen erzählt hatte, und in ganz seltenen Augenblicken auch von *ihm.* Wenn sie auf ihn zu sprechen gekommen war – die Erzählung brach schon

· 202 ·

bald ab jedes Mal, aber *ohne* den Anfall, den die Frage nach ihm früher *immer* ausgelöst hatte, doch an der *Stille,* die dann eintrat, hätte man merken können, dass sie ihn *gemocht* hat, immer noch. Sie hat ihn *gerngehabt,* meinen Vater, jetzt spürte ich es.

Den Silberfuchs habe ich ihrem Grabkreuz um die Schultern gelegt. *Gerda Fritz, geborene Hörvold,* stand da, umrahmt jetzt von diesem Pelz, der sie zu Lebzeiten wohl nie gewärmt hat, oder vielleicht eben doch.

Andorra war abgespielt und ging mir doch nach. Ich war der Wirt in dem Stück. Eine kleine Rolle, und doch groß genug, einen Menschen zu erschlagen und die Tat einem anderen in die Schuhe zu schieben, der dafür umkommen wird.

Es war zu der Zeit, in der meine Mutter im Krankenhaus lag, in diesem Flur, in dem ich sie zum letzten Mal gesehen habe und von dem aus ich nach Münster gefahren bin, nach *Andorra,* um dort die Mutter dieses von mir denunzierten Menschen mit einem Stein totzuschlagen. Weil sie *eine Schwarze* war, weil sie *eine von drüben* war, *die eben nicht nach Andorra gehörte.* Und mich im Nachhinein mit einer Ausrede der Verantwortung zu entziehen: *Wir haben uns in dieser Geschichte alle getäuscht,* sage ich. Sagen alle. Keiner will schuld sein an dem, was unter den Augen aller geschah.

Mehr als zwanzig Jahre zuvor hatte der Lehrer im Ort im befeindeten Nachbarstaat gelebt, bei den *Schwarzen.* Mit einer *Frau von drüben.* Die beiden haben ein Kind, einen Sohn. Die Beziehung zerbricht, der Mann kehrt nach

Andorra zurück. Den Sohn, den er mitnimmt, gibt er als ein *Judenkind* aus, das er vor den judenfeindlichen *Schwarzen* gerettet habe.

Er heiratet eine Andorranerin. Als *Pflegesohn* wächst Andri bei ihnen auf, im Glauben, ein *Jude* und also *anders* als die anderen zu sein, denn auch in *Andorra* sind Antisemitismus und Fremdenfeindlichkeit allgegenwärtig.

Der Einmarsch der *schwarzen Truppen* steht unmittelbar bevor. *Wenn die Schwarzen kommen*, heißt es, *wird jeder, der Jude ist, auf der Stelle geholt.*

Eines Tages nimmt *eine Frau von drüben* bei mir Quartier, in meinem Gasthaus. Seit Jahren schon weiß sie von der erfundenen Geschichte des *geretteten Judenkindes* und versucht, mit dem Geliebten von damals in Kontakt zu kommen, immer wieder hat sie an ihn geschrieben, aber Antwort ist keine gekommen, deshalb ist sie jetzt hier.

Warum hast du diese Lüge in die Welt gesetzt, fragt sie und gibt sich gleich selbst die Antwort. Aus Angst vor den eigenen Leuten hatte sie es damals nicht gewagt, zu ihrem Kind mit einem *Andorraner* zu stehen. Beide wollten sie *anders* sein als ihre eigenen Leute und schafften es doch nicht. Deshalb ließ sie ihn auch nach *Andorra* zurückgehen, mit dem Sohn. Und auch er hat es nicht geschafft, zur Beziehung und zu dem Kind mit *einer Schwarzen* zu stehen. *Es war leichter, damals, ein Judenkind zu haben,* sagt er.

Dass *mein* Vater mich in seinen Erzählungen zum Sohn eines Russen gemacht hat und er die Mutter *nur aus Mitleid* von Norwegen heruntergeholt haben wollte, damit sie nicht von ihren Landsleuten umgebracht würde, davon wusste ich damals noch nichts.

Die *schwarzen Truppen* sind inzwischen in *Andorra* einmarschiert und haben mit der Ausforschung und Verfolgung der Juden begonnen. Unter dem Druck der Ereignisse bekennt sich der Lehrer zu seinem Sohn. Aber der glaubt ihm nicht. Niemand glaubt ihm.

Ich dachte an meine Mutter dabei, an jedem Abend, bei jeder Vorstellung dachte ich daran, dass sie bis zum Ende hin *immer* im Zweifel war, ob ich es bin, *ihr* Heinz, den sie auf die Welt gebracht hat, oder ob ich nicht vielleicht doch verwechselt worden wäre auf einem Wickeltisch irgendwo. *Ich weiß es nicht, Heinz, bist du es, bist du es nicht?* Daran dachte ich. Damals. Und an den Halbsleben denke ich jetzt, an den Satz, den er Jahre später zu mir gesagt hat. *Du darfst Vater zu mir sagen.*

Man kann sich seinen Vater nicht aussuchen, sagt der Lehrer zu seinem Sohn. *Man kann sich seinen Vater nicht wählen,* sagt er.

Wen hätte *ich* als meinen Vater gewählt, daran denke ich oft. *Einige* der Menschen, denen ich begegnet bin, sind meine Väter gewesen, jeder auf seine Art und ohne, dass wir davon gewusst hätten jeweils. Der Kapuziner am *Alten Rhein* draußen war so ein Vater für mich. Der Lehrer, für den ich meinen ersten Lebenslauf geschrieben habe, war einer. Und der Vater vom Herbert, Franz Jäger, der mich zu meinem *transsilvanischen Vater* geführt hat. Walter Fenz, der *U-Booter,* war ein Vater für mich. Mit ihm bin ich *abgetaucht* in der Fabrik, in seinen *pompelusischen Geschichten* bin ich untergetaucht, *adiehala hadierscht,* und – auf seine Vermittlung hin – als Medikus wieder *aufgetaucht* in meinem ersten Stück auf der

Bühne. *Drei Säcke voll Lügen. – Geruhen Prinzessin Rosen-blüt tief Luft zu holen!*

Der Kaplan, der mir sein Akkordeon geschenkt hat, war mein Vater. Und der Mann in Wiesbaden, bei dem ich gewohnt habe und dessen wiederauferstandener Sohn ich gewesen bin, eine Zeit.

Die Katze, die ich von dem jungen Pärchen übernommen habe, nach dem Tod von der Mutter, mit dieser Katze hat es begonnen. Seither lebe ich mit Tieren. Zurzeit sind es elf Hühner, ein Hahn und zwölf Katzen. Und Mäuse auch, Igel. Von überall her laufen mir Tiere zu.

Der Hahn, *Ronnie* heißt er, nach dem norwegischen Cousin, der uns bei sich aufgenommen hat damals. Auf einer Bohrinsel hat er gearbeitet, und auf einer Bohrinsel ist er umgekommen.

Dreihundert Jahre alt ist das Haus. Seit ich einzog, vom ersten Tag an steht es zum Verkauf. Bis jetzt hat sich kein Käufer gefunden, so sind wir immer noch hier, meine Tiere und ich. Und für den Fall, dass es doch noch einmal so weit kommt, mein Briefträger hat einen leer stehenden Bauernhof, nur ein paar Dörfer von hier, dort kann ich einziehen, auch mit den Mäusen, sagt er. Aber bis dahin bleiben wir, denn hier ist es gut, wie es ist.

Das Haus ist nicht klein, aber die Wohnung, es sind nur zwei Zimmer, eine Küche und ein Raum, in dem ich schlafe. Die Tiere sind immer bei mir, jede Tür hat eine Öffnung, eine Luke, sie können hinein und heraus, wie sie wollen.

Das Gelände ist weitläufig und verwildert wie damals am *Alten Rhein*. Die Hühner hatten nur ein ganz kleines

Gehege in der dunkelsten Ecke des Gartens. Jetzt haben sie es offen und weit. Um das Haus herum lege ich Futter aus, mehrmals am Tag. Die Tiere brauchen mich. Und ich kann ohne diese Tiere nicht sein.

Ronnie mag es nicht, wenn ich telefoniere. Er meint dann, ich rede mit ihm, und wenn er merkt, dass es doch nicht so ist, das kann er nicht haben. Erst gestern ist er mir von hinten auf den Rücken gesprungen. Er springt mir auch ins Gesicht. So erinnert er mich an die Zeit mit den Tieren in Lustenau damals, im Keller vom Fritz.

Mais mögen die Hühner. Gemüsemais. Auch Salat mögen sie, das heißt, manchmal mögen sie ihn, manchmal nicht. Die Mäuse fressen gern Salat, die Vögel gar nicht. Die Tauben, die bei mir sind – kein Salat. Auch die Krähen, die vorbeikommen – kein Salat. Goudakäse lieben die Krähen. Und den bekommen sie auch. Zopf haben sie auch gern, die Krähen. Die Igel mögen gerne Käse, Käsestückchen mögen die Igel. Und Topfen. Geschälte Sonnenblumenkerne, die fressen auch die Hühner. Und die Mäuse, die Mäuse auch. Ich habe hier überall Mäuse, einen eigenen Keller habe ich für die Mäuse. Es gibt drei Keller im Haus. Im mittleren Keller hätte der Pfarrer Neururer sterben sollen, in dem Film, der hier auf dem Grundstück gedreht worden ist. Auch Zopf mögen die Mäuse. Es gibt auch Melonen, die mögen die Hühner. Sieben, acht Igel leben auf dem Gelände. Auch die lieben Melone, aber sie mögen auch Zopf.

Seit zwanzig Jahren wächst zwischen den Holunderbäumen der Mist in den Himmel. Dort sind die Hühner am liebsten. Eine Krähe kommt auch immer zu mir, nicht nur eine, manchmal sind es drei. Die fressen gerne Topfen. Geschälte Erdnüsse mögen sie auch. Aus den Aschenbechern im Gras trinken die Spatzen. Und etwa zehn Tauben leben bei mir. Die gehören einem Mann aus der Nachbarschaft, der inzwischen sehr krank ist, so sind diese Tauben bei *mir*.

Der Tag beginnt damit, ich mache den Hühnern den Stall auf, sie kommen allmählich heraus auf die Wiese, Ronnie macht sich bemerkbar, und ich unterhalte mich mit den Tieren. Zwischen den Holunderbüschen sitze ich in meiner Laube, sie kommen und reden mit mir, einzeln kommen sie wie durch Zufall an mir vorbei und sprechen mich an.

Um Viertel vor sieben mache ich den Stall auf. Noch besser wäre es um sechs, um halb sechs, aber das schaffe ich selten. Denn vorher ist der Hof noch zu säubern von dem, was vom Vortag nicht mehr gut ist an Futter. Wenn das getan ist, öffne ich die Tür und sie kommen heraus.

So war es auch in dem Film über Otto Neururer. Im Grunde genommen beginnt er damit, dass ich den Hühnern die Tür aufmache. Die Tiere waren irritiert, denn es war schon nach neun. Aber dann kamen sie doch heraus auf die Wiese. Im Gehege gehe ich zwischen ihnen durchs Gras.

Damit fängt es an.

Wer bin ich denn in dem Film, habe ich den Regisseur gefragt, als er mir zum ersten Mal davon erzählte. Du spielst dich selbst, hat er gesagt, du spielst deine eigene Geschichte.

Seit vielen Jahren besucht er mich hier in meiner Laube, dann sitzen wir zwischen den Hühnern und tauschen uns aus. Ihm habe ich viel erzählt, von meiner norwegischen Mutter und dem österreichischen Soldaten, auch vom *Lebensborn* habe ich ihm erzählt. Oft und oft.

Als der Heinz, der ich bin in dem Film, mache ich mich auf den Weg, von meinem Haus aus, von hier aus mache ich mich auf die Spur von diesem Pfarrer Neururer, an einige der Orte, an denen er gelebt hat, vor allem aber in seine Geschichte hinein, die sich hier abgespielt hat, nur ein paar Steinwürfe von hier entfernt.

Die Nazis hatten es schon sehr früh auf ihn abgesehen, denn von Anfang an war er ein entschiedener Gegner. Er hat sich für behinderte Kinder eingesetzt, für Juden hat er sich starkgemacht. Und der letzte Grund, der Anlass dafür, dass sie ihn dann geholt haben, war, dass er eine junge Frau, die von einem geschiedenen Nazi, einem SA-Mann, schwanger war, den sie heiraten sollte, von dieser Heirat abgebracht hat.

Gestapo-Gefängnis Innsbruck. Dachau. KZ Buchenwald. Dort soll ihn ein Mithäftling gebeten haben, ihm die Beichte abzunehmen. Er hat sich darauf eingelassen, obwohl ihm einige der Mithäftlinge, denen er sich anvertraut hat, davon abgeraten haben. Religiöse Handlungen im Lager waren bei Todesstrafe verboten. Neururer ließ sich darauf ein und ist dafür in den Bunker gekommen.

Hier drin bei mir, im mittleren Keller sollte die Todeszelle sein. So war es gedacht. Aber dann wurde eine andere Szene hier gedreht. Der Sohn des Regisseurs, der zwölf Jahre alt war zu der Zeit, spielt den jungen Heinz.

Und meinen Vater, also den Fritz eigentlich, den spielte der Regisseur. Der hat meinen *Vater* gespielt. Ein Bett war in dem Raum aufgestellt, ein kleines Bett, auf dem liegt dieser Heinz, der Vater sitzt neben ihm, und ich weiß nur, es ging darum, dass ihn *das Beten* gestört hat, das man mir in der Schule beigebracht hat. Er sitzt neben mir auf dem Bett, und dann sagt er, dass ich *dem Führer* gehöre, dass ich *an den Führer* glauben muss, mit meiner ganzen Seele, und dass ich nur *durch den Führer* erlöst werden kann.

Das hat mein Stiefvater aber mit mir *nicht* gemacht. Für den habe ich gar nicht existiert. Außer, wenn ihm beim Schlachten zu helfen war, da war ich wichtig für ihn, in der Waschküche unten im Keller, darüber hinaus hat der sich mit mir nicht abgegeben. Und das machte es schwierig für mich, beim Drehen, denn es hieß ja, *ich spiele mich selbst.* Immer wieder war von meinem Vater die Rede, im Film. Aber ich hatte ja keinen. Ich habe ja keinen gehabt, keinen Vater. Dass mich irgendein Vater *gestreichelt* hätte jemals, und das macht der *Vater* vom Heinz in dieser Szene, das hat es bei mir nicht gegeben.

12. 12. 42
Meine liebe Gerd hat einem Jungen das Leben geschenkt. Es ist Gott sei Dank alles gesund.
Ich bin der glücklichste Mensch, sobald ich Näheres erfahre, werde ich selber kommen, andernfalls schreibe ich Euch Lieben einen Brief. Ein frohes und gesundes Weihnachtsfest und ein gutes neues Jahr wünsche ich Euch, liebe Mutter, Vater und Schwägerinnen und Schwager.
Euer glücklicher Toni.

Durch einen norwegischen Cousin hatte mich die Nachricht von der Freude meines Vaters erreicht, fast achtzig Jahre nachdem er sie sich von der Seele geschrieben hatte.

Ein paar Wochen zuvor hatte der Cousin in einem Autokino in Oslo den Film über Otto Neururer gesehen und sich auf die Suche nach diesem Menschen gemacht, dessen Mutter durch den *Lebensborn* von Norwegen nach Vorarlberg gekommen war. Ein Verwandter aus Kirkenes, der Sohn von einem der vielen Brüder meiner Mutter. Sören.

Seine Suche nach meiner Mutter und mir hatte schon eine ganze Weile vorher begonnen. Im Nachlass seines Großvaters hatte er Briefe meiner Mutter und meines Vaters gefunden, und dieser Film war nun der Anlass, tatsächlich mit mir Kontakt aufzunehmen.

Ich wusste nichts von ihm. Seit der Norwegenreise mit der Mutter hatte es keinen Grund mehr für einen Kontakt mit der Familie gegeben. Nachdem sie für einige von ihnen auch vierunddreißig Jahre nach dem Krieg noch immer *die Nazi-Hure* gewesen war und mein Cousin Ronnie mich gebeten hatte, sie an der Hand zu nehmen und die Heimreise anzutreten, hatte ich nichts mehr von dort hören wollen.

Sören. Ein halbes Jahr ist es her, dass ich seine Stimme zum ersten Mal im Ohr hatte. Seither ruft er an. Und fast jede Woche erreicht mich ein Brief aus dem Jahr '42 und aus den Jahren danach, Briefe, die von Hohenems aus nach Kirkenes geschrieben wurden und in denen ich mich immer wieder aufs Neue *verliere*. Denn zu *finden* bin ich darin nicht. Auch nicht meine Mutter, es ist *eine andere Geschichte,* die in diesen Briefen erzählt wird, eine Geschichte, wie ich sie bisher nicht kannte.

Sören kennt den *norwegischen* Teil der Geschichte, das heißt, den *norwegischen* Teil der *Erzählung* kennt er. Den *österreichischen* Teil möchte er kennenlernen. Zwischen diesen beiden *Erzählungen* existiert immer noch eine Grenze, die nur schwer zu überwinden sein wird.

Seit Jahren ist er dabei, der Geschichte seines Großvaters nachzugehen, des Bürgermeisters *seiner Heimatstadt,* wie er sagt, und der Geschichte von dessen Tochter Gerd und ihres *österreichischen* Soldaten. *Anton und Gerd.* Immer spricht er von *Anton und Gerd,* wenn er von meinem Vater spricht und von meiner Mutter. Er möchte verstehen, wie alles gekommen ist, sagt er. Es liegt ihm daran, die Bedingungen der *Okkupation* in *seiner kleinen norwegischen Stadt* zu begreifen. Die Bevölkerung war mit den Strukturen der Deutschen vollkommen verwachsen, sagt er. Dadurch haben seine Leute vier Jahre lang eng mit den deutschen Soldaten zusammengelebt. *Warum* haben sich die jungen Frauen aus Kirkenes mit diesen Soldaten eingelassen, es genügt nicht, den Frauen die Schuld zu geben, sagt er, weil sich fast alle mit ihnen eingelassen haben. Diese Männer, die mit ihnen in ihren Häusern gefeiert haben, waren in den Familien integriert, während sie doch gleichzeitig der Feind waren und der Feind auch geblieben sind. Man *wollte* sie bekämpfen, aber der Krieg war in dem kleinen Ort für sie nicht zu führen, sagt er. Es leben so viele Enkel *in meiner Stadt,* deren Großmütter Kinder von jungen deutschen Soldaten gehabt haben, sagt er. Mehr als zweihundert Kinder von deutschen und österreichischen Vätern wurden in

Kirkenes während des Krieges geboren. Deshalb möchte er begreifen, wie das gekommen ist mit Gerd und dem *österreichischen* Soldaten.

Anton Halbsleben. Er hat Liebesbriefe von Anton, die er an die Familie in Norwegen geschrieben hat, sagt Sören, er hat Briefe von Antons Vater, von seiner Mutter und von seiner Schwester, in denen zu lesen ist, wie glücklich sie darüber waren, dass Anton und Gerd einander gefunden haben, und darüber, dass er bald Vater sein wird. Und er hat Briefe von meiner Mutter, die sie auch nach dem Krieg noch geschrieben hat, als alles schon auseinandergegangen war.

Im November rief er das erste Mal an. Er war überrascht, mich tatsächlich gefunden zu haben, dass ich doch nicht nur eine Figur war aus diesem Film, den er in dem Autokino in Oslo gesehen hatte. Seitdem erreichen mich diese Briefe, als Vorbereitung auf unsere erste Begegnung schickt er sie mir, wohl auch, um zu sehen, wie ich darauf reagiere. Seit Kurzem erzählt er mir auch davon, was in den norwegischen Briefen meiner Mutter zu lesen ist. Es sind so viele Briefe, es müssen Hunderte Seiten sein, sagt er. Das meiste davon ist auf Norwegisch. Aber die wichtigen Briefe aus dem Krieg, die mein Vater und dessen Eltern geschrieben haben, die sind auf Deutsch.

Von der Existenz dieser Briefe weiß ich nichts, sagte ich. Was ich weiß, ist, sie wollte ihn heiraten, ihren *österreichischen* Soldaten, aber seine Mutter ist gegen die Heirat gewesen. Und dass sie von ihrer norwegischen Familie verstoßen wurde, auch das weiß ich, habe ich zu Sören gesagt.

Für meinen Großvater war das sehr schwierig, sagte er darauf. Er war der Bürgermeister. Auch vor dem Krieg, zweimal war er Bürgermeister von dem Ort. Und *nach* dem Krieg war der Bruder von Gerd Bürgermeister. Der war Kommunist. In meiner Familie gab es auch diese andere Ausrichtung, sagt Sören.

Onkel Fred. Der Bruder meiner Mutter war nach Russland geflüchtet. Er arbeitete für die russische und für die norwegische Seite, er war dafür zuständig, dass Informationen von Russland nach Norwegen durchkommen konnten.

An dieser Kluft, an dem Riss, der durch die Familie gegangen ist, ist Sören interessiert. Gerd ist *mit den Deutschen gegangen,* sie hat sich für die Deutschen entschieden. Ihr Bruder *ging mit den Kommunisten.* Für den Großvater war das nur schwer auszuhalten, sagt er. Und *verstoßen,* ja, eine Zeit lang war das so, als Gerd von Kirkenes wegging, und die ersten Jahre nach dem Krieg ist das auch so geblieben. Erst einige Jahre danach, da hat er ihr wohl *verziehen* und ihr helfen wollen, nach Hause zurückzukommen. Aber da war sie schon mit dem Fritz zusammen und hatte zwei weitere Kinder und konnte oder wollte nicht mehr zurück.

Vielleicht war nicht nur die Großmutter gegen eine Heirat, meint Sören, sondern auch die SS. Wenn eine norwegische Frau von einem deutschen Soldaten schwanger war, dann wurde sie *befragt,* um herauszufinden, ob ihr Hintergrund der richtige war, *ethnisch* und *politisch.* Diese *Prüfung* hat Gerd nicht bestanden, meint er. Und Anton, nachdem der im Zuge dieser Befragung vielleicht erfahren hat, dass Gerds Bruder Kommunist war und dass auch ihr Vater einige Jahre lang Kommunist gewesen ist, vielleicht *wollte* er sie nicht mehr heiraten, meint Sören, oder er *durfte* es gar nicht mehr. Sören weiß von mehreren Frauen aus Kirkenes, die schwanger waren von deutschen Soldaten, denen die Heirat verweigert wurde. Es war ihnen erlaubt, nach Deutschland zu gehen, *ins Reich* zu gehen und das Kind dort zur Welt zu bringen, aber *heiraten* durften sie nicht. Gerd könnte eine dieser Frauen gewesen sein, meint er.

Ich glaube das nicht. Um meine Mutter *nicht* zu heiraten, dazu brauchte mein Vater nicht die Hilfe von der *SS*.

Seinen Geburtsschein jedenfalls hat er an den Großvater nach Kirkenes geschickt, sodass der die Papiere für die Hochzeit arrangieren konnte. *Versucht* haben sie es. Das steht fest. Aber ständig war der Hochzeit etwas entgegengestanden, der Termin war festgesetzt und dann doch im letzten Moment wieder verschoben worden, meist waren es irgendwelche anscheinend immer noch ausständigen Papiere, die noch beigebracht werden müssten. Sie *haben* es versucht. Beide. Schon in den ersten Briefen von Antons Mutter ist – neben der bevorstehenden Reise nach Hohenems – immer wieder auch von der verschobenen Hochzeit die Rede.

Hohenems am 2. 9. 42
Liebe Gerd und Angehörige!
Heute erhielten wir einen ersehnten Brief von Toni, da er uns geschrieben hat, wie es steht mit Ihrer Hochzeit, dass es verzögert wird durch die Schriften. Es ist uns sehr leid, dass

es sich so lange hinaus zieht, bis Ihr kommen könnt. Wir warten alle Tage mit Sehnsucht auf Euch. Ich habe immer so große Sorgen um Euch Lieben. Wenn wir nur das große Glück hätten, Euch bald einmal zu sehen. Ich bete alle Tage um ein gesundes, glückliches Wiedersehen mit Euch. Und eine glückliche Reise für Dich, liebe Gerd.

Auch Antons Schwester Klara versuchte Gerd wegen dieser Verzögerung zu beruhigen. *Auch Sie, liebes Fräulein Gerd, haben scheinbar ein bisschen Pech mit den Schriften zum Heiraten. Aber wissen Sie, so geht es allen, das hab ich selber auch erfahren, aber auf einmal kommt die glückliche Stunde, wo dann alles kommt. Hoffentlich könnt Ihr doch noch mitsammen zu uns kommen, bevor Sie, liebes Fräulein Gerd, Ihrem lieben Toni einen kräftigen Jungen oder ein Mädel schenken.*

Meine Mutter ist von Norwegen nach Hohenems gekommen, um mit meinem Vater zusammenzukommen, aber in Hohenems sind sie nicht zusammengekommen, in Hohenems sind sie auseinandergegangen, habe ich zu Sören gesagt.

Sie kam nach Hohenems, dort lebte sie bei den Eltern von Anton. Sagt Sören. *Das sagen die Briefe*, meint er. Und Antons Eltern, die waren wirklich froh, Gerd bei sich zu haben. So sagen sie es in den Briefen. Wie glücklich sie darüber sind. Die Briefe habe er alle gelesen, sagt er, und jedes Mal wieder aufs Neue sei er verwundert darüber, wie positiv Antons Eltern Gerd und dem Kind darin gegenüberstehen und wie erwartungsvoll *Gerd* von *Antons Familie* aufgenommen wurde.

Auch für mich war es seltsam, die Briefe der Großmutter zu lesen, nach allem, was ich über sie und ihre Rolle gehört hatte.

Hohenems am 21. Juli 1942

Liebe Gerd samt Eltern und Geschwister!

Ich erlaube mir, Ihnen einige Zeilen zu schreiben und Sie anzufragen, wie es Ihnen geht.

Liebe Gerd, da unser lieber Sohn Toni die Verhältnisse zwischen Euch beiden beschrieben hat, so möchten wir Euch bitten, so bald wie möglich zu uns zu kommen, da Ihnen die große Fahrt vielleicht später Unannehmlichkeiten bringen könnte, und das wäre furchtbar. Liebe Gerd, wenn Sie von den guten und besorgten Eltern das Jawort haben, so bitten wir Euch, so bald wie möglich zu uns zu kommen, denn weitere Sorgen braucht Ihr Euch keine zu machen, jetzt ist es einmal so, und das nehmen wir für kein Unglück an. Die Hauptsache ist, wenn unser Lieber Herrgott uns den Anton wieder gesund für immer in unser Heim führt, dann wird alles wieder recht. Er wird ganz bestimmt für seine Frau und Kind sorgen. Liebe Gerd, bis Anton kommt und der traurige Krieg sein Ende nimmt, werden wir für Dich sorgen, wie eine gute Mutter für Ihr Kind sorgt. Ich werde Ihnen in den guten und harten Tagen beistehn, denn ich verstehe schon, was Muttersein ist, darum, liebe Gerd, macht Euch kein Bedenken und keine Sorgen. Ihr werdet es bei uns gewiss so gut haben, wie es uns möglich ist. Liebe Gerd, ich fühle es, wie es den lieben Eltern schwer ankommt, Ihre Tochter so in die Welt hinauszulassen, ohne die Leute ein bisschen zu kennen. Aber vielleicht gibt es doch noch einmal die Gelegenheit, nach dem Kriege, auf ein Wiedersehen mit Ihren guten Eltern und Geschwistern.

Liebe Eltern von Gerd, da unser Toni Euch eine große Sorge gemacht hat, so bitten wir Euch, unserem Sohn das zu verzeihen, was er Euch an Kreuz und Kummer mit Ihrer Tochter gemacht hat. Nehmen wir dieses Schicksal in Gottes Namen an, es wird bestimmt auch wieder Freude bringen.

Tausend herzliche Grüße besonders an Toni und Gerd, von Eltern und Großmutter und Schwestern

Auch Antons Schwester Klara freute sich auf die Begegnung mit der künftigen Schwägerin. *Wissen Sie, liebe Gerd, wir machen es gemütlich, sodass wir es fein beisammen haben, also haben und machen Sie sich bestimmt keine Sorgen, wäre ganz umsonst. Auch Ihre lieben Eltern und Geschwister dürfen bestimmt ganz ohne Sorgen sein. Wenn ich es Ihnen nur persönlich sagen könnte. Jetzt noch zum Schluss möchte ich Sie bitten und anfragen, ob ich Sie, liebe Gerd, mit dem leisen Wörtchen Du anreden dürfte. Wir sind doch einander nicht mehr so fremd, oder, Gerd! Verzeihen Sie mir, weil ich Sie grad so anfragte, aber es wäre eine große Freude für mich.*

Diese Briefe stammen aus der ersten Zeit, als meine Mutter noch in Norwegen war. Aber dann, in Hohenems *muss* sich etwas verändert haben im Umgang miteinander. In den Briefen ist davon nicht die Rede, sagt Sören. Obwohl, von Anfang an gibt es auch seltsame Dinge in den Briefen von Gerd, Aussagen, die er nicht versteht, wie er sagt. Wenn sie schreibt, *meinen lieben Heinz kann ich fast gar nicht* mehr sehen, weil er immer bei seinen Großeltern ist. Schon bald nach der Geburt schreibt sie das. Er versteht es nicht, sagt er.

Ich denke, sie ließ ihre Eltern in dem Glauben, dass sie weiterhin bei Antons Eltern gewohnt hat, obwohl sie für die Familie und für alle anderen längst verschwunden war.

Für mich sind ihre Briefe Einblicke in ihre *erlebte* und in ihre *beschriebene* Wirklichkeit. Dass es sich dabei um verschiedene Welten handelte, war mir bald klar.

Auf der Reise von Oslo nach Hohenems war sie auf sich allein gestellt, wie nachher auch, habe ich zu Sören gesagt. In Oslo, da habe ich ihn noch gesehen, hat sie immer gesagt.

Aber es gibt Briefe, in denen sie *von ihrer Reise mit Toni* erzählt. Sören sagt das. Beide wären sie seekrank geworden. So steht es in ihren Briefen, sagt er. Und *nach* der Reise, im Anschluss an *die große Fahrt,* wäre Anton noch einige Wochen in Hohenems auf Urlaub gewesen, auf *Fronturlaub,* ehe er zu seiner Einheit nach Norwegen zurückmusste. Und es stimmt ja, von dort hat er an ihre Eltern geschrieben, seit ein paar Tagen habe ich auch diesen Brief.

16. 11. 42
Liebe Fam. Hörvold!
Vorläufig grüße ich Euch im Namen meiner lieben Gerd und meinen Lieben zu Hause. Gerd und ich sind mit allerlei Strapazen in meiner Heimat gut angekommen. Meine Eltern hatten eine sehr große Freude. Gestern habe ich von Gerd einen Brief erhalten, wo sie mir mitteilt, dass es ihr recht gut

gefällt. Meine Eltern haben eine große Freude an ihr, sie ist auch recht verständlich.

Ich glaube, dass Gerd nicht viel Heimweh bekommt, sie schreibt mir, sich schon gut eingewöhnt zu haben. Ich werde Euch Lieben alles persönlich mitteilen.

Ich habe mich auch schon wieder in den acht Tagen, die ich hier oben bin, gut eingewöhnt. Dass es natürlich mein größter Wunsch wäre, wenn dieser Krieg ein Ende nehmen würde, ist ganz selbstverständlich. Ich muss nun noch mehr nach Hause denken. Hoffen wir, dass unser Herrgott recht bald die Friedensfahnen flattern lässt, damit wir Soldaten wieder dorthin ziehen dürfen, wo die Welt uns offensteht und wo wir eine glückliche Zukunft aufbauen dürfen.

Euer Toni.

So vieles ist offen. Auch durch diese Briefe jetzt noch einmal neu. Wenn es stimmt, was meine Mutter in den Briefen erzählt, dann werde ich auch mit dieser zweiten Hälfte der Wahrheit leben wie mit der ersten bisher, im Wissen darum, dass eine *ganze* Wahrheit wohl nicht daraus werden kann.

In ein paar Wochen wird Sören mich besuchen. Bis dahin reden wir am Telefon, und ich lese in den Briefen, von denen jede Woche ein weiterer kommt. Ihre norwegischen Briefe wird er mir vorlesen, wie sie mir *Peer Gynt* vorgelesen hat in der ersten Zeit. Vielleicht verstehe ich sie ja, wie ich auch *Peer Gynt* verstanden habe damals.

Dank

Dieses Buch gäbe es nicht ohne die Begegnung
mit dem Schauspieler Heinz Fitz, der es mir erlaubt
hat, entlang seiner Lebens-Geschichte diesen Roman
frei zu entwickeln. Dafür danke ich ihm.
Mein besonderer Dank gilt auch dem Historiker Arnulf
Häfele und all jenen, die mich durch ihr Wissen und ihre
wertvollen Hinweise und Anregungen unterstützt haben:
Heike Lindenberg, Trygg Hølvold, Önal, Hüseyin und
Süleyman Kavlak, Alfons Peter, Otto und Veronika
Hofer, Maria Wäger, Thomas Seifert, Klaus Rohrmoser,
Josef Danler, Herbert Stocker und Julia Gschnitzer.
Und Mercedes Blaas.
AH

Aus Verantwortung für die Umwelt hat sich der *Verlag Kiepenheuer & Witsch* zu einer nachhaltigen Buchproduktion verpflichtet. Der bewusste Umgang mit unseren Ressourcen, der Schutz unseres Klimas und der Natur gehören zu unseren obersten Unternehmenszielen.

Gemeinsam mit unseren Partnern und Lieferanten setzen wir uns für eine klimaneutrale Buchproduktion ein, die den Erwerb von Klimazertifikaten zur Kompensation des CO_2-Ausstoßes einschließt.

Weitere Informationen finden Sie unter:
www.klimaneutralerverlag.de

2. Auflage 2023

© 2021, 2023, Verlag Kiepenheuer & Witsch, Köln
Alle Rechte vorbehalten
Covergestaltung: Marion Blomeyer / Lowlypaper
Covermotiv: Leo von König, »Mont Blanc (die Frau
des Künstlers)«, 1930. © akg-images
Gesetzt aus der Dante
Satz: Buch-Werkstatt GmbH, Bad Aibling
Druck und Bindung: GGP Media GmbH, Pößneck
ISBN 978-3-462-00439-7